[澳]罗宾·戴维森————著 袁田————译

我独自穿越沙漠

ROBYN DAVIDSON

TRACKS

四川文艺出版社

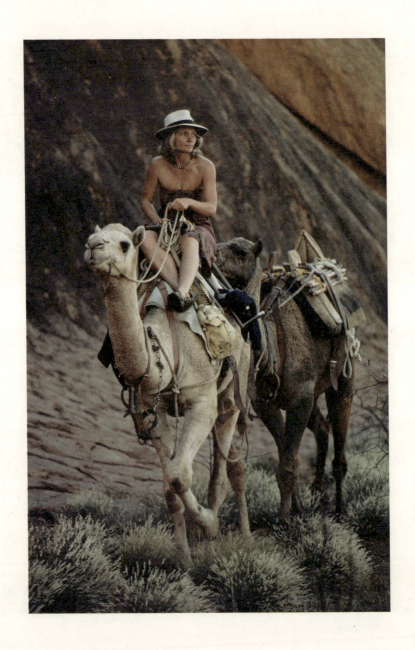

大沙沙漠

失望湖

吉

麦克劳德湖

枪筒高速公路

格莱内尔

9号井

6号井

卡那封

多格蒂丘陵

兀里

哈美林池

米卡萨拉

威卢纳

终点

西澳大利亚

杰拉尔顿

卡尔古利

卡内

印度洋

珀斯

弗里曼特尔

N

写给南希和蓝鹣鸰

安娜知道她必须穿过沙漠。

那头，在遥远的一端，是山峦——紫色、橘红和灰色。

梦的颜色格外美丽生动……它标示了安娜的变化，她对自身的认知。

她在沙漠里独自一人，没有水，离泉水也还有很远的路。

她醒来，知道如果要穿过沙漠，必须卸下负担。

——多丽丝·莱辛《金色笔记》

目 录

足旅游业，另一个是老阿富汗人，他从野外带回骆驼，卖到阿拉伯半岛当肉畜。我遇到一个年轻的地质学家，他提出开车带我去见这个人。

我一见到萨雷·穆罕默德，就明显看出他完全知道自己在做什么。他流露出一个长期习惯与动物打交道的男人的自信，罗圈腿，套索娴熟。他正在一个灰蒙蒙的院子里修理某种外形奇特的鞍座，那里全是这些奇怪的牲畜。

"嗯，我能帮你什么？"

"早上好，穆罕默德先生，"我自信地说，"我是罗宾·戴维森。嗯，我在计划一趟出行，你看，就是进入沙漠中央，我想搞三头野骆驼，训练它们上路，我想知道你能不能帮我。"

"哼。"

萨雷从浓密的白眉下怒视我。

"我猜你也认为自己能做到？"

我看着地面，脚在蹭地，嘟囔了几句辩解的话。

"那你对骆驼了解多少？"

"呃，其实一点都不了解，我是说，其实这些骆驼我是头一次见到，但是啊……"

"哼。那你对沙漠了解多少？"

我的沉默痛苦地表明，我对一切知之甚少。

萨雷说很抱歉，他认为他帮不了我，转身继续忙他的事。我的傲气消退了。这会比我想的更加艰难，但这才只是第一天。

然后我们开车去镇南边的旅游区。我见到了业主和他妻子，一个友好的女人，她请我吃蛋糕喝茶。当我讲述我的计划时，他们沉默地彼此对看。"好啊，什么时候你想来就来吧，"男人快活地说，"要开始对动物有一点了解。"他几乎无法控制另一边脸上的假笑。总之，我的直觉叫我离开这里。我不喜欢他，我敢肯定这种感觉双方都有。此外，当我看到他家的动物咆哮打架时，我估计跟着他也学不到什么东西。

三个里面的最后一家，波塞尔家，在往北 3 英里处，根据酒吧里一些人的说法，主人是个神经病。

我的地质学家朋友把我放在酒吧，我从那里沿着查尔斯河的河床往北走。这是一段可爱的路，两旁树木成荫，很凉爽。寂静常被大群的营地狗打破，它们竖着颈毛全速冲来，让我和小刨离开它们的地盘，结果它们的原住民主人朝它们扔瓶砸罐，还咒骂了它们，但依然对我们微笑点头。

我来到树木和草坪间一栋完美的白色小屋门前。这是一栋小型的奥地利式牧屋，的确美丽，但在红色巨石和尘暴中显得荒诞不经。院落全由手凿的木材和绞绳围成 —— 大师级巧匠的作品。畜厩里有拱门和天竺葵。一切都井井有条。葛莱蒂·波塞尔在门口迎我，她是一个像鸟一样的中年女人，脸上流露出艰苦、烦忧和不屈的意志，但里面也有一丝猜疑。然而，到目前为止，没用高人一等的怀疑接受我的想法的，她是第一个。又或者是她掩饰得比较好。她的丈夫科特不在，于是我准备第二天来见他。

"目前你觉得这个镇怎么样？"她问。

"我觉得它令人讨厌。"我答道，立刻就后悔了。我最不想让她敌视我。

她头一次笑了："好吧，那你会过得不错。只是要记住，这附近有很多疯子，你得提防一点。"

"黑人呢？"我问。

猜疑又来了。"黑人，该死的，没有一点错，除了白人对他们做的破事。"

轮到我笑了。看来葛莱蒂是个反叛的人。

第二天，科特出来，用他那日耳曼人的最大热情迎接我。他穿了一件洁净的白衫，裹着同样整洁的白色头巾。要不是冰蓝色的眼睛，他看起来就像一个修长健壮的大胡子摩尔人。站在他的附近，就像靠近一根倒下的电力线，全是危险、爆裂的能量。他有深棕色的皮肤，肌肉发达，两手长满老茧，因为工作而大得出格，他绝对是我见过的最非凡的人。我连名字都没说出口，他就把我领上了外廊，开始跟我详细讲述接下来8个月的生活会是什么样的，始终笑着，露出参差不齐的牙齿。

"现在，你要来给我拱（工）作8个月，染（然）后你要买下我的蚁（一）头骆拓（驼），我会教你训练塔（它）们，你会再搞到两头叶（野）的，染（然）后就醒（行）了。我有一头动物给你。它只有蚁（一）只眼睛，但是，哈，哪（那）没有关系，对你来说足够抢（强）壮和克（可）靠了，啊。"

"是，但是……"我结结巴巴地说。

"是，但是啥嘛？"他不相信地喊叫。

"要多少钱？"

"啊，呀，要多少钱？呀，让我想想啊。1000澳元卖给你。好划算。"

一头瞎骆驼要1000块。我暗自思忖。我用那笔钱能买头大象。

"你人很好，但是你看啊，科特，我没有钱。"

他的嬉笑消失了，就像油水流下放水口。

"但当然我可以在酒吧工作，这样……"

"呀，那就对了。"他说，"呀，你要在酒吧拱（工）作，还有你要待在这里给我当学徒换吃换住，今晚开始卧（我）们看看你是块什么料，就这么定了。你是非常幸运的姑娘，我为你做则（这）个。"

透过茫然的半信半疑，我听懂了一半：我被拐了。他把我领到畜厩里的住处，进屋给我取驯骆师的新行头。我钻进白色大包裹布里，把可笑的头巾搁在我的浅色头发和眼睛上。我对着镜子无助地大笑，看起来像个精神分裂的面包师。

"干啥嘛，是你穿起来太好看还是咋（怎）么的？"

"不是，不是，"我让他放心，"我只是从没见过自己像个阿富汗人，仅此而已。"

他把我带到外面看骆驼，上第一课。

"现在，你必须从地（底）层开始干。"他边说边递给我簸箕和扫帚。

骆驼拉屎像兔子，整洁的圆形小颗粒，一拉一大堆。有几堆正落在科特手指的方向。直到那时，我才意识到，在整整 5 英亩的地上，我没有见到一丁点儿那个东西，一颗都没有，而且鉴于科特有 8 头牲畜，最起码这很让人惊讶。为了给我的新老板留下勤奋的印象，我弯下腰去，小心地把每颗屎粒刮进簸箕盘里，站起来等待检查。

科特好像哪里不对劲。他的眉毛在脸部挑上压下，像部电梯。棕色皮肤开始变红。然后像火山爆发一样，他用他那热岩浆般的口水喷我。

"辣（那）个……是撒（啥）？"

我很困惑，往下看，却什么也没看见。我跪下来，还是什么也没看见。科特扑通一声跪在我的身边。藏在一片短茅草下面的，是你所能想到的最小的一块远古骆驼屎。"清干净！"他尖叫，"你意（以）为介四（这是）他妈的度假还是撒（啥）？"我无法相信这种事会发生在我身上，颤抖着捡起微小的屎片。它几乎快要随着岁月流逝化成灰了。但科特息怒了，我们继续巡视牧场。

经过这次爆发，对留在那里，我本该再考虑一下，但很快我就明显看出，我的恶魔朋友是骆驼奇才。我现在会彻底抛开一些关于这些动物的谬见。据我所知，它们是除了狗以外最智慧的生物，估计它们的智力水平大致等同于8岁的小孩。它们重感情、厚脸皮、贪玩、机智（没错，机智）、沉着冷静、耐心、耐劳，而且超级有趣有魅力。它们也很难训练，因为本质上的性情未被驯服，况且又极度聪明敏锐，所以名声才这么臭。如果对待不当，它们是相当危险的，而且绝对难管束。科特的骆驼没有这些毛病。它们就像好奇的大狗仔。也不臭，除非反刍时因为赌气或者害怕，喷你一身黏滑的绿渣子。我还得说，它们是高度敏感的动物，很容易受到糟糕的训练师的惊吓，而且很容易被毁掉。它们骄矜，有种族优越感，明确地相信它们是上帝选中的子民；也是胆小鬼，它们的贵族风范掩藏了脆弱的心。我入迷了。

科特继续罗列我的职责。粪便似乎是主要问题。我要整天跟着动物，捡起这种让人不快的东西。然后他告诉我，他曾经有过一个好点子，把足球的橡胶充气内胆兜在它们的肛门上，但不到一天，它们就不满地把内胆甩掉了。我看看一旁的科特。他不是在开玩笑。

我还要在凌晨4点去抓动物，解开它们的绊子（它们的前腿被皮带和脚镣绊住，以防跑得太远太快），并让它们鼻子连着尾巴，排成一队回家，做好上鞍的准备。有三头，会用于当天的工作，带着游客转转椭圆形场地，1澳元转一圈，其他的会被关在院子里。我得把选出的三头绑到饲料斗旁，用长柄刷给它们刷毛，让它们"呜嘘"（阿富汗词语，意思想必是"坐下"），然后给它们装上由科特设计的俗丽的仿阿拉伯式鞍座。这是我接下来8个月生活中最好的部分。科特直接把我丢去干粗活重活，根本没有给我时间害怕动物。一天剩下的大部分时间里，都忙着确保他的无菌场地极其干净、整洁，毫无野草。没有一根草敢长错位置。

当天晚上，那个很好心开车带我转转的男孩过来看我活儿干得怎么样了。我通知科特我有客人，然后把他带回畜厩。我们坐下聊天，看着深夜灿烂的蓝橘光辉。一天的日常工作把我累得要命。科特一直让我匆匆快跑，从饲料仓跑向骆驼，再跑到院子里，然后跑回来。我给花园除草，用剪刀修整了1英里茅草丛生的路沿，领着无数令人反感的游客坐在骆驼背上环绕椭圆形场地，还做了清扫、拖地、刮屎、搬抬的工作，直到我觉得自己就要崩溃了。脚步没有松懈过一分钟。而且由始至终，科特都在监视我和我的工作，当着不知所措又尴尬的游客的面，一会儿嘀咕我干得不错，一会儿又对我尖叫辱骂，二者交替进行。我在工作的时候全神贯注，没去想自己能不能忍受8个月的这般对待，但当我跟我的年轻朋友倾诉时，我对那个人的所有怒气都从心底泛上来了。傲慢的浑蛋，我想。可悲、刻板、强迫症、爱发牢骚的小变态。我恨自己在与人打交道方面如此的怯懦。这是特别女性化的症状，就和那些总是充当猎物的动物的软弱一样。我不够进取，也没有勇于反抗。现在又在自己人这里无力愤怒地喋喋不休。突然，科特出现在拐角——迈着巨步、一身白衣的幻影。没等他走到我们这里，我就感觉到了他的暴怒，站起来与他对峙。他用一根颤动的指头指着我的朋友，牙关紧锁地轰他：

"你，你离开这里。我不知道你他娘的是谁。天黑以后不容许印（任）何人在这里。你很可能是富拉顿他们家派来刺探我的驼鞍设计的。"

然后，他瞪着我："我从自己的线人那里听说了，你已经去过辣（那）里了。如果你给我赶（干）活，就不准靠近辣（那）个地方——永远。明白了没有？"

接着我就爆发了。地狱都没有我爆发得厉害。我的朋友已经双目圆凸地消失在黑暗里，我对着科特破口大骂，用天底下所有的脏字骂他，尖声说他这辈子都别想再让我给他干脏活儿。我宁愿去死。我激情澎湃地冲进房间，猛摔那扇被他宝贝得像玻璃一样的谷仓门，并打包好简陋的行李。

科特目瞪口呆。他错判了我，把软柿子捏得太狠。他眼里的澳币符号消逝了。但他还是太骄傲，不肯低下头来道歉，第二天一大早，我就搬去了酒吧。

2

酒吧分成四个区。沙龙吧是我工作的地方，这里招待许多常客——卡车司机、牧场工（一些人有部分原住民血统），偶尔还招待几个黑人剪毛手（牧场工），他们刚收入 200 澳元支票的工钱，就来酒吧兑现，等到第二天早上就所剩无几。然而，除了那些钱多人傻的，黑人在这里经常被心照不宣地嗤之以鼻，也不常进来。休闲吧招待游客和一些社会地位稍高的常客，不过两个区之间通常是流动的。台球厅勉强允许黑人入内，而内室吧则是一个舒适、装饰缺少品位的房间，警察、律师和上层阶级的白人在这里喝酒。这里严禁黑人进入。没有法律，也没有规定，但依旧可以假借"敬请顾客着装整洁"等幌子得以实施。沙龙里的刺儿头，以"男同吧"闻名。这间酒吧没有"狗窗"，北部地方多数酒吧都有。这种小窗户开在背面，卖酒给黑人。

我住在后门外面一个通风良好的水泥鸽笼里，家具就是一张铝合金的床，盖着一床有污迹的艳粉色绳绒床单。我给家里写了封愉快的信，告诉每个人我骑着巨型蟑螂练习驯兽，如何用鞭子把它们抽得老老实实，又恐怕它们有朝一日会转而报复我，所以我忍住不再把头放进它们的嘴巴里了。但笑话里隐藏着与日俱增的忧愁。搞到骆驼，甚至仅是关于骆驼的信息，竟然比我以前想的难太多。当时，关于我的计划的风言风语已经传开，招来很多老顾客挖苦的嘲笑，还有足够多无用和不准确的信息，可以填满一座荒谬的图书馆。似乎突然间，每个人都了解了关于骆驼的所有知识。

无须钻研多深，你就会发现，世界上几个最愤怒的女权主义者在她们的性格形成期，都在碧蓝的澳洲天空下呼吸过新鲜空气，之后扎好袋鼠皮背包，急匆匆地赶去伦敦、纽约或其他任何地方，在那里，澳式男子气概就像黎明的狰狞梦魇，缓慢地从她们战痕累累的意识层面褪去。任何一个在爱丽丝泉的男性酒吧工作过的人，都会明白我是什么意思。

　　有的男人会在营业前就在门口晃悠，经过整整 12 个小时的酒精浸泡后，不情不愿地离开，通常是在打烊时爬出去的。其他人有固定时间点、固定位置和固定朋友，在一起交换一会儿谈资，往往是同样的故事、同样的反应。另一些人坐在角落里，天知道在做什么梦。一些人疯疯癫癫，一些人卑鄙无耻，一些人——哦，那屈指可数的稀有宝石——和蔼可亲、乐于帮忙，还有幽默感。等到晚上 9 点，有些人会为丧失的机会、失去的女人和放弃的希望抹泪。当他们哭泣时，我隔着柜台握着他们的手说"好啦好啦"，他们会默默而又不自觉地对着吧台撒尿。

　　要真正严肃地探究澳洲的厌女迷信，就得孜孜不倦地走过200 年的澳洲白人史，和一群被不公正对待的罪犯一起登上"大片褐土"的海滨。其实，他们登岸的地方相对更有绿意，而且更吸引人，大片的褐色东西是后来才有的。殖民地的生活丝毫不易，但男孩们学会了团结一心，当他们服满刑期之后，如果四肢仍然健全，就大胆地闯入外面的险恶疆土去冒险，试图过上勉强糊口的可怜生活。他们强悍无比，根本没有后顾之忧。而且他们用酒精来舒缓精神遭受的打击。等到19世纪40年代，他们开始渐渐明白缺了点什么。绵羊和女人。前者，他们从西班牙进口，这一天才之举使澳洲进入了经济版图；后者，他们从英格兰的贫民收容所和孤儿院成船运来。鉴于一直都不够分（说的是女人），你可以清晰地想象姑娘们勇敢地乘船驶来时，悉尼码头上狂乱的冲撞画面。如此惨痛的种族记忆很难在短短一个世纪内抹除，这种狂热在每间乡间酒吧经久不衰，焕发生机，尤其在内陆，澳洲男性仍任情使性地固守着一副刻板模样。现代的表现形式几乎全无魅力。他们抱有偏见、心胸狭隘、无趣，而且最重要的是，蛮横粗暴。他们的生活乐趣仅限于打架斗殴、开枪射击和喝酒。对他们来说，哥们儿的概念不包括英国佬、土著、懵猪眼、爱尔兰佬、日本佬、法国佬、德国泡菜佬、男同，对，还有小姑娘、妞儿和马子。

一天夜里，在酒吧，一个和蔼一点的常客小声对我说："你得小心点儿了，姑娘，你知道吗？你已经被这里的几个小子提名为镇上下一个被强奸的对象。你不该那么友善的。"

我整个人都崩溃了。我干什么了我，除了偶尔拍过他们几次肩膀，临时帮过喝瘫在地上的人，沉默地听过几个令人心碎的倒霉故事，我什么也没干啊！我头一次真正感到惊恐。

又有一次，我给内室吧的人代班。当时好像有六个人在那里沉默地喝酒，包括两三个警察。突然，一个喝醉了的头发散乱的原住民老女人进来了，开始对着警察大放厥词，满嘴都是污言秽语。一个大块头的壮硕警察朝她走去，把她往墙上撞。"闭嘴，给我滚出去，你这个老醉鬼。"他也吼她。当他把她拖到门外，强行推回大街上时，我差点儿挪动麻痹的双腿，跳过吧台去阻止他。没有一个人挪开他们的板凳，不久，每个人都继续喝他们的酒，偶尔说几句关于黑人愚钝的玩笑话。当晚没人的时候，我在吧台后面掉了几滴眼泪，不是出于自怜，而是出于无助的愤怒与憎恶。

这期间，科特压制了他的暴躁和骄傲，偶尔上门来劝我回去。葛莱蒂也不时过来（我更迫切渴望见到她）看看我的进展，并暗地里劝我接受。在酒吧待了两三个月之后，我已经存下足够多的钱，让那个想法再次变得切实可行，虽然还不够有吸引力。显然，科特那里是学东西最好的地方，如果那意味着要忍受他古怪的方式，或许也是最好的解决办法。况且，他这几次来访都很殷勤，已经诱使我觉得，我或许犯了一个战术上的错误。

于是，有空的时候，我就去那儿，并在那里过夜。这次我在葛莱蒂的坚持下住在屋里，然后回来上早班。正是在此之际，酒吧给了我最后一击。

我在凌晨时分回到我的小土牢，发现了一大坨造型优美的粪便舒适地偎依在我的枕头上，几乎是含情脉脉。就好像它属于那里，就好像它终于找到了最终的安息之地。我有了个最荒诞的想法，觉得自己应该以某种方式向它问好，让它知道我在场，就好像我才是入侵者。比如，"不好意思，我觉得你睡错床了"。至少有 5 分钟，我手扶在门上，凝视着它，瞠目结舌。我的幽默感、自信和对人性的信任通通知趣地消逝了。我交上辞呈，逃往相对理智的牧场。

＊　　＊　　＊

在那之后，我连科特严苛的陪伴都似乎可以忍受了。在新鲜空气和烈日下的艰苦劳作，可供娱乐的骆驼，还有葛莱蒂，这一切似乎让生活再次有了希望。而且，尽管科特从来没有好心善良过，但他现在隔三岔五地像个文明人了。他是个极好的老师。如果没有他这样逼我与动物共事，我可能因为太过怯懦而不敢尝试。但他永远不会逼得太狠而让我丧失信心。结果就是，我胆大无畏，那些生灵做不出任何能吓到我半分的事来。那段时间，我怎么躲过了身体重伤？一定跟守护天使、科特的聪明以及离谱的好运气有很大关系。他似乎对我在牲畜方面的进展很满意，开始让我了解对付它们的秘密。

"记得，永愿（远）都要光（观）察动物，日日夜夜光（观）察它，看它怎么香（想）。害（还）有永愿（远）、永愿（远）先满足骆驼的需要。"

他的八头动物，每头都有独特的个性：比迪是骆驼王国风韵犹存的贵妇人，无限优越于人类；米诗米诗是一点就着的、自负的年轻贵族；喀土穆是招人喜欢的神经过敏者；阿里是悲伤坚忍的小丑；法哈尼是上了年纪的可怜老太太；阿巴是有青春期苦恼的弱智儿；巴比永远是搞恶作剧的；杜奇是生下来就要称王的。我把他们拟人化了，全都喜欢。不管我发掘了他们多少，总有更多东西可学。他们持续地给我惊喜，让我着迷，直到我把自己的四头留在印度洋海岸上的那天为止。我一连几小时凝视着他们，嘲笑他们的滑稽姿态，对他们说话，抚摸他们。他们占据了我的全部思绪以及仅有的一点暇余时光。通常，晚上我不跟科特和葛莱蒂一起看电视，而是耽于幻想地来到外面的围场，听着反刍的咀嚼声，单方面低声轻吟。当这场爱恋发生时，我不用去想太多出行的计划——它仍是一条长长隧道尽头一抹安全的辉光。

科特依旧在我做错事时尖叫着呵斥我，但我能承受，甚至受虐地感激他，因为这让我保持警醒，能对抗我内在的懒惰，让我学得很快。此外，当他真正说出一句表扬的话，或者露出一个罕见的微笑时，能带来超出言语的安慰，让我为自己骄傲。师父随口说出的一句称赞抵得上旁人随口说的一百万句，还是有很多快乐的奴隶的。

牧场坐落在世上最古老的石块中间，本身就妙不可言。而且，或许正是这个地方冷酷荒凉的无爱，将它周围乡野那魔幻而积极的特质毫无保留地凸显出来。进入那片乡野，就意味着要被灰尘呛死，被单调的热浪闷死，被无处不在的澳洲苍蝇弄得心烦意乱；意味着为空旷感所叹服，并谦卑于地球表面最古老、贫瘠、令人敬畏的景貌；意味着要去探索大陆神话的熔炉，伟大的内地，非真实的真实，有着无限蓝色空气与无限力量的朽迈的沙漠。考虑到当时我身处的封建环境，谈什么日渐增长的自由感似乎都很可笑，但是在那些永恒的砾石之间走上一遭，或者沐着月光走在那条闪闪发光的河床上，任何事都可以被修缮，任何事都能被忘记，任何疑虑都经受得住。

我日出而作，日落而息，有时还加班加点，一周工作 7 天。如果我们因为下雨或者科特宣布要放假而关闭牧场一天的话，也有缝缝补补和打扫卫生的事情要做。我开始意识到，科特与我的关系完全就是他跟受驯骆驼的关系。比如，他不允许我穿鞋，于是我必须饱尝一段极度疼痛的磨脚过程，同时我的皮肤学会了耐受形如狼牙棒、有半英尺①宽的芒刺。有些夜晚，我因为脚肿、被刺破、感染而疼痛难眠。如果我抗议，就被当作大逆不道，而且我的自尊也不允许我老是抱怨。我已经给自己造出牢房，现在，看守分发任何东西，我都必须咽下去。终于，当我的脚变得乌黑、粗糙、开裂、长满老茧时，科特赏给我一双凉鞋。他对看我吃饭也有莫名其妙的兴趣。

"吃光啊，姑娘，这就对了，"他会在我狼吞虎咽一顿惊人

---

① 1 英尺为 30.48 厘米。

的大餐时说，"你需要力气。"我的确需要。他像鹰一样观察我，严惩我的错误，当我表现良好时拍拍我，供我吃饭。

因为共同的敌人以及与下面溪谷里的人有同盟关系，葛莱蒂和我越走越近，发展出深厚的友谊。要是没有她的话，我简直无法跟科特待在一起那么久。她在镇上找了份工作，主要是为了离开她丈夫，有点喘息的时间，还因为科特一直在抱怨他们的经济状况。牧场的状况之所以不尽如人意，归结于两个问题：一是科特和弗拉顿之间长期不和，根据科特的说法，弗拉顿收买了所有的旅游巴士司机，让他们远离这里；另一个是科特对那些过来的人充满乖僻的蔑视，而且态度粗鲁。

"你意（以）为你在那个栅栏上干撒（啥）呢，你个死白痴！你们这些该死的臭游客，你们他娘的不识字吗？我们今天不开门。你们意（以）为我们这里他娘的不放假吗，啊？"

这是我喜欢他的原因之一。科特和我真正的交流，除去骆驼的事务，就是我们会在一起咯咯地嘲笑他口中的"恐怖分子"的可怕行径。脾气上来的时候，他拿所有人撒气，包括他的衣食父母。这是某种内在气节的唯一标志。我们能在那几个月里发展出几乎相当于友谊的东西，我把它归于一个事实，即我仍被中产阶级的错觉蒙蔽，觉得每个人打心底里都是好人，只要你能摸到他问题的根源，但他最终会把那种愚蠢彻底从我的脑壳里敲出来。他的内在运作方式最好不要去碰。在成长的这一阶段，我宿命般地深陷于这种渴望，想要理解一个完全不在我见识范围之内的人，之后我才恍然大悟，只有不遗憎恨，才能理解和宽恕。

如今我相对平静地回顾那个时代，觉得科特作茧自缚，十分可悲。因为我跟他曾穿越偏远地区，享受平静的长途骑行，曾在河床上学习赛骆驼，有过美妙的时光。这些时候，我不用鞍座，骑骆驼飞奔，完全没想过那些四条腿重踏过的嗖嗖作响的地面。那是无以言喻的豪情。我经常骑一头年轻的公骆驼——杜奇。他是我的最爱，我猜也是科特的最爱。一个人在训练动物的时候，眼见一个受惊、棘手的 1000 磅的麻烦家伙渐渐出落成一头完美的巨兽，在恐惧、专心和困难之后，会对他生出一种特殊的依恋。因为我也在受训，所以这种依恋得到加强，杜奇与我是一个团队，要一起经受磨炼。

科特与动物的关系中有个瑕疵：脾气上来的时候，他残酷无情。没错，训练骆驼必须坚定，必须用严厉的训诫和敲打来管教，而科特却总是做得过火，尤其是年轻的骆驼相当畏惧他。第一次见证这炼狱之火的待遇，是在我过来后不久。杜奇朝科特飞了一脚，好家伙，他用锁链套住那条腿，整整打了 15 分钟，直到我觉得一定被打断了为止。我进屋去找葛莱蒂，话都说不出来。我两天没有跟他讲话，不是想要惩罚他，而是因为我没法看他。在我们的关系中，头一次，也是唯一一次，科特悔悟了。他不想再次失去我。但这种事一再发生，看起来似乎每个人，甚至包括骆驼们，都把它视作不可避免的事，要像其他事情一样忍受、克服它。

头几个月里，我常被一种绝望吞没，以至于垂头丧气地想打道回府。这被科特用一种异常狡诈的手腕有效地制止了。他给我放了一天假，我带着怀疑的感激接受了这一奖励。我能感觉到其中有诈。在称赞过我的工作之后，他把想出的一项新的财务安排告诉了我。他会留我在这里工作8个月，之后的两三个月里，他会帮我打造鞍座和装备，为路途做准备，再之后他会让我选三头骆驼，免费的，等旅途结束后还回来。当然，这安排好得不像话。我知道他在要我，当时就知道，但我没有听从这一意识，因为我需要相信他。我直视着他那双透出火炬般自私之心的眼睛，接受了。这是一份君子协议。科特拒绝签任何文件，说那不是他做事的方式，但每个人都知道，而我也多半知道，科特从来就不是君子。他让我任其摆布，但如果我想给梦想注入生命，也别无他处可去。

* * *

我经常跟科特讲我有多爱乌鸦。对我来说，它们就是狂野自由与智慧生存者的精华。我想要一只。听起来是个自私的欲望，其实还好。如果你很小心，想不惊动其他小乌鸦，显然也不想让它的父母痛苦的情况下，从鸟巢里偷出一只乌鸦宝宝是很简单的。你可以教它学着飞，它会找你要食物和疼爱，它永远不需要被关在笼子里或者断羽。在跟你度过被娇宠的童年之后，它会带青春期的野鸟朋友回家喝下午茶、开派对，最终会离开你，跟同类在灌木丛中展开新生活。一个让每个人都幸福地生活下去的完美体系。科特说，如果就需要他做这么一件事，他能给我搞一只。我们开始在沟谷里观察鸟巢。鸟爸鸟妈在40英尺高的桉树上给几拨嘎嘎大叫的饥饿小脑袋喂食。一个炎热的正午，万物似乎都在打瞌睡或睡午觉时，一只灰鹤飞到其中一个鸟窝对面的树上，开始在高温下打盹。其中一只乌鸦家长，本来一直兀自明快地高叫，此刻显然是无聊了，飞到对面树上，落在稍低于那只毫无戒备的灰鹤下方的一根树枝上。它极其安静又若无其事地跳上灰鹤的树枝，开始悄悄贴近它。当它刚好挨到睡着的灰鹤时，发出一声沙哑的鸣叫，拍打起翅膀。灰鹤一飞6英尺高，羽毛乱舞地冲上天空，这才意识到自己被粗鲁地开了玩笑，并重新恢复镇定。我们情不自禁地一通狂笑之后，决定就是这个鸟窝了。

猎鸦是一次重大远征。绳索，骑骆驼，还有午餐。科特向我保证，他是个优秀的爬树高手，一定能够到鸟窝。然而几次尝试未遂之后，尽管能非常清楚地看到四只小乌鸦，但他就是够不着它们。他从光滑的树干上溜下来，宣布实施B计划。

"但是，科特，你不能那么做。我们不要四只乌鸦，而且它们都会被摔死的。"

"胡说。尿（鸟）窝很轻，它废（会）飘。而且，树枝会使它们下落时得到缓冲。外（喂），这跟你有什么关系？你向（想）要一只乌鸦，不是吗？"

不可能劝阻他。他把绳索套上树枝，用尽全力一拉，全掉下来了，树枝、枝干、有两只死鸟的窝，另外两只，一只死在我手里，还有一只断了腿。

我骑着杜奇带阿肯纳顿回家，用窝里的鸟毛裹着他，放在衬衫里。我骑在前面，这样科特就看不到我哭了。

＊　　＊　　＊

此后出现了两大进展，让生活稍微没有那么累人。姐姐给我送来一顶帐篷，我把它扎在牧场所在山丘的另一头，这给了我一定的隐私。我也开始跟邻居交朋友了。他们是陶工和皮匠——嬉皮士的原型，有点亡命之徒的味道，很有魅力，也友善、好客，用我几乎忘记的语言跟我说话。他们住在爱丽丝泉唯一一栋看起来好像就属于这儿的平房里，一栋半隐半现于山间的叫巴索农场的破旧老石屋，我爱它不逊于爱它的住户。波莉、乔夫和他们的小孩住在一头；丹尼斯、玛丽娜，还有丹尼斯的两个小儿子住在另一头。玛丽娜是个肤白发红的苏格兰少女，能做绝佳的陶罐，但满身都是热带溃疡、虫咬伤和痱子。和我们其他人不同，她觉得很难去称颂沙漠的奇幻。

我一有闲暇就往那里跑，穿着我的面包师行头在门口瞎晃、闲聊、大笑，或者看着波莉缝纫、摆弄皮革，不提高嗓门也毫不尴尬地给她女儿换尿布。她是个杰出的女工匠。她做的包袋不用工具加工，精致，设计优美，细节非常讲究。她提出要教我怎么做。我发现我缺乏她的耐心、灵巧和天赋，但流过许多汗水后，我终于完成了两个非常漂亮的羊皮袋，但后来在路上证实完全不中用。不过，在一年以后，等我终于开始自己制作装备的时候，这些课程派上了用场。

我的社交生活现在以巴索农场为中心。大多数夜晚，我会挤出一两个小时，跟他们坐在一起喝酒，挥开那些绕着汽灯送死的飞虫，发发有关科特的牢骚，见见几个为数不多有同情心、友好的爱丽丝泉人。但到了这个阶段，我在情感上已经远离外来者了。我发现自己很难放松，尤其当我不得不被带着标签介绍给外人时——这种事总是会挑起一种认同危机。"我想让你见见罗宾·戴维森，她要带着骆驼穿越澳大利亚。"我不太知道怎么应对那种场面，只能随大溜。又是一个陷阱。"骆驼小姐"的形象是个不祥的开端，我当时早该把它掐死在萌芽状态。

也是在这里，一个凉爽的夜晚，我经历了自己头一次也是唯一一次由酒精引发的幻象。我整个晚上喝下了半瓶龙舌兰，跌跌撞撞地到外面去小便。在我面前，站着三头幽灵般的骆驼，全都上了鞍，套着美丽的贝都因装备，从柠檬树间向外注视。其中一头是白色的，慢慢地朝我缓步走来。尽管这是一种预示，但我当时昏昏沉沉的神经实在吃不消。我颤抖着手指拎起裤子，飞逃半英里，想回我的帐篷。路上，我被绊了一跤，跌进沟渠，像一棵倒木一样躺着，半梦半醒，剩下的夜晚身上覆了一层霜。早晨，我的头疼得像是被一辆肯沃斯卡车反复碾着，它又大又猛，一整天都在我的脑颅里换着挡。那漫长的几个月里，我发现不管我看什么东西超过 3 秒，都会把骆驼的影像投射上去。摇摆的树枝成了用力咀嚼的骆驼脑袋，灰尘成了飞驰的骆驼，浮云成了坐下的骆驼。这是明确的标志，我脆弱的意志已经执着到临近痴呆的地步，这让我隐约有点担心。不知我的新朋友们是否有所察觉，但因为他们与我以前的生活形成了一种纤细的联系，也让我大笑，帮我熬过了那段时间，所以没让我留下太严重的脑损伤。

我的帐篷一点儿也不舒服，就丢在沙漠烈日的正下方，但它是我的——是我的空间。阿肯纳顿会早早地在破晓之前大摇大摆地进来，袭击小刨，直到她从床上爬起来抗议，然后阿肯纳顿又把被单从我脸上扯开，轻轻地啄我的耳朵、鼻子，嘎嘎大叫，直到我起床喂他。他贪得无厌。天知道他把那些肉都吃到哪儿去了。该去工作时，他就坐在我的肩膀或帽子上，直到我们三个都爬上山丘，能看到牧场在下方铺开，像一块假的绿宝石，那么他就会鼓起勇气飞行，翱翔到屋顶的高度。这是我此生对飞行知识最有间接同感的时候，容忍他需索无度的天性和长期的偷窃癖，也算值了。

我给小骆驼准备好鲜牛奶之后，小刨会跃到空中 6 英尺高，抓咬每一个想偷她早餐的"长脖子"，还以为是给她喝的，乌鸦则会俯冲袭击所有家伙。他是个无法控制的挑事鬼，小刨很想一巴掌拍死他，但被我禁止了。她最终学会了，就算不是真心喜欢他，也要接受他，甚至容忍他站到她背上带他兜风，而他非常享受这件事，一直在低声哼唱和自言自语，还自负地梳理亮泽的墨蓝色羽毛，偶尔啄她一下，让她加速。人生中，我头一次发现，我其实享受动物的陪伴多于人。跟自己的同类在一起，我害羞而困惑，不信任他们。我不理解这一变化，也没有意识到自己已经变得孤立、自卫和缺乏幽默感，我不知道我寂寞。

　　失去帐篷是件难过的事。那晚刮起超大的冰雹风暴时，我正睡在里面。冰球积在篷顶，直到帐篷被压裂，砸下一摊冰水。我回到科特家，压力又开始慢慢地积聚。他不断抱怨没有钱了，于是我决定在镇上找家餐厅工作，一周去几晚。那是恶心的工作，但它意味着我又再次与人类相处，在厨房里跟真人讲笑话。也意味着我第二天工作时会过度疲劳。科特变得越来越刻毒，越来越懒，把经营牧场的大部分工作都交给我做，我现在发现自己完全能够胜任了。没有他在背后监视，正合我的心意。

　　但是一天早晨，他宣布，我要提早两个小时带骆驼回来。我难以置信地瞪着他，人生中第二次也是最后一次，我跟他吵起来了。

　　"你这个浑蛋！"我小声嘀咕，"你这个无人能及的浑蛋，怎么敢命令我那么做。"

我跟他在一起待了 8 个月，估算着他可以开始帮我的那一天越发隐约可见了。他近来把刀子绞得越来越紧，就盼着我崩溃，自行离开。他玩了数不清的残忍小手段，但它们只能坚定我的决心，不会让他得逞。但现在，我累了，没法继续压制我的情绪。科特震惊得像石头般安静。但等我一个小时后回来，他脸色白得像死了一样，嘴唇抿成一条硬线。

"你必须万万（完完）全全按我说的做，不然就滚。"他嘘我，同时一把抓住我，晃得我牙齿咯吱作响。

第二天，我在恍惚中离开牧场。我再也不会得到我的骆驼和其他任何东西了。我惊讶于自己的盲目，我是瞎到了什么地步，才会给他当这么久的笨蛋。我在邻居家消沉地待了几天，哭了好多次，捶胸顿足。然后有人提出给我一份工作。就是那个急躁的老先生萨雷·穆罕默德，他后来成了我的朋友、骆驼上师和救命恩人。他告诉我，不管谁，能忍受科特那么久，都值得休息一下。他立即起草了一份签名保证书，只要我来为他工作几个月，就会给我两头野骆驼。我真想感激地亲遍他全身，匍匐在他的脚下说"谢谢你谢谢你谢谢你"，但那绝不是萨雷的行事风格。我们握手成交，于是一整个新纪元开始了。

萨雷的慷慨有悖常理，因为他知道我对他从事的工种几乎帮不上忙。通过一个从布里斯班过来的熟人，他听说了我的困境。那人是一个骆驼师，他带着自己的三头骆驼两次横跨澳洲中部，是自探索时代初期以来的第一人。在那个糟糕的夏季，我们两人都为萨雷工作。或许是我们工作的帐篷里无法忍受的酷热，或许是穿过草坪不停从活页板下面爬进来的毒蛇，或许是夜里吸你的血、直到把你吸成贫血的1英寸长的蚊子，或许仅仅是因为所有跟骆驼打交道足够久的人都会变得有点神经兮兮，但不管是什么原因，我终于还是疏远了丹尼斯。他早前那么愿意帮我，现在我们经常因为小事吵翻，继而陷入沉闷而灼热的氛围中。能在男人心中引起敌意，我想不明白自己是怎么获取这种新技能的。

在科特的地盘，我学会了对待骆驼的微妙技巧。跟萨雷和丹尼斯在一起，我熟悉了艰苦和慌乱，了解到这些动物一有机会也会杀人。有丹尼斯那令人紧张的"注意"和"小心"帮忙，以及萨雷一向对女性弱者的保护本能，我开始活在一种几乎永恒的恐惧状态里，再加上我自己在这两个男人面前的焦虑，可谓雪上加霜。我在那里的时候，被踢过、打过、踩踏过；我从一头突然尥蹶子的疯骆驼身上摔下来，小腿被夹在鞍座铁条和一棵树之间压烂。这是骆驼的老伎俩，用以甩掉背上那些讨厌的人：挤压他们，用大树枝把他们刮下来，或者坐下来往他们身上滚。我不是个足够好的骑手，也没有体力来应对这个。我开始感觉自己没用又笨拙。

萨雷教给我最重要的东西，是怎么用绳索绑牢一头骆驼，怎么用白木或围篱雕出和削出鼻栓，怎么捻绳，怎么修鞍座，其实都是些五花八门的小知识，我后来能在林地里活下来，它们起了非常重要的作用。他是这种信息的无穷宝库。他一辈子都跟骆驼在一起，尽管他对它们毫不感情用事。相较于我的心软，他对待它们的方式粗暴了点。他对这些动物了如指掌，有些知识也渗进我的心里，在旅途中最不经意的时候冒出来。我见过他的妻子爱蕊斯，她有了不起的奇妙幽默感，帮我嘲笑自己的窘境。她和萨雷是完美的对比，又彼此互补。在那个可憎的破烂地方，他们是我遇见的最好的人，直到今天，我依旧喜欢、钦佩和敬重他们。我也永远心怀感激。

* * *

一天下午，睡在简易床上的我，从一摊汗水中醒来后，有种怪异的感觉，好像有人在看我。我心想或许是哪个镇民来了，想攫走我的衣服，可是没有人。我再次躺下，但那种感觉挥之不去。我抬头一瞥，透过帐篷顶上一个 2 英寸的小洞，看到阿肯纳顿蓝色的小豆眼，先是右眼，再是左眼，目不转睛地盯着我的裸体。我扔了一只靴子砸他。

他的偷窃习惯也让他成为一只让人忍无可忍的害鸟。就在你正准备刷牙时，他会抓起牙刷飞进树林里不愿放下，除非你不再对他大喊大叫、挥舞拳头。同样的事也发生在你喝茶时，刚拿着糖罐和一杯茶坐下，勺子就没了。

我有个辅助的睡觉用小帐篷，形状像个圆锥，绑在一根突出的枝干上。因为酷热难耐，我的一半身子睡在帐篷里，一半在外面，树枝就在我头顶 6 英尺高处。一天早晨，还没到黎明，阿肯纳顿就开始像往常一样叫我起床，但我已经厌烦了这套程序；他完全能够自己吃食，照料自己，不应该再依赖他的替身母亲。在他尝试唤我起床未遂，我又骂他让他自己去找该死的早餐之后，他跳上那根大枝干，走了两步，在故意瞄准后，投下一个滴滴答答的"白色礼物"，正中我的脸。

* * *

我现在在爱丽丝泉已经将近一年，我是不一样的女人了。就好像我一直待在那里，以前的经历只是一场属于别人的梦。我对现实的把握有点不牢靠了。我想再见到我的朋友，因为我开始意识到，除了骆驼和疯子，我和其他的一切都离得太远。跟科特待在一起的时间对我有种怪异的影响——太自我保护、多疑，而且处处防御，随时准备攻击和扑向任何看似会让我不好过的人。尽管这听起来像是负面的特质，但它对我超越典型雌性生物的成长必不可少，她们从出生开始就被训练成甜美、顺从、宽容、有同情心、受气包的样子。至少，我也会为此感激科特。我的后背还有一根钢筋砼条，很好地掩藏在黄色的皮肤下面。我获得的，与其说是力量，不如说是韧性——斗牛犬的韧性。我决定飞回昆士兰，去看南希，我最亲密的朋友。她和我是多年的闺密，我们一起经历过 20 世纪 60 年代后布里斯班的萧条期，然后带着亲近、宽容、深情的友情全身而出，而这种友情只会存在于两个为之努力过的女人之间。她是一根标杆，能衡量我学到的东西和我的感受。她比我大 10 岁，也多 10年的智慧，我永远可以指望她洞察我的思想，得到正确的认识。我重视那种睿智和温暖超出一切。现在，我需要和她坐在餐桌旁好好聊一聊。

我乘坐轻型飞机回家，飞过辛普森沙漠无穷无尽的不毛之地，这让我再次斟酌了此行的蛮勇。南希和罗宾住在南昆士兰花岗岩丘陵山区的一处果园。哦，沿海城市真是又湿润又郁郁葱葱啊。我好久没有去过那里了，现在它看起来更密实了，杂乱无章。

南希马上注意到我的变化，我们每天伴着咖啡、威士忌和香烟聊到凌晨。很多朋友都在，重回充满爱意的友好氛围中真是美好得难以置信。我用奇闻趣事和传奇西部的真实生活逗乐他们。能再次那样大笑就像吃药治病一样。我离开前的下午，南希和我去灌木丛里散步。我们没怎么讲话，最后她说："小罗，我真的喜欢你正在做的事情。我以前不理解，但站起身来真正为自己做些什么，对我们所有人都很重要。尽管我不能说我不会想你想得要死，不能说我不会常常担心你，可是我要说，你做的事很了不起，我为此而爱你。我们要离开彼此和所依赖的舒适环境，到外面转转。尽管有时这很艰难，但它很重要，这样我们回来时才能交换我们学到的知识。即使一些事情会改变我们，我们恐怕会认不出彼此，也在所不惜。"

那一晚，我们在谷仓里开了个离别派对，跳舞，喝酒，笑啊，说啊，直到拂晓。

我从没在像澳洲社会的这样一些小范围以外发现过同样的友谊。这与旧时的兄弟情义守则有关，与人们有时间彼此照应有关，也与异见分子必须团结起来有关，同时竞争与成就在澳洲文化中不是特别重要。另外，还有一种慷慨的精神，能够在那种缺少传统的空间与潜力的独特感中成长起来。不管是什么原因，它都格外珍贵。

*　　*　　*

回家一趟让我恢复了对自己和自己所做事情的信念。我感觉平静、积极、坚强，现在，旅途不再是脱离本性之举，我也不再担心这件事是不是毫无意义，我能更清晰地看到原因和它背后的需要。

几年前，有人问过我一个问题："你所生活的那个世界，实质是什么？"我被问到时，已经三四天没吃没睡，当时我的印象是，那是个非常深刻的问题。我花了一个小时来回答，当我回答时，答案似乎直接来自潜意识："沙漠、纯粹、火、空气、热风、空间、太阳、沙漠沙漠沙漠。"我被吓到了，我不知道那些符号对我有如此强烈的作用。

我读了大量关于原住民的资料，那是我想在沙漠旅行的另一个原因——直接简单地了解他们。

我也对自己的生活和它的重复性隐约感到厌倦——对不同工作和各种研究三心二意地尝试；厌恶了背负任性的消极态度，这种态度几乎是我这代人、我的性别、我的阶级的通病。

于是我做出一个决定，它承载着我当时没有明确表达的东西。我本能地做出选择，后来才赋予它意义。在我的脑海里，这趟旅行从来没有被设定为一次要证明什么的冒险。当时我觉得，最难的就是做出行动的决定，剩下的只是坚韧。恐惧只是纸老虎。一个人真的可以通过行动来改变和控制自己的生活，而程序、过程，就是行动本身的回报。

3

到我自己挑两头骆驼的时候了。我挑了一头固执安静的老贵妇，她叫艾尔库塔·凯特，还有一头美丽狂野的小家伙，名叫泽莱卡。萨雷认可了这一选择，祝我好运。我在巴索农场的朋友都搬进城里了，把房子留给了我，可以一直住到它被卖掉为止。真是好运当头。在那个阶段，没有别的什么更合我意了。那意味着，我可以带着上绊的骆驼到没有围栏的荒野里，她们有大把的东西可以吃，我还能住在一个属于自己的家里。没有人。

在帐篷的最后一天是个灾难。我外出的时候，阿肯纳顿跟朋友飞走了，从此我们再也没有相见；我得想办法把两头暴躁的骆驼弄到主干道上走6英里，既不能弄死自己，也不能弄死她们；凯特几周前坐到了一个碎瓶子上，划伤了前胸，但没人特别注意这个伤口，只是偶尔用松焦油抹一抹；泽莱卡的头上有一条感染了的大口子；丹尼斯和我最后一次任由冲动的敌意发泄出来。

在仅遭受了些小伤和一次濒临神经崩溃后，我把她们弄到了巴索农场。现在我除了自己，没有别人可以依靠，没有科特、萨雷和丹尼斯他们来帮我或妨碍我。我清洁了她们的伤口，给她们上绊，带到外面，开心地看着她们一路咀嚼，走在通往东边山丘的土渣路上。是我的骆驼，我的家。

那种干脆明亮的日子，只有盛季的沙漠才有。晶莹的水沿着查尔斯河的宽阔河床急流，在一些一两英尺深的地方，它绕着一棵斑斑点点的赤桉树巨桩打旋儿；黑肩鸢在它们后花园的猎场上方翱翔，闪烁的翅膀和血红色的掠夺之眼捕捉着光；有着艳丽橘色尾羽的凤头黑鹦鹉透过高树，鸣出乐音；日光爆发，刺目的冲击能量淹没了一切；蟋蟀断断续续地从盛开的石榴树里发出摩擦音，和厨房里丽蝇的嗡嗡声一起，为炎热的澳洲下午奏出一曲颂歌。

我从来没有过自己的家。离开寄宿学校的铁窗和宿舍管制之后，我就和一大帮朋友一起，立刻进入了廉价合租房的公社生活。而在这里，我有一整座城堡。在这里，我是皇后。从太多劣质的陪伴突然转换到完全无人相伴的境界，真是愉快得震惊。就像从繁忙街道的喧嚣进入一间拉上百叶窗的房间的寂静。我漫游徘徊在我的领地、我的私人空间里，嗅闻着它的精华，接受它对我宣称所有权，把每一粒尘埃、每一张蛛网都纳入我占有的幸福狂欢中。这个张牙舞爪的破败老石墟，正优雅地沉入它所诞生的地面；这堆赏心悦目的无顶石头，伴着强悍繁盛的无花果树和让人窒息的高草；它永恒的客人，蛇、蜥蜴、昆虫和鸟类；它戏剧性的光影图案；它的密室和幽深之处；它没上铰链的门，以及它安处在阿兰达石阵中的合乎时宜。这是我的第一个家，我在这里感到一种解脱感与归属感：我不需要任何东西、任何人。

在那一刻之前，我一直以为寂寞是我的敌人。没有人在我的周围，我似乎就不存在。但现在我理解了，我一直都是个孤独的人，这种身份是种天赋，而非该去畏惧的东西。我独自在我的城堡里，能清楚地看到寂寞是什么。我头一次有了顿悟，我这一生的行为模式一直是在保留自己的那种疏离感，一直在保护那处高远、清澈的地方，一旦分享，它便有被破坏的风险。我一次又一次用片刻神经质的绝望为此付出代价，但都值得。不知何故，我一直与我不喜欢或者特别不靠谱、根本没希望保持长久关系的男人建立联系，以抗衡我的渴望，渴望一个穿着闪亮铠甲的骑士出现。我无法否认这件事。它明明白白地亮在不够格与挫败感下面，自我执导的聪明计划多年来一直在努力达到这一觉悟。我相信，潜意识总是知道什么是最好的。是我们受到制约、被极度高估的理性思维搞砸了一切。

所以，人生中第一次，我的孤独感是我如珠宝一般守护的财富。如果看到有人开车来看我，我多半会躲起来。这种宝贵的欢乐时光持续了一两个月，但，和一切一样，它也不得不遵循变迁定律。

我最近的邻居是艾达·巴克斯特，一个俊俏的原住民女人，有着狂野热情的天性和一颗温暖慷慨的心。她喜爱热闹时光和大壶的红酒。她的棚屋坐落在巴索农场后面，与小溪另一边她亲戚家的潦倒小屋截然不同。棚屋是她一连串白人男朋友中的一位为她建造的（对艾达来说，与白人结交意味着地位），屋里是珍贵的小摆设和与物质社会有关的配件，她已经接受了那个社会的一部分，但它本质上不属于她。她经常过来分享佳酿，如果她觉得我需要保护，就在地板上扎营。尽管她不能理解我对独处的渴望，但她的陪伴却从不侵犯我的隐私。因为很多原住民天生就具有这种能力，可以毫不生硬地触碰和动情，可以舒适地与沉默共处，这对他们来说很容易。她一直以"我的女儿"称呼我，是一个我求之不得的和蔼而宽容的母亲。

关于这个非凡的女人，以前住在那里的陶工给我讲过一个很滑稽的故事。有一晚，他们都坐在家中，听着回荡在艾达营地的醉酒打斗声。突然，吼叫声越来越响，越来越急迫，我朋友过去看是不是出问题了。他及时赶到，眼见艾达的男朋友踉踉跄跄地绕着棚屋走着，一路上倒空了一罐汽油，然后哆嗦着手指弯下腰去，打算点火。那时汽油都已经渗进灰土里了，所以还没有出现真正的危险，但艾达哪里知道。她已经去了柴堆，操起一把斧子，一下子把那个男人抢倒了。他仰面倒地，血从伤口流到地上。我朋友心想艾达肯定把他砍死了，高呼别人赶快去叫救护车。他很确定自己没法处置这具血淋淋的尸体，但仍竭尽所能，而艾达当时已经惊呆了。他双手颤抖着用毛毯裹住她，递给她一点龙舌兰。这时身后传来一声呻吟。男人用一只手肘撑着身子挣扎着坐起来，目光摇曳地瞪视我朋友，说："老天爷，哥们儿，你看不出来她喝得够多了吗？"

就在搬进巴索农场之前，我遇到了一群年轻白人，他们在从事维护原住民权利方面的事情。像我一样，他们也带来了各种良好教育背景下的理想主义和义愤填膺的道德感。很多本地人所谓的"城里来的空想派麻烦鬼"就是指这个小群体。就算刚开始这句话是对的，也向来是对的，但后来就很难说了，因为爱丽丝泉的生活很快用精明取代了政治上和个人的天真。我喜欢这些人，赞同他们也支持他们，但我不想让他们在自己身边。我全靠自己赢得了这么多，取得了这么大的进展，至少我在心理上感觉自给自足。我不想让潜在的友谊把事情变得复杂。毕竟，友谊需要精力，而我的精力要用在骆驼之旅上。但是有两个人很特别，詹妮·格林和托利·萨万科，他们用诙谐、温暖与才智追求我，向我示好，直到我开始暗暗期待他们的来访，以及他们带来的芝士和红酒，这是我现在简朴的修道士生活中的极大奢侈。他们逐步巧妙地攻破了我的自我保留，直到几个月后，我已经变得无可救药地依赖他们的鼓励和支持，而他们变得与那个时代难解难分——我一想到那个时代，就一定会记起他们。

接下来几个月的扭曲记忆都一并储存在我的大脑里，像一个众蛇缠结的蛇窝。我只知道，生活从美妙的巴索农场开始，然后急转直下，堕落成一场闹剧，几乎让我相信了宿命。而且这宿命与我作对。

我仍与科特和葛莱蒂有来往。一方面，我的手腕变得足够巧妙，想利用科特的院子、设施和知识。这件事我依靠自己的乖巧、歉意以及科特所赞赏的一切学徒品质成功做到了。但我付出了代价。哦，他真的让我付出了代价。我们之间完全没有先前试探性的革命情谊。它被彻底的仇怨取代。另一方面，我想维持与葛莱蒂的友谊，她那么需要友谊。科特敷衍地尝试以天价出售牧场，因而她一直说要离开他。然而，葛莱蒂想再坚持久一点儿，至少等到出售成功，那样她还能拿到一些钱——作为未被打败的象征，而非对金钱本身的渴望。再加上弗兰基和乔安妮，这是两个从南希山营地来的原住民孩子，葛莱蒂和我都跟他们相处了很长时间。

乔安妮是个美丽的姑娘，大概 14 岁，有天生模特坯子的优雅和姿态。她也极其伶俐，反应很快，已经非常了解绝望。我理解她的抑郁，那是面对难以逾越的差距时产生的一种无助感。乔安妮想从生命中得到一些东西——因为肤色，因为贫穷，她永远够不着的东西。

"我有什么盼头？"她会说，"喝酒吗？嫁给一个每晚揍我的人吗？"

弗兰基稍微好一点。他至少有希望取得一个过得去的身份，当个剪羊毛手或牧场工——最多是个流动的散工，但这能让他有一定的自我价值。他天生是个小丑，弗兰基。我们爱怜地看着他穿着太大的靴子，模仿着别人的招摇步伐，从孩子变成青年。他会来巴索农场看望我，说话行事都是一副大人样，然后突然间，他注意到天色变暗，就怯懦地变回了男孩，问："嘿，你不介意陪我走过小溪吧，嗯？我夜里害怕。"

一开始，营地的几个男人无法理解一个女人独居这种事。他们跟一两个镇上来的暴徒一起，有时深更半夜出现，希望来点酒后调情。我给自己买了一杆枪，点222大功率步枪，20号口径霰弹，双筒立式——一个美丽的工具，但我对它全部的了解就是，你握着一头，子弹会从另一头出来。我从来、从来没有给它上过膛。不过，这种把枪举到门外、躲在背后骂上几句粗话的行为未必不能让人印象深刻。我告诉朋友们我真的拿枪指过人时，他们都吓坏了。好吧，没有直接指人，我赶紧让他们放心，只是漫无目标地伸到门外，瞄向暗处。我能看出他们觉得我失去理智了，但我为自己这种与日俱增的乡巴佬心态辩护，鉴于我身处的状况以及对被侵犯感和财产的高度意识，这似乎完全合理。我后来获悉，枪的小插曲在营地里一次次地引起无休止的欢闹，他们对我带有一种敬佩的色彩。事实上，几个月过后，他们的态度完全改变了。别的不说，我现在受到了保护，有人帮我盯着，有人照顾我了。如果他们觉得我有一点儿癫狂，也是建立在好脾气的基础上。通过乔安妮、弗兰基、葛莱蒂和艾达，我开始更了解他们所有人，开始克服羞怯和我的白人负疚感，越来越了解复杂的问题了——物质上、政治上和情绪上那些原住民要对付的问题。

爱丽丝泉及周遭有大概 30 个营地，坐落在一块块公有土地或郊外的安置保留区里。这些营地是多年来为周围不同部落组织的成员建立的传统地方领土，他们是从澳北和南澳几百英里以外的家园定居点搬到镇上来的。城镇的一个主要吸引点就是容易搞到酒，但还能找到其他重要的地区资源，包括原住民居民法律援助、卫生部门、原住民工艺中心、原住民事务办公室、专门欺诈原住民的二手车行，以及其他杂七杂八的大城市的东西。爱丽丝泉的住地与家园定居点之间有相当规律的人员流动，尽管有些人变成了永久居民，用矮树木架、二手铁皮和在市垃圾场找到的任何能凑合用上的部件给自己搭了小屋。有 5 个水龙头为 30 个营地供水，很多人穷困潦倒，依靠垃圾桶过活，吃在垃圾场找到的被丢弃的食物，或在街上乞讨要饭。很多人是酒鬼，所以不管他们拿到多少钱，都直接送进便宜的大酒壶里。小孩和女人受苦最多，营养不良，遭受暴力，身患疾病。

南希山是小镇上经济最成功、最有组织、最有社会凝聚力的营地。小房子（抗艾滋组织出资）取代了小棚屋，还在建一块洗澡区。相比较而言，最糟的营地就是托德河干涸河床里的那些，就在镇子的最中央。这里的人没有水、卫生设备和住所，除了酒，没有支撑。由于河流所有制的原因，这是流动原住民主要的宿营地。他们受到镇议会的威胁，议会一直试图把河边土地的租约范围扩展到河床本身——这是干净地除掉营地的一种手法。为了招揽游客，他们想把环境变得干净美好，毕竟他们花了大把的钱从店里买了假的原住民工艺品。

根据我在南希山的见闻，人们靠共享金钱过活，包括他们兼职放牛挣来的钱、儿童捐助金、寡妇和被抛弃妻子的抚恤金，以及极少、极稀有的失业补助支票。赌博是一种财富再分配，而非获得财富的方式。关于原住民的其中一个谬见是，他们都是长期"领救济金的混混儿"。事实上，接受社会福利的黑人比白人要少，然而他们的失业率却比白人高 10 倍。

即使少数和白人一样住在镇上的混血原住民，也遭受着各种形式的隐性种族歧视。这是爱丽丝泉黑人的日常经验。这加强了他们自身的卑微感和自怨自艾。无法改变命运的持续挫败感让很多人放弃了希望，把自己变成酒鬼，因为至少酒精提供了某种形式的解脱感，让他们离开无法承受的处境，最终，赐予他们湮灭。

正如凯文·吉尔伯特[①]在《因为白人永远不会这么做》里写的：

> 我的论点是，澳洲原住民遭受了那么深刻的灵魂强暴，以至于这种摧残仍存在于今天大多数黑人的头脑里。尤其是这种心理上的摧残，导致了我们在保留地和教区见到的情况。一代代人重蹈覆辙。

教育一直是个问题。学校是混合的，黑白混杂，部落混杂。必须读那些关于迪克、朵拉和他们的猫毛毛的故事，必须学习历史书，书中叙述库克船长是澳大利亚的第一个人，是"构成万物最低人种的土人"，"在白人奋勇前进之前就快速消失了"，等等。好像嫌这些还不够，他们还得带裹着牛皮纸的砖块而不是午餐去学校，因为没有钱也没办法准备午餐。且不说因为没写作业就被骂出学校（有可能在锈蚀的车身里就着火光写作业吗），且不说鼓膜穿孔，眼部感染，有疮又营养不良，且不说得应付很多老师固有的种族歧视，那些都姑且不提——他们可能还不得不坐在某个部落宿敌的孩子的隔壁。

怪不得孩子们不想待在这种令他们格格不入的险恶环境中。

---

① 凯文·吉尔伯特（Kevin Gilbert），澳大利亚土著作家。

它不会教任何他们需要知道的东西，因为他们唯一可能得到的工作就是流动牧场工，这不需要读书写字的能力。怪不得说他们无可救药、学不进去、猪耳朵。"啊，对，"白人悲哀地摇头说，"这东西流淌在血液里。他们永远无法被同化。"

在大型矿业公司开始垂涎原住民保留区的土地之前，"同化"实质上就是秘而不宣的政策。它对原住民实际的生活方式几乎不起作用。如今，它是一种把原住民赶离他们的土地、赶到镇上的手段，而土地是唯一能赐予他们一点儿自尊的东西，他们在镇上找不到工作，必须越来越依赖白人的体系过活。它同样也为政府提供了一种便利的公关演练，这样总理就能大声地反对南非的种族隔离政策，维护干净的国际声誉，同时依旧执行一种表面看似与种族隔离相对立的政策，但进一步检验后，发现其实产生了同样的效果。这一政策确保了原住民的土地再次落入白人手中（在这种情况下，是多国白人的手中），通过清除所有黑人的伦理和文化痕迹，提供廉价劳动力，纯化白人人种。这正是南非建立种族隔离政策的意图。同化政策是反土地权、反民族自决的，黑人不愿接受。在此，再次引用凯文·吉尔伯特的话：

每一个……原住民被问起时，都会一再重申，解决问题的唯一方法就是澳洲白人给黑人一块公正的土地基地，以及公正的金融手段，让社区开始自助。

学校教育的问题就像其他很多问题一样，本可以很容易补救，只要政府一方拨出一丁点儿款项，引入改进的流动学校。可以预见的是，现任政府非但没有增加财政预算来解决这种问题，反而在原住民支出方面进行了巨大削减。（原住民事务部最近做了一项澳洲原住民调查。在住房板块，问题是这么设计的："有多少原住民无家可归？"在另一部分中，"无家可归"不包括住在棚屋、披屋、锡皮遮篷和车身里的人。）

弗兰基有个朋友叫柯立飞，他年纪更小，但世故得多。他是个屡教不改的惯偷，我不介意。事实上，考虑到他的情况，这似乎是一个相当合情合理的营生，只可惜他也偷我的东西。可怜的穷困的我，每周存5毛钱用来买成箱的铆钉、螺丝刀、皮革和刀具之类的东西，都是对年轻人很有吸引力的小玩意儿。我很难招架。一方面，我知道，他们对财物的态度与我迥异，即实物不能被一个人所有，是可以共享的物品。另一方面，巴索农场如果有东西不见时，通常是永久性消失，要不就是被一个满怀歉意的母亲送回来，砸得稀烂，坏的。所以，我时常为柯立飞和弗兰基的小偷小摸烦心，这会换来暂时性的几回道歉，但本质上无济于事。

一天我从镇上回来，悄悄地从厨房走回房间。有一个房间上了锁，里面放着我最宝贵的财物。弗兰基和柯立飞正忙着想办法钻窗户。他们像珠宝大盗一样窃窃私语。我只能强压住大笑，一直憋着，直到情况完全在我的掌握之中，然后显出一副非常严厉的表情，说："你们在打什么主意呢？"

我发誓，以前从没见过人被吓得魂飞魄散的样子，就好像他们摸了电门。然后消停了一阵子。

几个月之后，柯立飞摊上大事儿了。我不知道是怎么起头的，但他做了一些相当蠢的事。我想他是偷了刀子和一把枪，又从警察局偷了一瓶威士忌用来收官，然后一个人跑进丛林里住了几个星期。无疑被自己的行为可能招致的后果吓坏了。他最后终于挣扎着回家了，福利部门和警察局宣告他为少年犯，从他瘸腿的母亲和所有亲人的身边把他带走。有关当局说，这些人没有能力妥善照顾他，把他送去了南部某处的少年收容所。柯立飞才11岁。

在此期间，我的头脑里悄无声息地生出一种悲苦、挫败感。独自一人住在幻境里做旅行的大梦，不让步于现实的这种喜悦开始走味。我渐渐明白，我在拖延、假装、演戏，那是我不适的源头。如果所有人都相信我最终会带上骆驼远走沙漠，那我也不相信。它是我闲来无事时，搁在头脑边缘把玩的东西。它给了我一个肤浅的身份，或者架构，让我在低落的时候可以爬进去，像衣服一样穿起来。

这种不安被混乱的日常细节和小问题消磨了。我的两头骆驼都病了，需要持续的关注。我会在夜里给她们上绊，带她们出去吃食，第二天早上7点起来追踪她们（这会花上几个小时），带她们回家，医治她们，训练泽丽[1]，敷衍了事地尝试准备她们的装备，诸如此类，磨到该骑 3 英里的车去餐厅的时候，深夜再骑 3 英里的车回来。

泽莱卡瘦得吓人。在被捕获继而带上火车后，她就彻底掉膘了。她一直被十几头受惊的野骆驼挤搡，被关进畜栏，推倒，上绊，然后被丢在那里自己琢磨了几天。她被威吓，被狠命地撞来撞去，好像那还不够似的，又被上了鼻栓。在最好的情况下，从野外带回动物都是一种残忍的行为。有时一半的兽群都会死掉，要么因为追逐而精力衰竭致死，要么跌倒后断肢而死。

凯特不用经受这种体验。她几年前被当成驮畜使用，被恶劣地对待，这事她永远不会忘记，然后在耄耋之年跟一个朋友一起被送到阿尔库塔牧场休息。萨雷从那里挑了她，留下了她的朋友。她记得人类，憎恨人类。她并不希望成为乘驼，自始至终都跟鼻绳过不去，而且岁数太大，陋习难改。不过，她是一头不错的驮畜，强壮而有耐心。我设想可以训练泽丽来骑，用老凯特来驮重物。尽管凯特从没想到要踢人，却会在不高兴的时候，龇起丑陋的大黄牙对着四面八方咬牙切齿。况且她一直不高兴，直到嘴唇被扇了几巴掌，被人劝服，才不再做那种荒谬的举动。可怜的凯特，她就这么轻易让步了，但不管我后来多么和蔼、多么爱怜地对待她，她都不信任我，也不喜

---

① 泽莱卡的昵称。

欢我。她有一块半径 10 英尺的"私人空间"，如果任何人类踏入这个半径以内，她就会摇头晃脑地咆哮，直到那个人从那里退出。她会平静地站着，张开大嘴，像头狮子一样咆哮再咆哮，只在喘口气的时候停歇一下。如果你在那里站两个小时，她就会咆哮两个小时。她还胖得让人恶心。我有一天领她去卡车过磅台，打卡数值显示有大约 2000 磅。对一头粗腿的老母骆驼来说，很不赖。她的驼峰是落在背上的一座畸形的软骨大山，走路时，肥厚的大腿互相摩擦甩动。她整个就是一头非常令人敬畏的野兽。

第一周，我就把兽医请来检查我的姑娘们。这是与爱丽丝泉兽医们的漫长交往的开端。在我离开前，几百美元进了他们各自的账户，尽管他们当中有很多人出于同情，都没收我的咨询费。总有一天，这些神奇的人看到我进了他们的诊所，会逃窜躲藏。要是被我揪住，他们肯定会叹口气说："今天又有谁要死了，小罗？"然后在我说出那些毛病的最新进展时，他们的面部就抽搐起来。但他们当时教会我许多东西，像如何把针飞进肌肉，如何把针戳进颈静脉，如何用柳叶刀切和割，如何缝合、消毒、阉割、上药、包扎、清洁，以及一个铁石心肠的职业医生要超然冷静地做到的所有事情。

兽医给骆驼们做了深入体检。他告诉我泽莱卡断了一根肋骨，然后他见到我脸上的表情，赶紧安慰我说骨头已经长好，只有她再次跌倒时才会有麻烦。她的感染用抗生素粉很容易就能清洁干净。然后我亮出凯特那个颤动的大肉团，给兽医看她的前胸，此时那里正在大量地滴脓。前胸，或者叫基座，是长在前腿后面胸部上的一块软骨。长在前腿和后腿上类似的肉垫是骆驼坐下时的压觉点。它被一层硬皮覆盖，就像树的皮。我一直在用软管、消毒剂、抗生素粉和松焦油处理里面的伤口。兽医检查了前胸，停顿了一下，把手插得更深，然后吹了声口哨。我不喜欢那口哨的声音。

"看起来不好，"他说，"感染是从囊袋的肉里蔓延出来的，那里面可能有玻璃。不过，我还是会给她灌大量的土霉素，看看她有什么反应。"

他继而拿出一支巨大的针筒，上面的针头有吸管那么粗，递给我，让我站到离凯特的脖子 2 英尺以外的地方去，像扔飞镖一样朝她投掷针头。我投掷的力气不够大。凯特的怒吼高了一个八度。我再次站回去，瞄准后用尽全力投掷。它彻底扎进去了，我很惊讶它竟然没有从另一头戳出来，就像科学怪人身上的螺栓一样。然后我连上针管，注射进 10 毫升的黏性物质，留下一个蛋形的大包。

"干得漂亮，"兽医说，"现在，每三天那样注射一次，再注射两次，然后给我打电话。好吗？"

我下巴颤抖着，哽咽地说了一声"好"。我对针头的憎恨马上就要永远痊愈了。

我曾经有过的任何赢得凯特信任的美梦现在都飞到了窗外。

我每天至少包扎伤口两次，或者给她打针，让她疼痛，加深了她对我这个物种的憎恶。她的防护半径对我增加到 20 英尺，对别人还是 10 英尺。还是没有起色。兽医再次过来时，我们决定用宁比泰镇静剂把老姑娘麻昏，然后切开伤口引流。要不是太为这家伙担心（没人知道一头骆驼的正确麻药量，所以我们得靠猜），我真会为凯特对麻醉药的反应大笑一番。她慢慢地跪下，嘴唇傻傻地完全松弛，出神地盯着小小的草叶、蚂蚁和其他一切时，目光呆滞，口水从松垂的下巴流出来——她被麻翻了。

手术很严肃。尽管我们看不到有玻璃碎片，感染却比兽医先前预计的深得多，本希望避免彻底切开创口，但这下必须得切了。等手术结束，又开了一个疗程的注射药物后，我有信心一切都会没事的。然而，凯特没有好转。接下来的几个月我的生命都奉献给了她的安康——在她身上花钱如流水，使用大剂量的各种抗生素，通过草药和书上的阿富汗疗法治疗她。我尝试了镇上每一位兽医建议的每种治疗方法，然而凯特全无反应。

在此期间，我还得开始训练泽莱卡载人和驮货。这不容易。我没钱买装备，没有放到她背上的鞍座，那样她每次弓背时我才不会掉下来，而且我在萨雷那里失去了大部分的勇气。所以，我没用鞍座骑她，让她安静地踩着小溪的细沙来回回地走，不要求她太多，只是试图赢得她的信任，让她安静，并且保护我自己的皮肉。她的健康状况太差，我必须不断地斟酌训练的强度，同时不要让她过于操心，变得骨瘦如柴。骆驼在训练期间都会掉肉。他们不吃东西，一整天都在思考你会对他们做什么。泽莱卡还有可爱温驯的天性，这是我不想毁掉的。我可以在野外任何地方走近她，不管她有没有上绊，并抓住她，尽管我能感觉到她的肌肉因为紧张和恐惧而缩成硬块。唯一不好的一点就是她有踢人的意愿。是这样，骆驼可以从6英尺半径内的任何方向踢你。他们可以用前腿撞击，用后腿向前踢、侧踢或向后踢。挨上一脚，你就会像枯枝一样折成两段。教她接受绊脚索不是一件易事。事实上，这件事就算不致死，也会让你起溃疡，你需要无限的耐心和胆量，然而这两样东西恰好我都缺乏，但我没有选择。为了抚慰她，我不得不把她绑到一棵树的绞索上，鼓励她吃营养丰富而昂贵的人工饲料，同时给她梳理全身，抬起她的腿，用录音机大声播放音乐，让她习惯脚周围和背上的东西，同时一直讲啊讲啊讲啊。当她真正飞起可怕的一脚时，还好踢在了鞭子上。她马上学到了，这种踢法不会对她有任何好处，还不如乖乖的，即使那种乖不是发自内心的。

一天，我把她绑在巴索农场外的树上，带凯特去科特家做软管冲洗。等我回来后，泽莱卡不见了，树也是，一株大概15英尺高、1英尺粗的桉树小苗留在原处。它被整个儿连根拔起。泽莱卡不喜欢离开凯特。

这种特殊怪癖是训练时最难克服的。骆驼们讨厌离开他们的伙伴，为了回家，他们会使尽各种策略、各种肮脏的小伎俩，做出各种严重犯规的行为。把他们成群地带到某个地方很容易，但单独带走一头骆驼则是一种试炼，要斗智斗勇。鉴于他们是群居动物，把有伴等同于安全，这可以理解。一头骆驼独自外出是很危险的，尤其是背上还驮着一个疯子。

因为骆驼的脖子很强壮，鼻绳对一头坐骑骆驼来说至关重要。几乎不可能单用一个笼头控制他们，除非你有超人的力气。他们不能像马一样戴嚼子，因为他们是反刍动物。唯一的变通方法就是用下颚绳，有时在训练中，骆驼的鼻栓伤口还没愈合时，我就用这个，但这东西会陷进他们柔软的下唇。所以鼻栓法是最好的。他们通常只上一个鼻栓，从其中一个鼻孔的外侧穿出来。鼻栓上连着一条绳子，要足够牢固，在骆驼挣扎的时候能导致疼痛，又不能过于牢固，不能等鼻栓都扯穿皮肉了，绳子还不断。这条绳子连在鼻栓的外部，在下巴下面分成两条，就能被当成缰绳来用。等鼻栓伤口愈合后，这种方法就不会再造成不适感，就像马戴嚼子一样。

我向科特和萨雷两人学过如何给动物上鼻栓。他们俩，各人有各自的方法。萨雷直接用一根削尖的围篱树枝从里面刺穿肉，然后把木栓塞进鼻孔里，再敷上煤油和油脂。科特的方法说不上更好，但更精细。他会用马克笔在鼻子上标好记号，用皮革打孔器在肉上钻一个小洞，再用屠夫的穿肉扦穿进去，把它尽可能扩大，接着嵌入鼻栓。顺便说一句，这东西特别像一个木头的小阴茎。他会每天小心地敷上稀释的防腐剂和抗生素粉，时间多达两个月。我在科特的一头小公骆驼身上施行过这种残忍的手术，但我恨它。它让我感觉恶心。现在，尽管我一直在清洗，但泽丽的鼻子感染得依旧很厉害，我想或许里面有木屑让它无法愈合。于是，战战兢兢地（我和她都如此），我把她捆住，用螺栓割刀切开鼻栓，彻底检查了患处。我发现鼻栓确实从中间裂开了，转动的时候会撑开伤口。我必须再做一个鼻栓，塞进那块受尽折磨的烂肉里。动物们怎么会原谅我们对他们做的事？我永远都不理解。

萨雷有一天过来探望我，看我过得怎么样。我把他领到泽丽那里，他仔细检查了她，评论她看起来多么健康、多么安静。然后，他退后站了一分钟，若有所思地搓着下巴，斜眼看了我一眼。

"你知道我在想什么吗，姑娘？"

"什么，萨雷？"

他再次用老练的双手揉搓她的肚子："我想，你给自己挑了一头怀孕的骆驼。"

"什么？怀孕了？"我大喊，"太妙啦。不对，等一下，不妙。她要是在路上生怎么办？"

萨雷哈哈大笑，拍拍我的肩膀："听我的没错，路上有一只骆驼宝宝完全不用你操心。它出生后，你只要把它绑在麻袋里，吊到母亲的背上，用不了几天，它就能跟着最棒的骆驼小步跑了。事实上，这对你还是一件好事，因为夜里你可以把宝宝拴好，母亲肯定就不会走得太远。可以解决你的一个主要问题，嗯？好吧，我希望她是怀孕了，对你有好处。如果我见到的那头和她鬼混的褐色野骆驼是孩子父亲的话，那这孩子应该也是头很好的小犊子。"

此时我知道我得就凯特的事做个决定。她得了败血症，已经感染到了膝盖，致使她失去了一半的体重，她的怒吼现在是一位虚弱可怜的老妇人的抗议。我每天护理她三四次，把一根软管插进膝盖的一侧，看着弧线状的粉色污物从另一侧的洞里流出来。我出于两个原因，拖着没杀死她——我无法相信仅仅一个伤口就能害死一头骆驼，而且要是凯特没了，就没有了开始旅行的希望，我差不多又将回到起点。我感到十分内疚。她真的太老了，无法经受兽医、上鞍、与阿尔库塔的伙伴别离的各种折磨。她实际上已经形销骨立，失去了活的意愿。我以前常想着要把她送回去，但现在太迟了。不过，我决定不要在这件事上多愁善感。这是非做不可的事，我甚至非常实际地磨快了我的刀子，这样就能剥掉她美丽的外皮，拿来鞣制。我从未开过枪，比起真正杀死凯特，我更恐惧于笨手笨脚地搞砸整件事。我决定硬着头皮上。詹妮在巴索农场陪我的时间越来越多，变成了一位不可或缺的朋友，她提出那天陪着我。"真的没事，小詹。这件事我有把握，但如果你想来的话，也没问题。"

她来了。我吓出一身冷汗。我们一起翻过山丘的当天，有种不现实的疲惫感。直到我们来到凯特身边，我才意识到我把詹妮的手捏得有多紧。我让凯特坐在一个决口里，用来复枪瞄准她的头，一边好奇着神谴会不会让子弹反弹回我自己身上，一边扣下了扳机。我记得她砰然倒到尘土地上的响声，但我一定是闭了眼。我没预料到之后一波短暂的歇斯底里会席卷全身。小詹几乎是把我扛回家的，给我沏了茶，然后不得不离开去上班。我战栗得厉害。我从来没有做过那样的事，从来没有摧毁过一条有个性的生命。我感觉自己像个凶手。给凯特剥皮的念头根本不堪设想。我唯一能做到的，就是不回残骸处去看。我不停惊讶于自己做过的事。于是就这样了。没有凯特，没有旅行。又一次的宿命。所有时间，所有钱，所有精力、奉献和照料，都是徒劳。8个月的时间被冲下放水口，白忙一场。

4

打死凯特的沮丧使我对科特的恐惧升级。他似乎非常失控，已经濒近崩溃边缘，我相信他有能力杀人，就算不杀死我和葛莱蒂，至少也会杀死我的动物。所以我得陪他玩下去，得让他相信我不是个威胁，不值得他费心。他觉得葛莱蒂和我在密谋什么，但他从来没说过；他的头脑像座磨盘一样运转，在策划着用各种方式阻挠我们的任何计划。

这种让人软弱无力的恐惧，意识到科特恨我后的全部可能性，以及如果我让他足够不快，他可以且也会狠狠打我，催化着我把那模糊的痛苦与失败感转化为势不可当的现实。这个世上的科特们总是会赢。我无法抵抗他们，无法不受他们的伤害。随着这一认识到来的是崩溃。面对科特的存在，我所做所想的每一件事都没有意义，都是琐碎的。

恐惧就像真菌一样，慢慢长遍我的全身，在接下来的几周里击垮了我。我一直下坠、下坠，坠到我早已忘记存在的一种状态。我会连续几个小时看向厨房窗外，无法行动。我会拿起东西，盯着它们，在手里掉个个儿，然后放下，走回窗边。我睡得太久，吃得太多。疲倦压倒了我。我等待车声、人声，任何声音。我试图摇晃自己、扇自己巴掌，但我以往认为那么理所当然的精力与力气都从我的恐惧中溜走了。

但奇怪的是，一有朋友到来，我马上就能摆脱这种忧郁。我试图跟他们聊这件事，但描述这种事情的语言本身就属于那种情绪，所以我干脆拿它开玩笑。然而我极度希望他们能够理解。他们是理性与明智依旧存在的证据，我紧紧抓住他们，就好像自己即将溺死。

科特外出度假了，葛莱蒂决定趁情况尚好时离开。我替她开心。她看起来已经好多了。但我知道自己会很思念她，我也害怕被独自留下，跟她丈夫一起。一晚，我跟她一起熬夜，科特不在的这些日子，我们经常这样，凯特的鬼魂占据着我在巴索农场的房间。我再次被一种失败感压倒。不只是旅行的失败，还有一种个体的失败——战胜蛮力与主宰的绝对不可能性。我一次次被它折磨，试图寻找解决方法，但正因为在那样的心理状态下，不可能解决。然后我想，当然，完美的解决之道就是——自杀。此时，这不是那种平常的捶胸顿足式的、我们为什么要生下来受罪死掉的症状，这是新的东西。它很理性，不带情绪。我现在好奇，通常人们是不是都这样冷淡地走到了这一步。其实非常简单。我会走到很远的灌木丛里，在某个地方坐下，平静地用一颗子弹爆头。没有混乱，没有咋呼。美好干净简单的出口。因为好死胜过赖活着。我正在策划最佳地点、最佳时间时，葛莱蒂突然笔直地坐到我对面的床上，说："小罗，你没事吧？要喝杯咖啡吗？"这等同于往某个犯瘾症的人头上淋了一桶冰水，把我猛然唤醒，让我意识到我这种想法的可怕，它的险恶。我以前从没去过那个意识点，也觉得永远没必要再去。那一晚我战战兢兢地想明白一些事。

她几天后离开。我接手了她的老狗布鲁，一条牧牛犬，是她几周前从一个狗圈里解救出来的。我们拥抱告别时，她说："你知道吗？当我见到你的那一刻，就知道你会在我的生命里扮演重要的角色。很古怪，不是吗？"

科特没过多久就回来了，他的复仇心无与匹敌。他现在让我特别恐惧，以至于睡觉时枕头下面都放着一把小斧子。他继续尝试卖掉这个地方，至少看起来如此。我的姐夫听说了此事，让我彻底迷惑的是，他竟然打电话给科特，提出要为我买下这处地方。一开始这看似是所有问题的答案，但之后我意识到，这是个疯狂的想法。我们可能无法转售出去，我就会被困在这里照管它很多年。不过，如果我能一直让科特落入圈套，直到葛莱蒂振作起来，足以跟律师见面的话，那就是件好事。于是随之而来的是与折磨者的猫鼠游戏。为了说服他我已下定决心购买，我不得不在那里花上大多数的时间，假装准备接管。事态已经发展得有点严重了。我记得一天早上，科特在 6 点左右来到我在巴索农场的房间里，扯掉我床上所有的铺盖，把我拖出去，叫嚷着说，如果我有了牧场还要睡懒觉的话，整件事就毫无价值了。那几个星期里，凶光从未离开过他的眼睛。我们被卷入一场心照不宣的战争，两方都在耍手段，都不惜一切要赢。他在逼我训练白色的小公骆驼巴比，不借助鼻绳和鞍具，这是他从前绝对不会做的事情。这意味着我每天要被摔下来至少三次，仿佛神经都被摔成了碎渣。这么做的紧张感，外加玩这个非常危险的游戏的紧张感，都在找我索命。

然后，一天早晨我醒来时，发现他一夜之间消失了，绝尘而去，像个精灵一样。他暗中把这地方以半价卖给了某个牧场主，带着所有的钱消失了。他告诉买家，我是跟牧场一道捆绑附赠的，会教会他们所有需要了解的骆驼知识，而他们一无所知。我去见他们。"喏，"我解释道，"我不是同牧场一道捆绑附赠的，但如果你们愿意给我两头我想要的骆驼，我当然会倾囊相授。"

他们糊涂得让人可怜。他们不知道谁在欺诈谁，或者能信任谁。他们勉强默许了，但一直拖延着不肯签书面文件。我完全知道自己要哪两头骆驼，碧迪和米诗米诗——两头母骆驼，因为公骆驼在冬天发情时实在太伤脑筋，而且相当危险。我又一次被拴在牧场上，开始相信这种试图从不合作的人身上诱骗骆驼的过程永无止境。我傻乎乎地教会他们足够的骆驼管理技能，让他们不再需要我，然后，可以预见地，他们变卦了，提出为我所做的工作付钱，开除了我。"好啊，"我心想，"你们就等着出乱子吧，你们这帮杂种，我们瞧瞧谁会爬着来求谁。"等我终于福星高照时，小小的螺旋式上升的命运弥补了所有的丧气事。最亲爱的杜奇，牲畜中最温和的一头，来了个大转变，把新主人吓得屁滚尿流。

幸好我在场。一天中的大部分时间，我都在牧场与他们争论文件和钱等，并自鸣得意地看着那个男人犯错。我的心肠已经变硬。"哈，哈，"我暗自冷笑，"要么遭罪，要么签字。"

夜里该把骆驼上绊带出去时，我感觉我不得不为了骆驼着想，为他演示该怎么做。如果皮套太松，就会滑下来挂在踝关节上，可能会伤了动物的腿。首先，我牵出了亲爱的安静的杜奇。

"喏，你看，塞进那个孔里，要确保这个绝对不能太松，不然就会滑到这个肉疙瘩上，明白了吗？"

"嗯，我懂了。"

我把这头公骆驼放掉，转身去抓其他骆驼。我听到身后一声奇怪的隆隆声，回头一看，当场就僵住了。我也瞄了一眼那个男人的脸，他面无血色。杜奇已经变形。他朝我冲来，眼里无疑是科特式的神情，眼珠子像飞旋的弹珠一样往脑后滚动。杜奇发出嘟囔的怪声，白沫在嘴角翻滚。他正试图挖起几块岩石，彻底失心疯了。我挡在了他和他的女朋友们中间，这是年轻生命中的头一遭，他被公兽发情时那种无法抑制的冲动所掌控。他开始剧烈地甩动脖颈，像甩鞭子一样。他正试图带着绊子朝我疾驰而来，准备把我撞倒，坐到我身上，把我身体中的生命和血液都碾压出来。

"杜奇？"我说，向后退步。"嘿，杜杜①，是我啊。"我喘着气说，同时朝大门直线移动。我就像吃了菠菜的大力水手，一跃跳到5英尺高。杜奇对被吓呆的那个男人完全不闻不问，他正蜷缩着靠在石墙上，待在不该待的围栏一侧。杜奇要的是我。

"离开那里！"在杜奇试图一口咬掉我脖子上的脑袋时，我尖声大叫，"我的老天爷！喂，给我拿鞭子来，给我拿绊索来，给我牛刺！"我疯狂地喊叫，与此同时，杜奇用他扭曲的脖子牵制住我，把我抵在门的这一侧，试图把我压成人形纸板。他现在朝围栏倾过身来，试图把它撞坏，这样就能够得我。此情此景，我无法相信。这正是我会随时尖叫着被惊醒的那种噩梦。我的杜奇是个化身博士，一个杀手，一头太太太太疯狂的

---

① 杜奇的昵称。

公骆驼。那个男的被刺激得行动起来。他带来了所有刑具。牛刺能放出巨大伏特的电压，我把这东西抵进杜奇啪嗒作响的嘴唇，同时使出最大力气用绊索打他的后脑勺。喧嚷中，我几乎听不见自己的抽噎。杜奇一点儿感觉都没有。他就像一台长了牙齿的风车。我逃开大门片刻，头脑清醒起来。我全速冲去拿来绳索、木板和一根重达15磅的铁条。在围栏的另一侧，即杜奇那一侧5英尺开外的地方，有一棵桉树。我沿着我这侧的围栏走，直到跟桉树并齐。杜奇怒吼着，喷着鼻息，猛烈扭动着跟着我。我弯腰去够他的前腿，把绳索套过绊子，绕开围栏，迅速地——哦，真够迅速的——我把绳索拉到树旁，用尽全力一抛，把他的腿绑到树上了，我只希望树能撑得住。我继续用木板痛击那家伙的脖颈后方，直到木板断裂，然后又用铁条打。他迷迷糊糊地倒下，又再次起来攻击。我有一种超人类的力量，是只有在肾上腺素大量喷发的绝对恐慌中，在生死决斗之时，才能获得的。突然，杜奇扑通一声坐下，晃了几次脑袋，然后又坐好，安静地磨起牙来。

我等待了一会儿，铁条仍举在半空中。"你还好吗，杜奇？"我小声问道，同时朝他的脑袋靠近。没有反应。"杜奇，我现在要把鼻绳套到你头上了，如果你再发疯，我发誓我会杀了你。"杜奇透过优雅的长睫毛看着我。他装得跟没事人似的。我默默地把鼻绳套到他头上，让他站起来，又弯下腰去解开绳索，拿掉绊子，让他回到畜栏里。他像头小羊羔一样，有点一瘸一拐地去了。

我回去找那个男的。"好吧，哈哈，那就是留给你的公骆驼。"我边说边想往脸颊上挤点血色回来。我被汗水浸透，颤动得像强风中的叶子。他仍合不拢嘴。我们彼此搀扶着进屋，灌下一大口纯白兰地。

"那啥，所有的公骆驼都经常那样吗？"他说。

"哦，他妈的，可不是嘛。"我答道，同时看到了隧道尽头的光，"老天爷，公骆驼总是这样攻击人。"现在拿住他了，我知道会发生什么事。我几乎喜不自胜，试图往脸上抹一层厚厚的姐妹般的关切表情。"是啊，你得让你家小孩离那些公骆驼远点，那是肯定的。"

等到9点钟，我已经沿着小溪往家跑了，一边呐喊着，一边歇斯底里地又蹦又笑。他以700块的价钱卖了两头公骆驼给我——我没有钱，但可以借。他们不是我本来想挑的两头骆驼，但我没有资格对礼物挑三拣四。杜奇，王中之王，以及巴比那个无可救药的小丑是我的了。我有了自己的三头骆驼。

*　　*　　*

事情令人不可思议的峰回路转为我打开了一幅全新的麻烦图景。首先，不管我把上绊的杜奇带到多远的灌木丛里，他都会竭尽全力回到牧场，恐吓每个无知的人。他戴着绊子和侧索时是无害的，而且在法律上，他们不能做任何事，但我知道他们胆战心惊，我为他们感到抱歉。白天我把我家的小伙子拴起来，夜里让他跟着巴比和泽丽一同出去，到山中几英里远的地方，他的脚被残忍地紧紧扣上铁链；早上6点，我设法赶在他的前任主人前面找到他。那个男人拒绝听我讲道理。我两次撞见他开车全速撞向杜奇的臀部，让这头动物受惊，让他比以前更有侵略性，而且可能会伤到他上了绊的几条腿，无法复原。一天，这个男人在盛怒之下朝我大发雷霆。

"你只是在他妈的度假混日子，而我得靠这些该死的动物谋生。"他说，"我现在告诉你，如果那头公骆驼再靠近我地盘的任何地方，我就打死他。"

我当时就火了。毕竟我教会了他所有知识，如果他能文明一点，我相当乐意再多教他一点儿东西。那笔交易他毕竟做得不赖。"如果我家杜奇出了任何事，朋友，你就等着早上起来你所有的骆驼没影吧。到灌木丛里度假去咯。"反威胁现在对我来说易如反掌，即使我暗地里内疚地相信他是对的。

这种牧区大战的心态是经年累月培养起来的，直到它统领了我对整个世界的态度。我是一个悍妇——边界的产物。那是有充分理由的。

弗拉顿过来拜访了我一下，说如果我决定也开展一项骆驼业务的话，那这个镇子容不下两家。

有一次，几个镇上来的人过来视察这个地方，希望趁原住民土地委员会把黑手伸向它之前先买下来。他们径直穿过我的卧室，就好像我不存在一样，甚至连一句"你好啊"或者"别见怪"都没说。我怒不可遏，告诉他们滚出我的家，下次来要有礼貌，并且穿过我家房子和拍照之前要先征求我的许可。他们气势汹汹地咆哮，反过来喊叫道，他们会让卫生部门把我赶出去。

偶尔还要对付警察的来访。"只是检查一下你过得怎么样。"他们毫不客气地搜查没有屋顶的房间时说，天知道在搜什么。燃烧弹吗？海洛因吗？我不知道。有几个人甚至扬言要阻止我上路："你没机会的，你知道，连男人都会死在那里，你为什么要依赖牧场的人和我们来救你呢？"

到了这个阶段，茱莉，一个朋友，和我住在一起。我们蹬着我们的单车，带上拖把、橡胶扫帚和工业酒精，在镇上做起了清洗窗户的业务。詹妮很快也过来了。既然科特走了，我就不需要再为朋友们的安全担心，我也开始理解，独自一人有时会非常没劲，而且我需要人，我想要人。

我的生活在改变。在朋友们的影响下，我变得软弱了，生活也走上了不同的轨道；事实上，我现在过得太舒服，都几乎忘了还有上路这回事。我之前在巴索农场过的是茹毛饮血野蛮人的生活。我吃自己一直讨厌的糙米和自家贫瘠花园里种的蔬菜，夜里下班后，我把餐厅里大厨给我的冷肉带回家，小刨、布鲁和我会像狼群一样发动攻击，一起吃起来，争抢最好的残肉。但有朋友们在场，就有理由更加文明、从容、讨喜一点儿。小詹是个杰出的菜农，托利是超级检修工，而茉莉是烹饪奇才。我们过得近乎奢侈。他们和我一样爱着巴索农场，每个人都给了它更多的维度，这让它更像一个家了。一开始这让我稍微难以接受。一旦你习惯了当皇后，就很难考虑用民主替代专制。

一个下午，当我们都坐在后花园里喝茶时，我意识到自己对变化的抗拒已经很深了。几个旅行的嬉皮士来了。他们在南部听说了这个地方，准备留在这里度几天假。我立刻颈毛倒竖，说他们不能留下。他们走了以后，我转向其他人说："他们好大的胆子，竟以为能擅自走到人家的私人住宅里，留下来度假。该死的毒虫，无聊又无趣，复读机一样就知道复述《海鸥乔纳森》里的话。老天爷！"

詹妮和托利斜着眼看我，眉毛微微挑起，什么也没说。但有时表情比言语更加有力，我能看出他们在想："偏狭虚伪的老太婆，你变成了你最不喜欢的那种人。"

于是我仔细考虑了一会儿。我试图找出我身上这种卑鄙的根源，撇开明显的原因不提，比如不得不以毒攻毒地战斗，至少在爱丽丝泉是这样。我被这种人环绕，他们出于某种理由觉得我的存在是个威胁。如果没能按照他们的玩法勇敢对抗他们，我现在就得回到东海岸的某个地方，夹着尾巴做人。但不仅如此。对很多内地的人来说，几乎被完全孤立的感觉，加上那场面向自然的无所不包的斗争对他们的影响太大了，以至于当他们终于赢了时，仍感觉需要在拼了老命而获得的知识与财产四周建起心理壁垒。那种凶狠的独立个人主义与我现在的感觉有几分相似——顽固，无法包容没有共同经历的新人。在那一刻，我理解了爱丽丝泉的一面，对待它的心态有所软化。

葛莱蒂离开几周后，狗狗布鲁不只成功地拉拢了我，也拉拢了小刨。他是一条有魅力的老怪狗，一条狗中之狗。他的第一要务是吃和睡；其次，按照喜好排下来，是追逐心仪的营地母狗，及跟营地公狗打架。一开始，小刨和我都命令他出去，但渐渐我们俩都变得宽厚了，直到布鲁在我们的温床上与我们一道打鼾、抓挠和抽鼻子。他把生活区分得相当清楚。他知道什么重要，什么不重要。他的斗殴冲动有一天戛然而止，因为他差点儿被一群发怒的营地狗打死。他舔了一个星期的伤口，然后，作为一只活得够久、经历够多的狗，带着令人钦佩的智慧，高贵优雅地退休了。

一个清晨，我醒来发现他死在后阳台上。他被马钱子碱毒死了。还没等我定下神来，他就死了。埋葬他的时候，我哭了。亲爱的老布鲁不该死得如此残酷。我的头脑里冒出两个强烈的想法——谁会这么变态做出这种事，以及谢天谢地，不是小刨。我后来发现，在爱丽丝泉，这样把狗毒死相当平常。20年来，某些不明身份的人一直这样做，而警方一直没有头绪。要不是我在镇上住了这么久，很可能会非常惊讶。结果，我不过叹了口气，心想，那是啊，不然你以为这是什么样的地方。

又是盛夏了，一年的年末，记得我刚来巴索农场的时候房间还是冷冰冰的，现在就是座熔炉。它其实是一连串洞穴般的房间，全是石头的，有拱窗和门廊，水泥地上铺了稻草，几乎没有家具。对与我搏斗过的最巨型的蟑螂来说，我家是个避风港。它们大胆无畏，正面对峙时会用后脚立起来，把我吓得不轻。我夜里秉烛走进房间时，它们会急促抓挠地逃回各个洞口，那种怪声让我毛骨悚然，让我恶心。除去水蛭外，它们是我最无法忍受的生物。我投放了大量毒粉——这种事我一般不会做，但它们吃得极欢。它们咯吱咯吱地吃，当早餐、午餐和茶点来吃，长得像突变的怪物。

然后就是蛇。巴索是这种优美生灵的家园。它们在这里求爱、繁衍、死去，拒绝被人类干涉。尽管它们能致命，却不及蟑螂的一半让我烦心。我相当喜欢它们，是敬而远之的喜欢，我一直秉持这样的信念行事，即我不犯它们，它们也不会犯我。但小刨满腔热情地憎恶它们。我为她担心，因为她会追蛇，试图弄死它们，尽管她非常善于此道，然而蛇只需一口就能咬死她。一天夜晚，我正闷在我的小洞穴里借着烛光读书时，小刨发出了捕蛇颤音，那是她的行为信号，不会有错。一条小的西部拟眼镜蛇从我的床下出来，正准备跟外面的世界打交道。这没有让我太烦心，不久我就吹灭蜡烛睡觉了。夜里某个时候，我又被小刨吵醒，她僵硬地挨在我的身边，毛发竖得像只疣猪，龇着牙咆哮。我点着蜡烛。在床尾，我的床单外面，又有一条蛇在打瞌睡。小刨把它赶走了。我开始感觉鸡皮疙瘩乱蹦，我太害怕踩到一条那玩意儿了，都不敢起床把门堵住。我花了好几个小时才重新入睡。早上大约10点醒来后，看到小刨正准备扑向一条在我床下蜿蜒滑行的巨蟒。一晚上三条蛇也太过分了。我堵住了墙上所有可能的蛇洞，但又过了几个星期，我才好好地睡了一觉。

人在生活中一路学习，然后转眼即忘。我早该知道，骄者必败。我开始觉得自大。我开始觉得自己能把控所有事情，并为此沾沾自喜、扬扬得意。生命美好而丰沛。别的事情都不会出错，统计数据不支持的。朋友围在我身边。我没有危险。在经受过一切之后，那种一天都无法离开巴索农场的不适似乎只是我付出的最微不足道的代价。多数周末，托利都与我们共度，我们都崇拜他。他在乌托邦担任老师，那是一个原住民所有的牛场，在北面150英里以外。如果他一次把小詹拐走几天，而我因为被拴在骆驼的事情上，从来没法跟他们一起去，我就努力不去忌妒他们。他们消失的时候，留下大大的空洞。说实在的，我们制订了几百次能让我也去乌托邦的计划，但总有一些小事突然发生，让我不能去。

其中一件时常突发的小事是，我会花上一整天追踪我的骆驼。他们的脚印会全部混淆不清，很难分清今天和昨天的。他们可能会朝进食的方向走，有六七个，大多数都是多石的地方，不易追踪。他们会躲藏在隐秘的山谷或茂密的树丛里，都是我看不到的地方。他们能十分和谐地融入卡其色与红色调的地貌里。他们戴了铃铛，但我发誓，在风中闻到我的气味时，他们会一直保持脖子完全静止不动。当然，当他们看到我时，肯定都是这种想法："老伙计，幸会啊，叮叮当当。""你怎么这么久才来？"以及"见到你真好啊，小罗，你口袋里有什么好东西？"无奈的是，我非但不能去逮他们，还得解开他们的绊子，看着他们弓背跃起，一路飞驰着回家，要不我就爬到某个驼峰后面，搭一段顺风车。杜奇在大热天里彻底没了愣头青的糊涂，三只骆驼现在是一个形影不离的驼队了。泽丽的身材丰满得恰到好处，她的乳房漂亮地鼓胀起来。骆驼的妊娠期是 12 个月，但我不知道小犊子什么时候预产。他们彼此之间的界限清晰。泽丽是地头蛇，是一头狡猾、处变不惊、镇定自若的骆驼。在荒野生存方面，她比其他两头加起来都更老到。如果她是总理的话，杜奇就是名义上的国王，但一有棘手的事情发生，他会第一个躲到她裙下。而巴比深爱着杜奇。杜奇就是他的英雄，只要杜奇的臀部在他的鼻子前面，他就相当神勇。如果杜奇是哈代，巴比就绝对是他的劳莱 ①。

就在这样一个早晨，在我追踪他们来到小溪旁之后，发生了一件事，让我感觉天都塌下来了。巴比正侧躺着。我以为他

---

① 劳莱（Stan Laurel）与哈代（Oliver Hardy）是美国早期的二人滑稽喜剧组合。

在晒日光浴，于是挨着他的脑袋坐下，说："阿拉（走啦），你这个懒惰的小家伙，该回家啦。"然后往他嘴里塞了一根棒棒糖（他们最喜欢软心糖豆和长条甘草棒）。他没有跳起来看我还有什么好吃的，反而继续躺在那里，敷衍地嚼着糖果，我知道出大事了。我把他扶起来，看到他用三条腿站立起来。我抬起那只脚，检查了下面柔软的肉垫，上面有一条很深的切口，里面嵌了一块玻璃。科特以前因为这种伤口打死过他的一头牲畜。软垫专门适用于软沙，而不是锐物，它是这种动物身上最脆弱的部位。肉垫里是一种湿软、有弹性的囊状物。当压力放在脚上时，所有小孔都会因此扩大。不可能让他们抬起一只脚走路，因为血液循环需要压力。切口一直延伸到脚底，甚至到了毛茸茸的上表面。我心想，他完了。我坐在那个河堤上哭了整整半个小时。我鬼哭狼嚎。骆驼是这么强壮的动物，我想，绝对是乖张的命运导致了这种事。天上到底有谁在恨我？我挥动拳头，号叫得更凶了。小刨舔我的脸，泽丽和杜杜都俯下身来表达他们的慰问。巴比丑陋的大头搁在我的膝上。他继续吃着软心糖豆，出色地扮演着茶花女。我重整心情，尽可能小心地从他脚里拔出玻璃，缓慢地领他回家。等我骑单车到了诊所后，我发现认识的兽医们都不在镇上，一个新来的没有经验的男孩在代班。他来到巴索农场看巴比，站在离骆驼6英尺远的地方说："嗯，他脚上是有个伤口没错。"然后给了我几管治破伤风的注射剂，但没起多大作用。我在餐厅碰到的两个女人，小姬和雪儿，她们在珀斯从事兽医工作。我当晚骑单车去上班后，把这件事告诉了她们。她们在第二天，也是我在镇上的最后一天，过来了，用柳叶刀割开了顶部的洞眼让它排脓，又开了热水加高锰酸钾的处方。要把脚浸在一桶这样的药水里，而我得按摩伤口，彻底把它清洗干净。神奇的女人，她们再次给了我希望。

托利和詹妮用旧的星形尖桩、铁丝和铁网残片，以及我们从各处捡来的其他物件，为我在巴索农场的屋后建了一座大收容场。我把巴比关在里面，一天为他治三次脚，同时祈祷。现在，在镇上外科医生的帮助下，我改良了治疗方案，改用一根婴儿用的鼻饲管插入伤口顶部，再用强力抗菌剂浸透整个创口。疗程持续了几个星期，我一直没有把握，脚是在愈合呢，还是腐肉在那里像蘑菇一样生长？一些日子里，我有希望，另一些日子里，我再次跌回深渊，呜咽着要詹妮、托利、茱莉或者镇上的外科医生把我拽出来。巴比不享受治疗的过程，我也一样。"保持那该死的脚不要动，你这个小杂种，否则我就从膝盖开始把它剁掉。"他渐渐恢复了。很快，那只脚看起来足够健康，我能让他跟其他两头骆驼一道出去了。他们一直像臭气一样在房子周围挥之不去，把长脖子探进厨房，或者每当我们坐在花园里喝杯茶时，他们就满心期待地站着，贪婪地大眼瞪小眼。朋友们像我一样爱上了他们，尽管大家冤枉了我，指责我把人类的品性投射到他们身上。我们看着他们发笑，一笑就是好几个小时。他们比马克斯兄弟 ① 的喜剧电影还好看。

然后，在阳光明媚的一天，事情发生了。他们消失了。消失在荒野的蓝色远方，就那样，噗，不见了。骆驼没了，不会犯错的可爱小动物没了。他们抛弃了我，这些没良心的狡猾的薄情的骗人的劈腿的叛徒，留我一人火冒三丈。他们在近处散步相当平常，但这次事态严重。或许他们是无聊了，在寻求冒险。但我怀疑泽莱卡是罪魁祸首。真能干啊，她是要回家，领着其他骆驼一起回她的驼群，那里没有鞍座和工作这种东西。她不像其他骆驼那么容易被哄骗，被嗟来之食和爱的抱抱收买。她没有被宠坏。而且她从没忘记过自由的甘美。

那天早晨，我像往常一样带着小刨外出，去找他们的路迹。我花了一个小时才偶然找到。他们应该是在往正东方向走，要走进深山老林里。我跟了几英里，想着他们可能就在下一个转角，我似乎能听到驼铃在不远处叮当作响。那片郊野里有种楔嘴的小鸟，叫声正像驼铃，它经常让我上当。天气开始变得很热，于是我脱掉衬衫，把它放在一丛灌木上面，告诉小刨在那里等我回来，我估计最多半个小时。她已经气喘吁吁，口干舌燥。她讨厌被丢下，但这是为了她好，所以她很听话。我进入了蛮荒的无人区，无数英里以内一无所有。我有点好奇，到底是什么如此快地把骆驼引到这么远的地方。但我不担心。我穷

① 马克斯兄弟（Marx Brothers），美国早期喜剧演员，被誉为"经典中的喜剧之王"。

追不舍 ——他们的粪便还是湿的。我能从路迹看出，其中一头挣断了一根皮带，正拖着锁链走着。我走啊，走啊，走啊。我蹚过托德河，把酷热的身体浸入凉爽的池塘，喝下尽可能多的水。我浸湿裤子，把它绑在头上，继续走。慢慢地我的速度降下来了，因为我进入了多石区。我一直在想："这到底是怎么回事？是有人在驱赶他们吗？发生什么事了，我的老天啊！"那天我走了30英里，被一种信念逗弄，相信他们就在我前方1分钟距离处，但除了自己脑壳里铃铛响的幻觉，什么也没听见，连一头骆驼的影子都没见着。我夜里很晚才折返，发现可怜的小刨几乎焦躁死了，她仍坐在灌木丛下面，粉色的舌头干得像根骨头，往家的方向，有一条焦虑的100码长的狗爪印沟槽，朝我的方向也有100码长的爪印沟槽。但她留下了，这个忠诚的生灵，尽管焦虑非常难以承受，干渴也是。她见到我时太过释然，几乎就要把五脏六腑翻出来。

次日，我做了更充分的准备之后才动身。我相当快地抵达头一天的位置 ——走直线的话只有大概8英里 ——发现路迹在一两英里后逐渐消失在岩石陡坡上。我回家，打电话给那个方向的所有牧场主。没有，他们没看见过骆驼，反正他们通常会开枪打死他们。但他们会帮我留意。

我发现镇上一些人有轻型飞机，他们慷慨地提出带我在天空中找骆驼。茱莉陪我一道。我以为自己大概会知道他们在哪里，然而我意识到，如果他们一天可以走那么远，在过去的一周时间里，他们会往那个方向走 7 倍远的距离。我很沮丧。我们呈网格状飞行，比条例规定的高度低了很多，大概飞了一个小时。一点儿迹象都没有。

"他们在那儿！"我厉声尖叫，同时从后面勒住副驾驶的脖子。

"不是，是驴子。"

"噢。"

我坐着极目远眺飞机窗外时，某个想法浮上水面。从我两年多前决定上路的那一刻起，它就一直被埋藏在心底。我不需要坚持到底。丢失骆驼是完美的借口。我可以收拾行囊，说"哦，好吧，我尽力了"，然后回家。我当然从没真正考虑过去做这件事。我一直在自欺欺人，相信自己会去做，但没有人会疯狂到去做这种事，太危险了。现在，连骆驼们都会高兴，一了百了。

我察觉出自己一直尝试着手做难事。我其实只是不允许自己去考虑后果，两眼一闭就跳，等知道自己在哪儿时，已经不可能食言了。我本质上是个糟糕的胆小鬼，我有这点自知之明。我能克服这个的唯一方法就是用另一个自我来哄骗自己，那一个自我生活在梦境和幻想里，她懒散得要命，而且不切实际。一腔热情，没有理智，没有秩序，没有自我保护的本能。我就是这么挺过来的，现在那个怯懦的自我发现了一座没拆的桥，还能回到过去。正如蕾娜塔·阿德勒[1]在《快艇》中写的：

> 我想，当你真正身陷困境，已经在同一地点站立太久时，就会往自己站立的地点扔一颗手榴弹，然后纵身一跳，同时祈祷。这就是破釜沉舟的冲力。

是的，完全正确。就在此时，经过这么长的时间，我才发现那颗手榴弹是个哑弹，我可以正好跳回那个安全的老位置。磨人的是，那两个自我正在交战。我极其想找到那些骆驼，也极其不想找到他们。

飞行员突然把我拉回现时的两难境地。

"喂，你想怎么办？我们收工吗？"

我本来要说好，但茱莉劝我们再转一圈。

就是最后那一圈，他们在那儿。茱莉发现了他们，我们记下位置，然后飞回跑道。就在那一刻，所有迥异的自我都同意进行这次旅行了。

5

尽管在空中确定骆驼的位置似乎相对容易一些，但一旦回

---

① 蕾娜塔·阿德勒（Renata Adler），美国作家、记者、电影评论家。

到地面，就被混乱的小溪、丘陵和决口包围——这些是我在飞机上没有留意到的，其实找到畜群相当困难。詹妮和托利跟我一起。我们把吃苦耐劳的老丰田车尽可能深入地开进多石的矮树林，然后带着狗儿步行出发，她立刻去追捕幻觉里的花豹和虚无缥缈的老虎了。小刨对一切都有捕猎的欲望，就是对骆驼没有，这是我俩之间的争议症结所在。我试过训练她帮我追踪他们，但她毫无兴致。她会全身心投入激情去追的是袋鼠和兔子，她会跃过三齿稃的草簇，脑袋就像努里耶夫①一样在半空中东转西转，连续追上几个小时。她中看不中用，从来没捕到过任何东西。

我决定抄近路穿过尽可能多的沙地、小溪和决口，希望这样找到他们能容易一点。我们走到一个小山的丘顶，看能不能侦察到他们，但除了静止的橄榄绿色木蠹蛾灌木和连绵几英里的破碎红岩与沙，什么都没有。我想从另一侧下山，接上另一条沟谷，于是我们疲惫地沿着山鼻子的弧线蹒跚而行，这里的地面状况好一些。太阳几乎当头照。当我们到了山丘底部，进入另一条小溪时，我本以为它会带我们进入远处更平坦的地面，结果非常怪异的事情发生了。反方向，有新鲜的人的脚印已溯溪而上。每个人都戛然止步。只是微小的一瞬，我想："大夏天的正午，到底什么人会在这么偏僻的小溪边散步？"然后，我

---

① 鲁道夫·努里耶夫（Rudolf Nureyev），苏联芭蕾舞和现代舞舞蹈家。

意识到，那些是我们自己的脚印。我们不仅回到了不管怎么算都该在我们右方 90 度位置的地方，而且不知怎的，还从相反的方向回来了，这就像一巴掌打在我的后脑勺上一样。我坐了下来。我感觉计算机磁带碎片、烟和火花好像随时都会从我的耳朵里冒出来。东南西北都怎么了？都去哪儿了？几秒之前，我还对方向有那么坚定自信的把握。我的身后有无意掩饰的窃笑和推搡。

或许这是一个好的教训，但它让我无比心寒。我看到自己最后落得一幅焦炙残骸的画面，金黄焦脆，躺在沙漠中心的某条沟里，或者漫游了几个月后，回到爱丽丝泉，结果还以为自己人在威卢纳。有人刚给过我一本关于口渴致死症状的医疗小册子（我感觉这是一份周到而感性的礼物，而且一直便于使用），看起来，包括中世纪土牢里的酷刑在内，口渴就是最糟糕的死法。我永远不想死于口渴。我意识到，过去自己有多依赖寻找路迹或小刨来回家，而疏于训练自己的心理承受能力。这件事和其他很多生存机制一起，绝对需要加强。

等我们最终找到骆驼时，他们极为内疚、羞愧，而且深深地渴望回家。他们几乎丢失了大多数的绊带，丢了两只驼铃，而且沿着一条警戒线来来回回走了两三天，他们发现这条线挡在它们和巴索农场的大致方向之间。骆驼是居家型动物。等他们认准一个地方或一片区域后，你可以 99% 肯定，他们会一直设法回到那里。杜奇和巴比显然拒绝了泽丽，而泽丽又不打算自己单飞。他们像苍蝇一样绕着我转，拖着脚步，尴尬地看着地面，要不就羞怯地透过优雅的睫毛，表现出歉意、爱意和懊悔。我骑上骆驼回家。巴比的脚几乎痊愈了。

现在旅行已成现实，而且我知道它真的将要发生；但我被自己必须做的大量准备工作吓坏了，而且，要怎样才能搞到买装备等东西的钱，我完全不知所措。骆驼占据了我太多时间，不可能在镇上再找更多工作了。我可以找亲朋好友借钱，但我决定不借。我一直都穷，生活一直紧巴巴的，如果我真的借钱，要花上很多年去还。况且我憎恨欠债，而且要求我的家人为这么一项计划捐钱似乎很不公平，我知道这项计划已经让他们担心得要死。最重要的是，我想不受外界干扰、不接受帮助地做成这件事，尝试做出一个纯粹的独立姿态。

当我坐在巴索农场，烦躁担忧地啃着指甲，再往上就要啃到手肘时，一个年轻人，一位摄影师，跟着我的一个朋友过来了。他给我们和骆驼拍了几张照片。但是，对于一次有着如此深远影响的事件来说，会面其实十分不顺，第二天我就把它忘光了。

但瑞克又来了，这次和镇上的一群朋友来吃晚饭。又一次，我心事重重，只记得几件事。他是个不错的小伙子——很像吉米·奥尔森[1]，我想——是那种没有道德观念的稚嫩的摄

---

[1]　吉米·奥尔森（Jimmy Olsen），漫画《超人》中的人物角色，也是个摄影师。

影记者，从地球上的一个动荡区跑到另一个动荡区，还未来得及看看自己身在何处，也还未被外界所影响。他有一双我所见过的最美丽的手——尖细的纤长手指，像青蛙脚一样包裹住相机——我模糊地记得几句不温不火的争论，焦点在于，当你对原住民完全不了解，也不太想去了解时，就到沟谷里为《时代》杂志拍老套照片的道德性和正当性。还有，哦，对，我记得他总是盯着我看，就好像我有一点儿精神失常。只有那几个细节，没别的了。

他还说服我写信给《国家地理》杂志要赞助。那晚他们离开后，我写下了一封信，醉意中，我自认才华横溢，然后就没再去想它。

在去爱丽丝泉之前，我从没握过锤子、换过灯泡、缝过裙子、补过袜子、换过轮胎，也没用过螺丝刀。我这辈子从来没有做过任何需要动手能力、耐心和功能性设计感的事。而我现在呢，面临的难题是要设计并打造出一套完整的装备，更别提鞍座了。科特、萨雷和丹尼斯都教过我很多，但不够用。我很快就发现，广为人知的"试错法"是一种远被过誉的学习方法。我既负担不起材料损耗，也损失不起时间和精力。我还处在破产的状态呢，仍在节衣缩食地省钱买必需品呢，所以，哪怕一颗报废的铆钉都会让我痛心万分——钱包最痛。我得为泽莱卡焊一副合适的鞍架，做三个皮鞍垫，塞满大麦秆，再绑到鞍架上。我需要肚带、胸革带、尾部皮带和各种额外的小杆和钩子来连接装备。另外两副鞍座需要重新设计，最最重要的是，还有六个帆布包、四个皮包、水壶、铺盖卷——一种设计特别的盖布，能把所有东西捆上，此外，地图夹板和其他东西也需要考虑。这让我心烦意乱到绝望。还好，托利来救我了。他在搞定事情这方面很有资质。我真羡慕他的脑筋。我会连续几个小时坐在外面，边摆弄一片片帆布、边带、皮革、铜铆钉和塑料等物件，边大发牢骚，通常会沮丧得尖叫，在无能与急躁的盲目狂怒中到处乱扔零件。有一天，我又一次乱发脾气后，泪水浸透了托利的肩头，他对我说："小罗，这一行的秘密就是，你必须学会爱上铆钉。"

开始旅程前后，在我需要对付的所有事情中，学习制作和修理东西这件事是最折磨人的。这是一个精神高度紧张的缓慢过程，但渐渐地，无知与笨拙的迷雾散开了。我看着机器，头脑不会立刻蒙了，我渐渐弄明白了它们如何运转。我对这片女人之外的工具与机械领地开始有逻辑了。它依旧需要心灵手巧，依旧耗时且无趣，依旧让我得溃疡，但我不再完全觉得莫名其妙。我得感谢托利。即使我最终没有真正爱上铆钉，但至少学会如何忍受它了。

我身上的诸多压力以一次次的喜怒无常、绝望、抱怨和紧搓双手的方式表现出来。小詹和托利觉得，如果我不离开一阵子，或许会垮掉，他们最终说服我去度一个礼拜的假。他们花了几天时间才说服我相信这是可能实现的，而且没有我在那里过分关心，骆驼们也未必会死。我们把泽莱卡放在院子里。我不在时，小詹和托利会每天出去为她采食，他们安抚我，说什么都不用担心。但难道这不是运气吗？我一天到晚跟他们待在一起，一天都没休息过，偏偏那一周，泽莱卡就决定分娩了。我收到电报，火速赶回爱丽丝泉，就好像我被大黄蜂追赶一样，结果看到最讨喜、最美丽、最光洁油黑、最纤弱、最可爱的骆驼崽，跟着他的母亲蹒跚学步，而她拒绝让任何人靠近他。我花了一两天才说服泽丽相信我不会伤害她的头胎。在哥利亚那儿，费时就更久一点。他有母亲的脑筋和父亲的轻佻帅气，生下来就是个好斗的刺儿头、厚脸皮、一意孤行、以自我为中心、苛刻、性急、傲慢，被宠坏了却又十足可爱。他最终安分下来，让我能把小詹为他做的缰绳永远地套在他的脑袋上。从那天起，我就开始拎起他的腿，给他全身挠痒，把布片放在他背上，然后把他绑在院子里的一棵树上，一次只绑 10 分钟。我把泽丽放走，把骆驼崽关在里面 —— 对所有人来说都是一个完美的安排，只除了哥利亚，他都快要把肺吼出来了，直到母亲回来喂他。

每件事似乎都极快地凑在一起，就是节奏相当无常。两头公骆驼要阉割，因为我会在冬天旅行，可不希望跟杜奇或巴比再来一个回合。我已经决定在初秋的 3 月离开。鉴于土地委员会似乎终于要收回巴索农场，而且詹妮和托利得回乌托邦，我们计划带着骆驼们和装备在 1 月试跑一次，只提前一个月。萨雷为我阉割了公骆驼。做得毫无美感，我因为共情的疼痛，颤抖并紧搓着双手。公骆驼像拔了毛的鸡一样被绳索捆起来，翻转过来，唰唰，啊啊，可怕的工作就完成了。两个星期后，杜奇显然因为感染，站在鬼门关门口了。我拜访了兽医朋友，他过来用去势器切去大团肿块。我们把骆驼麻醉了，像凯特那样，直到他不省人事，然后兽医向我演示怎么做。他把输精管拔出来，现在那里肿得有山药那么粗了，然后尽可能高位切掉。杜奇马上疼得恢复了知觉。接着是无穷无尽的土霉素飞针。兽医赞同我的说法，说走一趟乌托邦能帮助伤口排脓，所以现在开始正儿八经地准备了。

骆驼和我在打包和出远门方面都完全没有经验。我的恐慌和易怒达到荒谬的程度。天公不作美，烈日当空时有 130 华氏度①。按照实用性的残酷标准来看，我枉费那么多狂热心意做出的装备就是个笑话。在我们决定离开之前，我语无伦次。我们计划早上 6 点出发，趁空气还能呼吸，不会像香烟屁股一样烧肺。11 点时，我还在像众所周知的无头鸡一样跑来跑去，托利和詹妮交替来尝试安抚我，同时小心翼翼地躲着我。终于，一切看起来都对头了。鞍座装上了，全都像样地垫了羊皮和毯子。装备分配平均，看起来相对可行。

我把动物们绑在一起，他们此时极度心神不宁。我进屋，

---

① 相当于 54.4 摄氏度。

喝下最后一杯茶，最后深情地看一眼巴索农场。艾达和我们一起，眼泪汪汪的，这对我的自信无济于事。"哦，我的女儿啊，请别走，留下和我们一起。你一定会毁在那里的。"外面，骆驼之间一阵骚动，我挣脱艾达的怀抱跑去看，吓死我了，那三头骆驼完全缠在一起了，被惊得不知所措。绳索、骆驼脑袋、破布都搅在一起，像一个土耳其人的头结。花了半个小时才解开。至少要上路了，我们拥抱了艾达，自信地挥着手走进惊心烈日中。

3个小时后，我们又回来了。泽莱卡绊了一跤，几乎把前面杜奇身上的鞍座拽下来，而因我没有想到用里面的皮革加固环形把手，两个帆布包都扯坏了。我又花了一整天来解决如何把动物们串在一起的问题。答案是，用一根绳索从前面那头的脖子上穿到后一头的缰绳上，再穿过肚带，而鼻绳只系在前一头的鞍座上，以防他们畏缩不前。那样就解决问题了。托利帮我修好了帆布包。我们出发，再一次自信地朝艾达挥手，她又眼泪汪汪的。

我们在毒辣而变态的夏日里走了150英里，度过了8天难以言喻的地狱般的日子才到乌托邦。第一天极其荒谬滑稽。从爱丽丝泉往出走的路，狭窄、曲折、危险，大货车轰鸣而过，如果说骆驼憎恨什么，那就是任何比他们大的能动的东西。于是，我决定抄近路走偏远地区，在更远一些的地方回到大路上，那里不会有这么凶险。好吧。只不过要那么走的话，我们得穿过茂密的灌木丛，攀上岩石陡坡，踉跄地翻过巨石，挥汗，挣扎，恐慌。詹妮和托利仍能令人气愤地保持平静和沉着，只是因为他们没有完全理解我们根本不可能完成它，或者说他们不理解多数灾难性的大祸都毫无预警。让我完全惊愕，而让他们扬扬得意的是，我们那天毫发无伤地走了 17 英里。这一小小的胜利没有缓和我的悲观心态，我们还有很长的路要走。

次日，两副鞍座显然快要彻底变形了。杜奇的肩膀被磨成了白色，泽丽鞍座上的一个垫子一直滑落。她当时已经瘦成皮包骨 —— 担忧得形销骨立了。我不知道我们旅行的方式对骆驼来说极其残忍。我们早上 4 点撤营，一直走到 10 点，之后在树荫里休息到下午 4 点，再继续走到晚上 8 点。这不但把他们累坏了，也侵占了他们最爱的进食时间。他们不喜欢在没有水的条件下走路，每一头一天要喝 5 加仑的水，再给还能喝更多。我开始思考所有跟沙漠动物有关的故事，那些荒谬的讹传。詹妮和托利轮流开着丰田车殿后。没有那辆车，我们根本办不到。我把杜奇的鞍座丢进车里，剩下的路途里，他相当轻松。

提心吊胆，每时每刻都预料会有场令人惊惧的大祸降临是一回事，在 130 华氏度的热浪里经历这一切又是另外一回事。地狱一定就是那样。每天早上 9 点，热浪已经滚滚袭来，势不可当，会让意志稍有消减，但我们虔诚地一直奋力前行到早上 10 点，知道在 9 点时经历的那个温度已经相对冰冷了。然后，我们会开始寻找一处歇脚地，通常是一条已融化而泛光的柏油路边的某根水泥排水管。我们会在特定的这几个小时里喘口气，用湿毛巾甩过我们燃烧着的身体，吸吮橙子和温热的水壶里的水。这种经历没有那么容易忘记。托利和詹妮真是不可思议。他们连一次抱怨都没有（很可能因为他们插不上嘴），而且，让我一直惊奇的是，他们似乎真正乐在其中。

我们在孩童们的尖叫欢呼声以及几百只营地癞皮狗的咆哮声中抵达乌托邦。这段旅程的最后一部分几近宜人，我们沿着宽阔的白色沙床行走，有高高的桉树为我们遮阴，还把被炙烤的身体浸入饮水井里。这把所有鞍座、装备和我的毛病都捋顺了。尽管路途艰难，但就其本身而言也是天赐之福。重新调试和设计的工作量确实很大，这我知道，但也并非不可克服。

我在乌托邦待了几周，一个美丽、丰饶的170平方英里的牛场，是由更加大方的工党政府移交给原住民的。与负面的新闻报道恰好相反，他们把场区管理得井井有条，尽管没有人想着能发财，因为收益得分配给大约400个人。那里有6个白人，多数从事教学或健康工作。这是地方上最成功的原住民社区之一。郊野平坦，满眼草绿，有些地方覆盖着高大的灌木丛，点缀着湖泊，还有沙多弗河流经其中——这是一道巨大的白色沙床，雨季到来时，雨水会暴涨成一条狂怒的红色激流。

我和詹妮、托利一起住在两个被戏称为大篷车的银色烤炉里，循环重复着前几周的惨烈，只不过边缘性恐慌的程度更高、更细微了。我跟鞍座纠结上了，对它们犹豫不定，直到我觉得它们绝对完美或者彻底没用。我丢过骆驼，追踪他们，再次找回他们。没人时，我练习手握我那招摇的指南针。我迷惑地看着地形图，试图不去想某些医学小册子。我列了一个又一个清单，然后推倒重来。如果我做的哪件事没在清单上，我会立即把它写上去，再删掉，至少有种做完什么的成就感。我有一夜梦游进了詹妮和托利的房间，问他们是否觉得每件事都没问题。

我还被一个来访的政客指责为资产阶级个人主义者。"噢，我的天，怎么会是资产阶级个人主义者？"我心想，同时偷偷溜进我的房间，在镜子前沉思、咬指甲。一个女人多年与"左派"有联系，在政客眼中，就等同于有性病。我从来不是政治动物，在 20 世纪 60 年代的全盛期也不是，尽管我尝试过。我缺少两个至关重要的要素 —— 勇气与坚定信念。这让我感到有点愧疚，我是人们（包括我自己）扛着横幅声称"如果你没有解决方法，就是个麻烦"那个时代的跟风者。

那个下午，我在镜子前沉思了很久，试图探明自己是不是一个资产阶级个人主义者。如果我带上一帮子人，把它变成一个公共性质的骆驼旅行，或许就会得到批准了。不，那仅仅会变成自由主义者，不是吗？充其量也是修正主义者。天理不容，你赢不了的。

那好吧。什么是个人主义者？因为我相信自己可以掌控命运，就是个人主义者了？如果是这样的话，那没错，我绝对是一名个人主义者。好吧，资产阶级。"比起革命险阻与冒险，一个更偏爱安全、舒适、幻想的人。"好吧,我猜那得看你怎么定义革命,以及你认为什么东西是安全和舒适的。至少,有一部分革命仔细推敲了我们集体疯狂的本质。

在接下来的一周里,随着我对那位马克思主义者朋友的言行的观察和探测,先前我对自己究竟是个好人还是坏人的关注渐渐消去了。他非常聪颖,脑袋的大小和重量都有南瓜的两倍,我觉得他很有魅力,同时也害怕他。我妒忌他的智商,妒忌他能利用政治知识分子传统的男性语言赢得任何一场争辩,还能在他周围营造出一种令人费解的统治与力量的光环。他把任何对病态的内在领域的深入研究都看作女性作为。他认为结果会适得其反。

然后,我当然就懂了。任何带有内心挣扎的东西,任何对脆弱(或许被冠上"沉溺"的名头)的供认都是资产阶级的、反动的、反政治的。或许,因此,很多有意从政的男人(我见得太多了,为之惊奇,为之不解),即理性、聪明、口才好、有才智、能干、敬业、有革命精神、言辞强势的男人,很难去面对、妥协或承认他们自己的性别歧视。这包括了痛苦地转向内在的自我沉溺,以及认清自己身上的敌人。我知道,女人在政治上表达清晰很必要,我还相信,如果男人能理解并去使用直到现在仍常被归于女性特质的感知语言,会是很好的想法。

原来,我的朋友为乌托邦制订的计划成功了一部分,但也遭到了失败：成功是因为他的很多社会变革的想法十分英明，而且可行，失败是因为他以传教式的热忱与原住民打交道，处理他们的情况，但他的政治理念没有顾及对那里的情况的真实感知，以及他不知道人们本身想要什么、需要什么。当他与人们的关系变得困难和复杂，年长一些的人不信赖或不喜欢他时，他解释为他们在"搞反动"。因为隐晦的语言欺凌，他错失了珍贵的信息。当他在房间里侃侃而谈乌托邦黑人的未来时，那些通常保持沉默的人，尤其是詹妮，本可以提点他的。她被弄得像只口齿不清的渡渡鸟。我们的朋友从来不知道，他本可以发掘很多宝贵的经验和想法。

几个月后，他灰头土脸地离开了，还写了一封长信给我，说至少他理解了我在做的事情，毕竟坐在某处沙冈上安神养性不那么糟。但那不是我在做的事情啊。我再一次有了那种龌龊的、背后阴森森的感觉，觉得是自己贪多嚼不烂。为什么每个人都被这趟旅程影响得这么厉害，不管是反对还是赞同？我要是待在家里敷衍了事地学习，或者在赌博俱乐部里工作，在皇家交易酒吧喝着小酒谈论政治，那就会很好地被人接受了。我就不会成为这么多人议论的对象。到目前为止，人们说我想自杀，说我想为我母亲的死受苦刑赎罪，说我想证明一个女人能够穿越沙漠，说我想要出名。有的人求我让他们同行；有人要挟、忌妒我，或者被启发；有人觉得这是个笑话。这趟旅程失去了它的单纯。

*　*　*

我在乌托邦收到一张去悉尼的往返机票和一封电报，写着：
"我们当然很感兴趣……"是《国家地理》杂志发来的。我一直
都知道，更确切地说，有一个我，一直都知道，他们会接受我
的提案。他们怎么会不接受呢？我甜言蜜语地写了一封那么有
诱惑性又自信的信。我当然要拿钱跑路。我没有选择。我需要
手制水壶、一副新鞍座、三双坚实的凉鞋，更别提食物和零花
钱了。我也在某种程度上知道，这意味着我构想的旅程结束了。
我知道这件事不该做——一次出卖。愚蠢却不可避免的错误。
这意味着，一本国际杂志要介入了——不，不是公然介入，但
会有既得权利在里面，因此会是一个微妙的控制因素，它本是
个人、私密之举。这还意味着，瑞克得偶尔在场拍照——我立
刻把这件事抛到脑后，说他可以一次来一两天，然后在旅程期
间只来三次。我都不会注意到他的存在。但我知道，这会无可
挽回地扭转整件事的实质——我本是要独自一人去检验、去推
进、去疏通我的想法，清理所有的外来残渣，不要被保护，要
剥除所有的社会支撑，不被任何外部干涉阻碍，不管是不是出
于好意。但我已经做了决定。实践性占了上风。我出卖了很大
一部分自由和旅程的完整性，换来 4000 美元。那就是断裂。

我准备南飞的前一晚，我们都聚在大篷车里，想要把我收
拾得适于上路。茱莉亚，詹妮的一个朋友，也在那里，我用她

们的衣服玩化装打扮的游戏。我只有松垮的男式旧保龄裤，穿了10年的大红色漆皮舞鞋，你吐个口水就能穿透的衬衫，破得不是地方的纱笼，被抛弃的跑鞋，和几条沾有形形色色骆驼排泄物的连衣裙。我们都同意，穿成那样到奢华酒店里跟《国家地理》杂志的头头儿们开会，有点太真实、太自我了。于是，我精神错乱地将自己塞进紧身牛仔裤和致命高跟靴里。这对我的自信没有用处。我把地图拢起来，煞有介事并干练地夹在腋下，以表现得很有能耐，也确信自己在做什么。之后我才意识到，如果他们问我什么尴尬的问题怎么办，我其实对自己要穿越的那片郊野知之甚少。我决定装。

　　带妆彩排让我很痛苦。我的朋友们用手拍着脑门，戏剧性地唉声叹气。我甚至还没策划出连贯的路线。而且我很痛苦。去悉尼的整段路上，我饱尝了那种令人厌恶的、手心冒汗的考前恐惧症，和瑞克在一起的两个小时也是，一直到我走进酒吧，见到那些准备白白送钱给我的非凡的美国人，我才切换到冷静文雅的"本小姐已经万事俱备，你们幸运的话可以分一杯羹"的1977年现代文明模式①。面谈用了15分钟，每个人都赞同这是个很吸引人的想法，我显然对郊野了解很多。对，《国家地理》杂志会尽快寄支票给我，并说："亲爱的，见到你真让人高兴，我们期盼着等你写故事时与你在华盛顿会面，那会是多棒

----

① 罗宾的骆驼之旅始于1977年。此前，她长期在内地乡下生活，所以到了纽约之后，她因此自嘲。——译者注

的一本书啊！你想过写书吗，亲爱的？好运，再见。"

"瑞克，你是在告诉我，他们真的答应了？"

"对，他们答应了。"

"瑞克，你是在告诉我，就是那么简单？"

（哈哈大笑）"你很棒啊。真的。看起来完全不怯场。"

我歇斯底里地咯咯笑了大概两个小时。我飘飘然到了九霄云外，我生出了隐形的翅膀——旅程成真了。最后一道障碍被清除，胜利的旗帜在飘扬。我大声叫嚣，拍打瑞克的后背。我喝了几杯玛格丽塔，给服务生塞了小费。我对电梯工绽放笑容。我愉快的一声"你好"吓了酒店女服务员一跳。我像100万美元一样飘摇着穿过国王十字区。然后我慢慢地崩塌，像一个慢慢漏气的自行车车胎。

我都做了些什么？

瑞克对我这一情绪变化目瞪口呆——一个小时内，从成功喜悦的眩晕高度落入丑恶的怀疑和自我厌恶的阴郁深坑。瑞克试图安慰，瑞克试图安抚，瑞克试图劝解。但我怎能告诉他，他就是问题的一部分？他是个不错的聊天对象，但我这一路不太需要他，他的尼康相机，或他那无可救药的浪漫观念，我不需要。我可以很容易对付猪猡，但好人总让我惶恐。你怎么能告诉一个好人，你希望他们死掉，他们就不该被生下来，你希望他们能爬进某个地洞里断气？回想起来，我本来就完全不该把瑞克当成一个人来看。我应该把他视作一部没有情感的必备机器。事实上，就是一部相机。但我没有。不管愿不愿意，瑞克都是我的旅程的重要部分了。我踢了自己一脚，竟任由这件事情发生！我本来应该当场就立下规矩。我应该说："瑞克，你可以过来三次，每次撑死三四天，我想让你尽可能少地参与到这件事里来，就这么定了。"但像往常一样，我让形势自行发展。我任由自己的意志把今日事拖到明天，什么也没说。

瑞克没有经历过准备阶段，不了解之前发生过什么，没有察觉到我和其他人类一样脆弱，不理解我为什么想做这件事，因此把他自己的情绪需要投射到这趟旅程上了。他沉湎于这件事的浪漫——魔力——这是我始料未及的副作用，但我在很多人身上，甚至我的亲密朋友身上，都见过它。瑞克想记录这件大事，记我从 A 点到 B 点的漫步。我选择瑞克是个错误，这点渐渐变得明显。我本该选择某个冷酷无情的典型摄影师，我可以对他恶言相向，可以恶毒冷酷，而无须道德谴责。除了老练的讨喜，瑞克还有种不同凡响的特质，那就是他的天真。一种脆弱，一种内向的甜美和洞察力，这在男人中足够罕见，事实上，在成功的摄影师身上也很少有。我喜欢他。而且，我意识到，他或许和我一样需要这趟旅程。那正是负担。我非但没有远离对人的所有责任，还一头扎进了一份沉重的责任里。我感觉被劫持了。

我在一团矛盾的情绪中飞回爱丽丝泉。我是不是太矫情了？为什么不该和人分享它？我是个自私的孩子吗？甚至是个资产阶级个人主义者？突然间，这趟旅程似乎属于除我以外的所有人。没关系，我说，等你离开爱丽丝泉，都会结束。不再有要在乎的亲人，不再有牵绊，不再有义务，不再有人需要你这样那样，不再有难题，不再有政治，只有你和沙漠，宝贝。于是，我把它整个儿推进头脑的幽暗深处，让它在那里像毒瘤一样溃烂生长。

回到家，我遇上了百年一遇的洪水。去乌托邦的150英里路，是一条打漩儿的红河，我两次试图搭乘四驱车过去。

最终，我成功了，在深至大腿的水里走了最后的6英里。那里要是下雨，真的是狠狠地下。骆驼再次消失，天气太湿，没人愿意跟着他们。我们等了几天，又开车追踪了几天后，我们发现他们在小山的高处，被恐惧逼疯了。骆驼应付不了泥浆，脚不是为泥地设计的。他们绝望地陷下去，要不脚就向四面打滑，然后摔坏骨盆。这种情况经常困扰着他们。另外，他们离开了家，我相信，在紧张时期，他们更觉思乡心切。他们在往南走，要回爱丽丝泉。

支票到了。我定下出发日期。我委托萨雷制作了一副传统的阿富汗驮鞍。我买了设备和食物。我为骆驼安排了交通工具去爱丽丝泉。我的家人写信说，他们想过来道别。人们送我上路的礼物，每个人，每一个人，似乎都卷入了不断高涨的兴奋氛围中。就好像我们所有人都突然相信这是真的，在玩了两年的假装游戏后，我真的要去做了，或者就好像我们一起参与了一场梦，刚刚醒来发现，它是真的。准备过程在某种意义上是这件事最重要的部分。从"我要带着骆驼进入沙漠"这个想法进入头脑的那天起，直到我感觉准备工作就要完成，我已经为自己建立了某种无形但神奇的东西，它也感染了别人一点儿，我很可能永远不再有机会做像那样一件吃力而充实的事了。

我用卡车把骆驼运回牧场。新主顾买下了牧场，他们非常愿意让小恶魔们在院子里待几天。杜奇、巴比和哥利亚从来没有上过运牛卡车，所以很好骗上去。我把泽丽留到最后，知道她会畏缩，只盼她最后能追随其他骆驼。最后，我松了一口气。我也从来没有装载过骆驼，不确定应不应该把他们捆起来。我给车厢地板铺上沙子，设想折断的骆驼腿从侧边的栏杆戳出来。我们还没走到 10 英里，杜奇就断定自己不喜欢乘着卡车以 50 英里的时速在高低不平的土路上疾驰，试图跳车。哎呀！剩下的路，我不牢靠地坐在车顶上，一会儿尖叫着"呜嘘，呜嘘"并痛击他的脑袋，一会儿抚摸他汗津津的脖子，在呼啸的风里大声歌唱："别紧张，小骆驼，很快就结束了。请你别再吼了，这才是好孩子呀。"

"啊啊啊啊啊啊啊啊啊啊啊啊啊啊啊啊啊啊！呜嘘，呜嘘，你这个浑蛋！"

等我们到那里时，他们的屎已经变成水了。我的也是。

我给自己一周，好在爱丽丝泉做最后的细节整理。那包括，把我 1500 磅的行李全部打包成一个庞大的包，从萨雷那里取鞍座，看它合不合适，并买好所有不易腐坏的食品。

这还意味着与我一年多没见的家人共度一周，以及跟瑞克商量我在路上什么时候见他，怎么见，还有说无数的再见。简而言之，就是超级忙乱的一周。

瑞克来了，载满天底下所有的陷阱。在1英里以外的墨尔本把丰田四驱车卖给他的人就看到他过来了。"嘿，孩子们，这里来了头活猪可以宰。"他们把所有求生工具都卖给他了，从一头牛大小的绞车到一艘配了船桨、充气要花半个小时的橡皮艇。

"瑞克，你到底……那是干什么用的？"

"好吧，他们告诉我那里可能会暴发山洪，所以我想最好买一艘。我不知道啊。我以前从来没在沙漠里待过。"

我们当时都在萨雷家，笑得在地上打滚，全身痉挛，等我们爬起来后，指着他，毫不留情地取笑他。

他还给我买了一个对讲机，和一个庞大的奇妙装置，看起来就像一辆胖人用的那种镀铬健身脚踏车。

"瑞克，我一天要走20英里，为什么需要一辆健身车？"

我不想要对讲机，也绝对不想要这辆健身脚踏车。这是发电用的，以防对讲机没电。想象一下，你在不毛之地，边坐在车上拼命地踩踏板，边对着麦克风说"救命"。我觉得好傻。

继而，是一场争论，我说我拒绝带上这两样机器，但每个人都说，"你必须带上"，"如果不带上，我们会担心得要命"，"哦，我的心肝儿呢"，或者"要是你摔断腿呢"，再或者是"请带上，小罗，为了我们。就当是让我们好过一点"之类的话。

情感勒索。

我为对讲机的事努力思考了很久，心想带上对讲机就是不对。不对劲。我不需要它，不愿去想它待在那里，诱惑着我，不想要那种精神支柱或者与外部世界的物理连接。我猜是挺蠢的，但这是一种非常强烈的感觉。

最终，我勉强让步，带上装置，但直截了当地拒绝了健身脚踏车。我当时很气自己，因为我容许了其他人阻止我按自己的方式做事。不管出于什么原因。也为另一个我生气，那个无趣而实际的自我保护者说："带上，带上，你这个白痴。你想死在那里还是怎么着？"

这是另一个失败的微小象征。旅程其实不完全是我自己的了。我和其他人一起把它深藏起来。

与此同时，我观察我的家人。我的父亲和姐姐。似乎在我们之间，一直存在着无形的绳索和枷锁，我们翻脸过、争吵过，我以为已经逃脱了，却发现它们如往昔一样强硬。自从母亲死后，我们就被内疚感和保护彼此的当务之急（多数是保护我们不伤害自己）绑在一起，从来没有挑明过。揭开旧伤疤，那样会太残酷。事实上，我们成功地掩埋了它，把它藏在固定的相处模式中。有时，如果有谁因为它的压力而发狂，我们就草草地用不伤人的、能保护的、能掩饰的措辞来解释它，然后在三张相似的面孔中祈求认同。这就像电力。我猜，趁还来得及

（即趁我在沙漠里嗝屁之前），驱驱鬼。这很痛苦。我们谁也不想重犯同一个错误，留下太多话没说出口，或者至少没有试图去挑明无法挑明的话。

我姐姐结婚了，有四个孩子。我们表面上有天壤之别，但有那种只有共度创伤童年的姐妹之间才有的亲近感。我们俩之间的共谋感是最强烈的，话说得最清楚，最被彼此接受。要保护老爸。义务。不惜一切代价让他免于痛苦。真奇怪，我们俩大半辈子做的事情恰好违背初衷。

在他以为没人在看时，我观察我们的反应，看到他的视线变得模糊；或者他知道有人在看，困惑地望向远方时，我约略知道，有多少情绪负荷聚焦在这趟旅行上。我渐渐看到这对他有多重要，会掏空他多少。不只是因为他为此骄傲（他在非洲待了20年，在20世纪20年代和30年代穿越过非洲，过着维多利亚时代探险家的生活。他现在可以说我和他是一个模子出来的），也并不是因为他害怕，而是因为我们家经受的所有愚蠢而无意义的痛苦或许会象征性地被解开，通过我的姿态被放下。就好像可以通过走路，让我们所有人都脱离它。

这都是猜想。但这段时间的内心极其痛苦。空气中有种辛酸，尽管一如既往地被掩盖得很好。我们有角色、有模式，但现在有一点晃动，有一点稀薄，还有笑话。

萨雷提出由他把骆驼运到海伦峡谷。那是一个壮观的红砂岩峡谷，在爱丽丝泉以西70英里。那样的话，我就可以避开沥青路、游客和好奇的镇民。我安排好，最后一天的黎明在卡车停车场与他碰头。老爸和我凌晨3点起床，把骆驼赶过去。天还是黑的，我们没怎么讲话，只是在享受月光和夜音，以及彼此的陪伴。

这样过了半小时，他说："你知道吗，小罗，我昨晚做了一个关于你和我的怪梦。"我不记得老爸之前有没有跟我聊过像梦境这样私密的话题。我知道要他这么讲话很难。我搂着他继续走。

"是吗，什么梦？"

"嗯，我们一起坐一艘很可爱的小船出海，在最美丽的松石色的热带大海上，我们非常开心，正准备去什么地方。我不知道是在哪里，但是个好地方。然后突然间，我们就在泥滩上了，或者说是一片泥海里，你那么害怕。但我对你说，别担心，亲爱的，如果我们可以浮在水上，那也可以浮在泥上。"

我不知道这个梦对他和对我的意义是否一样。没关系，他告诉我就足够了。我们几乎没再说话。

在海伦峡谷的夜晚还算正常。萨雷做了印度薄饼，爱蕊斯让我们大笑。老爸和我出门散步，孩子们乘车出游，姐姐、姐夫马格和劳瑞都想在丛林里待得更久一点，瑞克拍了照片。让我完全惊讶的是，我的头一挨到背包就睡着了。

但是，哦，黎明完全不同了。我们都强颜欢笑地醒来，很快微笑就瓦解成哭泣，先是隐蔽的，然后公然大哭。萨雷帮我给骆驼上货，我无法相信我有这么多东西，而哪件都得留住。这很荒谬。我能感觉到焦虑与激动在眼球后方鼓噪，在胃里拉小提琴。我知道他们都有那种不祥的预感，他们永远不会再见到活生生的我，而我也有种确定的颓丧感，觉得当天就得从红岸峡谷发消息回来，说："对不起，头17英里就失误了，请来接我。"

约瑟芬开始放声痛哭，接着是安德烈、马格，还有老爸，继而是拥抱和好运祝福。萨雷边说"提防那些公骆驼，我告诉过你的"，边微弱地轻拍我后背，而马格深深地看着我的眼睛，说："你知道我爱你，对吧？"爱蕊斯在挥手，接着每个人都在挥手，"再见，甜心，再见，小罗"。我用湿冷而颤抖的手抓起鼻绳，走上山丘。

* * *

"我走着，我升起来，我的心升起来，还有我的眼睛，将壮美天堂的荣光尽收眼底。"

我不记得接下来是什么了，但话语在我的头脑里叮当作响，就像一首广告配乐一样。那就是我的感觉。就好像我是由某种纤细、明亮、轻快、音乐般的物质构成的，我的胸中有一种力量之源，随时都会爆炸，释放出上千只歌唱的鸟儿。

我的四周，壮美无比。光、力量、空间与太阳。我正走入其中。我准备让它成就我，或打破我。很大的重量从我的背上升离。我想跳舞，想呼唤伟大的神灵。山脉抽拉又推挤，风呼啸着吹下峡谷。我追随悬停在白云水平线上的苍鹰。就好像我头一次见到它们，一切都是那么新鲜，沐浴在喜悦与绚烂的光线之中，就好像烟尘散尽，我的眼皮被剥去，所以我想对着广漠苍穹大喊："我爱你。我爱你，天空、鸟儿、风、悬崖、空间、太阳、沙漠沙漠沙漠。"

咔嚓。

"嗨，怎么样了？我拍了几张你挥手说再见的照片。"瑞克一直坐在他的车里，将车窗摇上去，一边听着流行乐，一边等我过弯道。

几乎把他忘了。我骤然跌落大地，浮夸的情绪一头撞进烦琐的现实细节碎片里。我看着骆驼，杜奇的装备都歪斜了，泽莱卡在拽她的鼻绳，哥利亚在哪儿？哥利亚在紧拖他的绳索，试图找他的母亲，而绳索已经扯出了巴比的鞍座。

瑞克拍了几百张照片。一开始我感觉很不适，而且不愿上镜。如果一个徒劳而微弱的声音说，"笑的时候不要露金牙"，或者"小心双下巴"，那它很快就被打败了，完全不可能在面对激增的曝光底片时仍保持自我意识。相机似乎无处不在。我试图忘记它。几乎成功了。倒不是瑞克要求我做什么，或者有身体干涉，只是他在那里，他的相机在记录图像，给予它们一种孤立的价值，这让我的东西变得僵硬不自然，就好像我跟自己不同步了一样。咔嚓，观察者。咔嚓，被观察者。你还能帮它们说什么好话——相机、杰克森·布朗①只是跟这片沙漠不搭。对瑞克，当时当地我就人格分裂了。一方面，我把他看作一个吸血的小变态，他想办法诱骗着进入我的生活，扮好人，用物质的东西引诱我；另一方面，站在我面前的是一个非常温暖、非常斯文的人类，他真心想要帮我，对一趟冒险的前景十分憧憬，他想把事情做好，也很在意。

天气渐热，杜奇的装备变得越来越糟，于是我不得不时常停下来重新整理。总是要回头望向动物，我的颈部肌肉都抽筋了。伟大神灵逃走了，留我自力更生。真是不成则败。我懂得太少。要是能毫发无伤地走 2000 英里到达海洋，那才真是反常。不管季节对不对，沙漠都不是业余爱好者该待的地方。为了对抗这些感觉，我就想着，大不了就是一连串的步子，走上数天，一步接着一步，如果这一步没有迈错，下一步为什么会出错？不管啦，听天由命。

我安排好要在红岸峡谷见詹妮、托利和几个镇上的朋友。他们会是我抵达阿莱永加之前最后接触的人。我到达时已经筋疲力尽。走 17 英里是一回事，当你感觉肌肉已经像水泥一样硬却还要继续走是另一回事。

整个晚上和第二天一整天，我们都待在那个美得令人窒息

---

① 杰克森·布朗（Jackson Brown），民谣摇滚标志性人物。这里是指瑞克。

的地方。我们在银沙上扎营，靠近满水峡谷的入口。瑞克的橡皮艇派上用场了，可以将摄影装备运过1英里长的山涧，我们则游过晶莹、冰冷的河水。这道峡谷有的地方只有几英里宽，红色和黑色的悬崖拔水而起，高达100英尺或者更高。然后逐渐开阔，进入一处幽暗洞穴，或者说是裂沟，金黄色的光线射入水中。瑞克是唯一游完整个1英里的人，在另一个入口处的阳光峭壁上了岸。半路上，我们用浮木生了个火堆，就在洞池的小沙滩上，让他在回来的路上不会受冻。当晚他开车返回爱丽丝泉，乘飞机前往广阔世界某处的下一个任务地。我们安排好在艾尔斯岩再见，那将是三周之后，因为《国家地理》杂志执意要对这处著名的澳洲地标做完整的图片报道。这么快又要见到他，我感觉愤恨。

第二天一早，我度过了两个半小时沮丧的装货时间。我知道我的东西太多了，但在那个阶段，我确信我都需要。

巴比驮着四油桶骆驼用水，每一桶重达50磅。上面是四个帆布袋，装满食物、各种工具、备用驼铃、备用皮革、衣物、蚊帐和骆驼用雨衣等。我把背包系在鞍座后部。鉴于泽莱卡需要用其他多余的精力喂小骆驼，她驮的东西比其他两头少得多。两个手制的5加仑水壶经过设计，可以刚好放进她鞍座的前部。水壶的后面，两个锡箱挂在一根横杠上，装满食物和夜里扎营可能需要的各种零星杂物，比如煤油灯和炊具。漂亮的羊皮包挂在水壶上，小刨的狗饼干牢牢地固定在顶部。最强壮的杜奇驮的东西最多：四个水壶，一个装有橘子、柠檬、土豆、大蒜、洋葱、椰子和南瓜的麻袋，两个红色的大皮包装有更多的工具和随身用具，还有两个帆布包里放着卡带录音机和讨人厌的无线电设备，他的鞍座后部是一个5加仑的大桶，里面有洗涤用品。他们全都背着备用绳索、打包带、脚绊、套索、羊皮等。每一样东西都牢牢固定，绳索在装备上绕了好几圈，绑在鞍架上。

我把枕头放在巴比的鞍座上，这样就能舒适地骑上他，背着我的来复枪和一个小包——里面装着所有贵重物品，比如香烟和钱——都搭在鞍座前部。我把地图（1：250000比例的地形图）卷成圆筒，塞进巴比的装备里，把指南针挂在脖子上。我在腰间捆了一把刀，口袋里还有几根备用鼻绳。嗯，只有两个半小时来打包1500磅的装备——我的整个旅途都在堆行李啊。

我决定让巴比打头阵，因为如果我脚酸，他有最好的鞍座。他还最容易受惊，如果他决定要畏缩，我希望他待在我完全可控的地方。泽莱卡在第二位，这样我就能盯着她的鼻绳，并在她开始往后拉的时候呵斥她。杜奇走在最后，一点儿怠慢、一点儿耻辱都吃不消。我让哥利亚自己走，这样他就能一路吃东西了。我计划像萨雷建议的那样，夜里把他拴在树上。这意味着夜里给骆驼带上脚绊将他放出去吃食时，一夜间消失的真正风险会降到最低。我在他身上放了一根套索，垂了一段绳索出来，这样很容易能抓住他。

都做完了。我独自一人了。这次是真的。终于。詹妮、托利、爱丽丝泉、瑞克、《国家地理》、家人、朋友，每一件事，都随着我的最后一次转身消散而去，清晨的风在我的周围跃动，吹出哨音。我好奇是什么样的强大命运将我传送进这一充满灵感的疯狂时刻。回到旧日自我的最后一座桥已燃烧坍塌。我独自一人了。

第二部

卸担

1

我对第一天的仅有记忆是一种解脱感。漫步时持久、轻快的自信，巴比的鼻绳握在我汗津津的手心里，骆驼在我身后规规矩矩地排成一队，哥利亚殿后。唯一的声响是他们含混的驼铃叮当声，我的脚踩在沙里发出轻柔的嘎吱响声，还有燕鹦微弱的呢喃。否则沙漠将是一片静寂。

我决定走一条废弃的小道，这条小道最终会与阿莱永加主路交会。不过，澳大利亚对小道的定义，就是一段被穿行而过的车辆反复碾压出来的痕迹，如果你非常幸运的话，还会看到最初它被推土机轧过。这些小道的质量不一，从一段起伏不平、铺满细灰、界限分明、常被使用的大路，到你爬上山丘眯起眼睛朝大致方向望去，以为传说中就在那里却还是无法辨明的小径，参差不齐。有时你可以透过野花泄露的花语看出小径在哪儿。那些沿着小径生长的野花长势茂密，种类不同。有时，你能通过推土机很久以前推出的路迹来找出路径。小道可能绕过或翻过山脊和露岩，直接进入沙丘，被多沙的溪床吞没，或者彻底迷失在多石的溪床里，形成一片动物爪印的迷宫。追踪这种路径通常很简单，但有时让人沮丧，偶尔彻底令人发指。

当你在牛场或羊场的乡野里时，追踪路径就会格外让人迷惑，主要是因为你总是假定一条路一定会通往某处。然而事实未必尽然，因为场工们可不那么想。而且有个抉择的问题。当眼前有六条小径，开头全都大致通往你要去的方向，全都在一年以内被人走过，而任何一条在地图上都没有标明时，你选哪一条？如果选择错误，它可能在 5 英里后就断了。或者，它可能把你引到一个已被废弃的风车或干涸的水塘旁，或者戛然停在一道新的警戒线前。如果你沿着警戒线走，它就会把你引往与你以为会去的地方完全相反的方向，但你现在不太确定了，因为你迂回了太多次，对方向感失去了信心。要不它可能把你领往一道大门，由自以为是的健美先生查尔斯·阿特拉斯的牧场新手打造的，你完全没有可能打开它，至少没可能不犯疝气地打开它。待关门时，你得用骆驼充当绞车才能关上，这得花上半个小时，而你已经又热又烦又脏，你的人生愿望只是想到达下一个饮水池，吃一片阿司匹林，喝杯茶，好好地躺下来。

基于另一项事实，整件事变得更加复杂。就是那些乘飞机绘制地图的人，他们需要眼镜，要不就是他们当时喝醉了，或者只是想挣脱部门管辖的束缚，随意添了一些想象中的地形地貌。甚至在某些情况下，他们独处时，无政府主义那些坏毛病突然发作了，于是抹掉了一些地形特征。你总是觉得地图应该百分百地正确，大多数时间它们确实如此。正是那些不正确让你陷入了真正的恐慌，让你觉得，你自己刚刚坐过的那座沙脊或许是海市蜃楼，让你琢磨自己是不是中暑了，让你大喘一两口粗气，然后紧张得傻笑。

不过，第一天完全没有这些问题。如果路迹逐渐消失在中间有饮水点的沙坑里，那么在另一头继续找到它就相当容易。骆驼的表现都很好，像绵羊一样听话。生活很美好。我正穿越其中的乡野，它的多样性让我全神贯注。这一区连续有三个丰茂季节，被绿色铺满，点缀着白色、黄色、红色和蓝色的野花。然后，我发现自己在一条沟谷里，高大的桉树和精巧的金合欢投下凉爽的深影。鸟，到处都是鸟，美冠黑鹦鹉、葵花凤头鹦鹉、燕子、米切氏凤头鹦鹉、扇尾鹟、鸡尾鹦鹉、茶隼、成群的虎皮鹦鹉、铜翅鸠、雀儿。而且有假虎刺梅、各种茄属植物、围篱果和多枝桉树供我走路时吃。这么一边寻找一边采摘野生食物是我知道的最愉快、最舒服的消遣活动。与普遍观点恰恰相反，在适宜的季节里，沙漠丰富慷慨，充满生机。它就像一个广大的无人照顾的公共花园，是我能想象到的最接近人间天堂的地方。提醒你一句，我可不想在旱季里靠丛林食物过活。甚至在适宜的季节里，我承认我也更喜欢我的日常饮食里偶尔能有沙丁鱼罐头作为补充，不时再来杯甜甜的丛林茶。

我从爱丽丝泉的原住民朋友和热衷于沙漠植物食品的民族

植物学家彼得·拉兹那里了解过野生食物。一开始，他们指出植物给我看时，我觉得并不容易记住并认出它们。茄科植物尤其让我糊涂。这是一个大科，包括众所周知的土豆、番茄、辣椒、曼陀罗和茄属植物。但最后我终于没障碍了。这一群体最有趣的是，它们当中很多构成了原住民的主食，而其他看似几乎一模一样的则有毒性，能致死。彼得对各个种类做了一些测试，发现一种极小的莓果包含的维生素C比一颗橙子还多。以前原住民可以随意穿越他们的乡土时，几千颗几千颗地吃这种莓果，而他们现代的饮食几乎完全缺少维生素C，这也从一方面解释了他们日益受损的健康问题。

第一夜外宿，我有点紧张。不是因为我怕黑（夜间的沙漠亲切美丽，除了有8英寸长的粉色千足虫睡在背包底下，等着你黎明卷铺盖时咬你一口，也有蝎子在你睡着时抽搐的手下冒失地迷了路，或者有条蛇寂寞地蜿蜒滑行，可能想在铺盖下面蜷缩取暖，然后等你醒来时，用尖牙把你咬死，其他倒没什么好担心的），而是因为我不知道还能不能再见到骆驼。黄昏时，我给他们上绊带出去，清理他们的驼铃，把小哥利亚拴在树上。能有用吗？我问自己。我想到了答案，"你会没事的，伙计"，这是出自澳大利亚的最接近禅语的东西了，而且我在未来的几个月里频繁使用这句话。

卸货的过程比装货简单太多了，只花了一个小时。然后要收集木头，生火点灯，检查骆驼，要拿出炊具、食物和卡带机，要喂小刨，要再检查骆驼，烹饪食物，要又一次检查骆驼。他们开心地咀嚼，头都要甩掉了，除了哥利亚。他在贪婪地喊母亲，谢天谢地，还好他母亲完全不当回事。

当天晚上我做了一盘冻干的食物。这种纸板一样的食物替代品被极大地高估了。水果还好，你可以直接当饼干吃，但肉和蔬菜尝起来就像浸过水的食物。我后来把所有的小包食物都喂骆驼了，坚持只吃主食：糙米、扁豆，用大蒜、香料、油烹调，用各种各样的谷物、椰子和蛋粉做的煎饼，用煤块烤的各种根茎植物，可可粉，茶，糖，蜂蜜，奶粉，时不时地，在顶级奢侈的情况下，开一罐沙丁鱼，加几片意大利辣香肠和卡夫芝士，或是加一个水果罐头、一颗橙子或柠檬。我靠维生素片、各种野生食物和偶尔打只兔子来补充营养。这种饮食结构完全没有缺陷，让我特别健康，感觉就像一个铁打的亚马孙女战士。切口和深创一天之内就不见了，我在夜里能和在阳光下看得一样清楚，连我的大便都有肌肉块块了。

在第一顿死气沉沉的晚餐之后，我生起火，再次检查骆驼，把我的皮善朱拉语①学习磁带放进卡带机里。尼永图　帕尔亚　尼那尼。乌瓦，帕亚尔那，帕鲁　尼永图。我对着此时已是浓黑、布满万亿灿烂星辰的夜空反复喃喃。那一夜没有月亮。

像往常一样，我抱着打鼾的小刨打盹。从第一晚开始，我

---

① 南澳大利亚沙漠地区一个土著民族的语言。

养成了醒来一两次检查驼铃的习惯。我会听到铃声才入睡，如果听不到，就会呼唤他们，他们会转动脑袋，发出铃响，如果还不管用，我就会起身查看他们在哪里。他们通常不会离开营地100码。然后我马上倒头就睡，只在早晨依稀记得自己醒来过。等我在黎明之前彻底醒来时，至少有一个恐惧减轻了。骆驼们围着我的背包挤作一团，尽可能靠近我又不至于真挤扁我。他们和我同时起床，即在日出前的一个多小时，起床吃早餐。

我的骆驼们都还年轻，仍在生长期。最老的泽莱卡，我想或许有4岁半或5岁。杜奇近4岁，巴比3岁。鉴于骆驼可以活到50岁，他们都只是幼年骆驼，需要所有能找到的食物。我的日常是围绕他们的需求建立的，从来不是以我自己为中心。我认为他们驮的重量对幼年动物来说很重，尽管萨雷会对这种想法嗤之以鼻。他告诉过我，一头公骆驼能在背上驮1吨的重量站起来，通常的承载能力是半吨。起来和坐下对他们来说最困难。一旦起身，负重就没那么难了。然而，重量必须均衡分布，否则鞍座会磨肉，导致不适，最终形成鞍座肌肉酸痛，所以在这一阶段，我一丝不苟地对装货过程检查再复查。第二天早上我把它压缩到两小时以内了。

我早上从来吃得不多。我会生一堆烹饪用火，煮一两壶丛林茶，把喝剩下的装进小膳魔师瓶里。有时我很渴望白糖，会往水壶里倒两汤匙，然后狼吞虎咽地吃下几汤匙的可可粉或蜂蜜。因为我消耗得足够快。

我现在的主要问题似乎是装备会不会散开，鞍座会不会磨肉，骆驼们的承受情况怎么样。我有一点儿担心泽莱卡。小刨还不错，但偶尔会脚疼。如果我在一天结束时累成八字脚的话，会感觉很棒。我决定一天大概走 20 英里，一周走 6 天（第七天我要休息）。好吧，不仅如此。我想保持每天走一段相当远的距离，以防哪里出了岔子，我得在某个地方坐上几天或几周。我有一点轻微的压力，让我没法由着自己的性子从容不迫。我不想在夏天旅行，而且我答应过《国家地理》杂志，今年结束时我的旅程也要结束。那给了我 6 个月舒适的旅行时间，必要时我可以延长到 8 个月。

　　所以，在所有东西都收拾妥当，营火也闷熄前，骆驼们会有几小时的进食时间。然后我会牵着连着尾巴的鼻绳，把他们带回来，把系着缰绳的巴比拴在树上，呜嘘着请他们坐下。先放布料和鞍座，从前往后放，肚带往上扎，塞到骆驼的身下，勒在胸部后面。再把鼻绳从尾巴上取下来，系到鞍座上。接着是装货，先装一件，再在另一侧装等重的一件。全部都检查再检查后，我喊他们站起来，将肚带绷紧，穿好绳，整装待发。再检查一次。出发。嘿吼。

　　所以，我是不是运气太好了？第三天，当我在丛林生存方面仍是个童子军，仍盲目相信所有地图都不会错，肯定比常识更加可靠时，我发现了一条本不该存在的大路。而我希望存在的那条路，却无迹可寻。

“你跟丢了一整条路，”我怀疑地对自己说，“不是一个拐弯、一口井或一条山脊，而是他妈的一整条大路。”

“放轻松，平静下来，姑娘，你会没事的。伙计，定下心来，定下心来。”

我的小心脏像只掉进金丝雀笼里的金刚鹦鹉。我的胃里和后脖颈上都能感觉到沙漠的暴戾。我没有身处真正的险境，很轻易就能定好阿莱永加的罗盘方向。但我一直在想，要是这事儿发生在200英里以外荒无人烟的地方怎么办？要是，要是……我在这巨大的空虚中突然感觉自己非常渺小、非常孤独。我爬上山丘，眺望地平线上泛着蓝色微光渐入天际的地方，什么也看不到。完全一无所有。

我重新研读地图，没有得到启发。我距离定居点只有15英里左右，这里本该是砂岩和矮墩石头，却来了一条巨大的灰土公路。我应该沿着它走吗，还是怎么样？他妈的它到底通到哪儿去？是一条新的采矿公路吗？我查看地图上有没有矿井，但没有标注。

我坐下来静观自己表演。“好吧。首先，你没有迷路，只是来错地方了。不不，你完全知道自己在哪儿，所以克制住你想冲着骆驼尖叫和踢小刨的冲动。好好想清楚。然后，今晚在这里扎营，这儿有丰富的青饲料，下午剩下的时间就去找找那条要命的小径。如果找不到它，就抄近路穿过郊野。足够简单吧。最重要的是，不要像只翅膀受伤的鸽子一样到处奓毛。你的骄傲呢？行了。"

我就是那么做的，手握地图动身去侦察，小刨跟在脚边。我发现了一条盘旋上山的古道，跟地图上的位置不完全一致，但至少有一定的可信度。它偏离了规定路径几英里，之后与——对，另一条没有权利存在的主路会合。"呸，下地狱吧。"我沿着主路又朝阿莱永加的大致方向走了半英里，偶然发现一块满是弹眼的对折锡皮，几乎已经锈烂，但上面有个指向地面的箭头和字母"A ON①"。我在收拢的暮色中蹦跶着回到营地，对我可怜的哑巴随从们拼命道歉，并把第一课牢牢地刻在脑子里，以备未来参考用。有疑虑的时候，要听从你的鼻子，相信你的直觉，不要依赖地图。

我已经在人迹罕至的郊野独自待了3天。现在我正缓慢地沿着一条尘土飞扬、废弃无趣的大路走着，偶尔有个啤酒瓶或可乐罐从灌木丛里冲我使眼色。徒步的艰险开始向我们一一显现。小刨的脚被刺藜扎了，于是我把她举到杜奇的背上。她恨这样，凝视着远方，同时带着被洗脑的小狗们共有的坚忍表情戏剧性地叹着气。我自己的脚也起泡疼痛起来，一停止走路，腿就会抽筋。泽莱卡有个大肿块，撑大了她的乳腺，鼻栓也感染了。杜奇的鞍座有点磨肉，但他高步快走，与其他骆驼不同，他似乎完全乐在其中。我怀疑他一直想旅行。

_____

① 阿莱永加（Areyonga）的缩写。

我对骆驼的担心从来不曾松懈。没有他们，我哪儿也去不了，我把他们当瓷器一般对待。人人都说，骆驼是坚韧耐劳的生物，但或许我的骆驼太养尊处优，他们变成了忧郁症患者，似乎总有哪里会出点小毛病。当然，我夸大其词了。但我因为凯特伤过一次，可不准备拿他们的健康冒险。

阿莱永加是一处很小的传教士定居点，嵌在麦克唐奈尔山脉的两座砂岩锋面之间。就定居点而言，它还是不错的。布局依照传统，即一个都是白人住家的村落，一家原住民在接受培训后自主经营的杂货店，一所学校，一个诊所，还有杂乱地分布在外围的原住民营地，看起来就像第三世界的难民中心。所有白人，我想有大概 10 个，都能流利地说当地语言，是支持原住民的。

经过对原住民长达 160 年的不宣之战后 ——其间还曾以进步的名义执行过大规模屠杀，而最后的屠杀就发生在 1930 年的北部领地 ——殖民主义政府建立起这一片和其他一些原住民保留地，畜牧主和其他人谁都不想要这些地。因为每个人都相信，本土人最终都会灭绝，允许他们保留一小块土地是权宜之计，能让移居者的性命安全一点儿。黑人被警察和骑在马背上挥舞枪支的公民像牛一样赶拢起来。通常，不同的部落被迫住在一块小区域里，而里面有些部落在传统上就是相互敌对的，这会产生摩擦，种下文化衰变的种子。政府允许传教士管辖许多保留地，以及禁闭和控制原住民。混血儿被强行从他们的母亲身边带走，一直与家人保持隔离，因为他们被认为至少仍有机会变成文明人。（直到最近，这种事仍在西澳发生。）

因为大型矿企，特别是康锌矿业，已经盯上这里，要进行深度开采，这些不怎么样的可怜的保留地现在受到了威胁。很多公司已经获许在原住民往日的领土开矿，用挖掘机把它挖成千疮百孔的沙坑，土地尽毁，留下穷困潦倒的人们。很多保留地被关闭，人们被遣送到镇上，他们在那里找不到工作。尽管这被称为"促进同化"，它只是另一种把原住民的土地转为白人所有的方法。不过，皮善朱拉人的处境比其他大多数位于沙漠中部和北部的部落稍微好些，因为他们乡野里的铀还没有被开采，也因为这片地区太过偏远。很多老人不说英语，整体来说，人们还能勉强维持文化的完整性。我也渐渐看明白了，大多数与原住民有关联的白人现在正与他们并肩抗争，想要保护他们所剩无几的土地和权益，最终实现黑人自治。再考虑到农村白人的愤恨反应、澳大利亚人普遍的种族主义态度以及现任政府的种族灭绝政策，考虑到世界上其他国家似乎既不知情也不关心世界上最古老的文化正在遭受什么，黑人自治是否可能，是个令人存疑的问题。原住民没有多少时间了，他们正在消亡。

我在下午3点左右抵达定居点外1英里处，成群兴奋的孩子们夹道相迎，他们咯咯笑着，尖声叫着，热情激昂地讲着皮善朱拉语。天知道他们怎么会知道我要来的，但现在，从阿莱永加这条线一路往下，名为"丛林电报"的无法言明的通信网络或者"耳朵贴地法",会告诉人们我在路上了。

抵达时,我又热又躁又累,但现在,这些讨人喜欢的孩子,他们刺耳的笑声,让我精神振奋。他们多么自在。我在大多数孩子身边都会稍有不安,但原住民孩子不一样。他们从来不发牢骚,也不要求什么。他们直率,充满生活乐趣,而且如此亲切大方,马上就融化了我。我将我的皮善朱拉语拿出来练手,愕然地沉默,然后哄然大笑。我由他们去牵骆驼。我的背上有孩子,骆驼腿上和鞍座上趴着孩子,到处都簇拥着十来个孩子。骆驼对他们有种非常特殊的态度,会由他们做任何事,所以我无须担心任何人受伤。巴比尤其喜爱他们。我记得在乌托邦,他白天被拴在树上时,看到孩子们放学后朝他蹦跳着过来,马上就会坐下,开始打瞌睡,满心欢喜地期待着这些小人跳上来,撞上来,拉扯推搡他。等我正式到达村里时,每个人都出来迎接我,都用行话提问,因为消息已经传开,昆卡拉玛－拉玛(疯女人)会讲流利的语言。其实我不会,但似乎没关系。

我这样穿越皮善朱拉人的领地,是最好的方法。他们与骆驼有特殊的渊源,因为他们是一直使用骆驼徒步旅行的部落,直到20世纪60年代中期,汽车和卡车最终接任为止。我的整个前半部分旅途都将穿过他们部落的领土,或者说是所剩无几的部落领土,那里,一大片保留地由白人官僚统治,零星分布着传教士和政府的定居点。

我在阿莱永加停留了3天,跟人们交谈,对这个地方大致有了感觉。我和一名学校老师及他的家人住在一起。我本来想扎营住下，但不太好意思让人为难，他们或许不想有个白人到处闲晃，打探他们的家事。在我见到的所有定居点和营地里，我尤其注意到一件事：很多老人都失明了。沙眼（一种慢性结膜炎）、糖尿病、耳部感染、心脏问题和梅毒只是使原住民人口数量减少的几种疾病，他们的生活里没有像样的住房、医疗设施和合理的饮食。据某些人报道，婴儿死亡率是200‰，尽管官方估计没有这么高。数字还在增长。眼科专家霍洛斯教授在原住民中组织过一次眼疾的全国性调查。他陈述道："很清楚，原住民有全世界最糟糕的种族性失明率。"

除去这些事实，也能看出，现任弗雷泽政府准备好了要猛力削减原住民事务的预算。这种削减已经摧毁了原住民健康和法律援助组织的工作。

同样离奇的是，澳大利亚广播委员会居然被联邦健康部长要求，不让一部关于北部领地原住民失明问题的电影上映，因为它可能会损害那里的旅游业。

再瞧瞧这个：昆士兰州的州长比耶基·彼得森先生要求联邦政府阻止霍洛斯教授的反沙眼小组在昆士兰州工作，因为两个原住民现场调查员在"为原住民登记参加选举"。

其余时间我都在为骆驼操心。泽莱卡的可疑肿块大得让人疑心。我检查她的鼻栓时，发现内钮断裂了。哦，不，不要再来一次了。我把她绑起来放倒，让头扭到一边后，塞进一根新的鼻栓。透过她的吼声，我几乎无法感觉到自己在思考，也没注意到巴比在悄悄地从身后靠近我。他咬了我的后脑勺一口，然后飞奔着躲到杜奇身后。和我一样，他也被自己的无耻行为震惊了。骆驼们都是一伙的。

等都休息好了，我认为大多数问题都消除了之后，我们出发前往南方四十几英里处的坦佩驻地，走一条穿过山脉的闲置小径。我对自己在这些山丘间的定位能力有点担心。阿莱永加人大大挫伤了我的自信心，他们坚持要求我到达另一边时用双向无线电机呼叫他们。那条小道10年没人用过了，有些地方可能很不显眼。山脉本身是一连串横亘于我的旅行方向的大山、深坑、峡谷和坳地，一路延续到坦佩。

很难形容澳大利亚的广大沙漠，因为它们的美并非只是视觉上的。它们有种令人敬畏的壮丽，可以让你满心狂喜或恐惧，通常二者兼具。

第一晚，我在一处决口扎营，靠近一个农家小屋的废墟。我在一只乌鸦的嘀咕声中醒来，它就在离我不到10英尺的地方注视着我。黎明前的光线是半透明的影青色，透过树叶，营造出一片仙境。这种郊野的特征在一天之内奇妙变幻，每种变幻对人的情绪都有影响。

我手握地图和指南针出发。每隔一个小时左右，我在寻找正确路径时都会肩膀紧锁，胃部纠结。我迷路过一次，最后走进一个三面被包围的箱形峡谷，不得不原路返回那条被一连串牛径、驴径毁掉的小路。但持续的不安蚀干了我的能量，我大汗淋漓，紧张万分。这种状态持续了两天。

一个下午，在我们午休过后，有东西从巴比的背上掉下来了，他突然陷入恐慌。因为泽莱卡鼻子酸痛，我现在让她领头，巴比殿后。他一次次尥蹶子，越是这样，就有越多的小包裹四处乱飞，他就越丧失理智。等他消停下来，鞍座已经挂在他颤抖的肚皮下面，货物散得一地都是。我切换成无意识模式。其他骆驼都快吓丢了魂，准备打道回府。哥利亚在他俩之间飞驰，基本上在制造混乱。视野之内没有能用来拴他们的树。如果我这个时候搞砸了，他们可能会撂挑子跑走，我永远不会再见到他们。我没法回过头去管巴比，于是我呜嘘着让头驼坐下，把鼻绳系在她的前腿上，这样如果她试图起身，就会被绊倒。我以同样的方法系好了杜奇，并用一根围篱树枝敲了哥利亚的鼻子，于是他一溜烟就跑走了，然后我回去找巴比。他因为害怕，直翻白眼，我不得不对他说话，安抚他，直到我知道他信任我了，不会踢人。接着我用膝盖顶起鞍座，解开他背上的肚带。我轻轻地把肚带摘下来，呜嘘着让他像其他骆驼一样坐下。我发现稍远处有一棵树，于是把他狠揍一顿。整个行动迅速、自信、沉着、精确，就像奥地利的时钟装置。但现在，不知肾上腺素的泛滥激起了什么毒素，它像卡亚霍根河一样冲击着我的血流。我躺倒在树旁，像巴比一样猛烈发抖。我打他的时候失控了，我开始认出自己行为中有某种"科特型人格"。这种脆弱，受到恐吓时的尊严尽失，在旅途中时常冲到我的情绪一线，我的动物们首先遭殃。如果像海明威提到的那样，"勇气是重压之下的优雅"，那么这趟旅程一而再，再而三地证实，很遗憾，我缺少这种东西。我感觉羞愧。

从那次事件中，我也学到了其他几件事。我学会了要保存能量，至少允许一部分的自己相信，我可以应付任何紧急情况。我还意识到，这趟旅程不是儿戏。没有比必须想着如何生存更加真实的了。只要你清楚地知道自己在做什么，信任征兆就没问题。我变得非常谨慎，也开始回到现实，沙漠比我所能领悟的更加广大。不仅空间是个无法领悟的概念，就连对时间的理解都需要重新评定。我把旅程当作一份朝九晚五的工作来对待。一大早起床（哦，睡过头的那种内疚），煮茶，喝茶，快点，要晚了，是吃午餐的好地方，但我不能停留太久……我就是没法让自己摆脱严格的桎梏。我对自己大发雷霆，但我任由它去。最好先观察观察，以后等我感觉更加强大时，再跟它搏斗。我有一座钟，我告诉自己它只用作导航，但偶尔会偷偷地瞄上一眼。它在捉弄我。在下午最炎热的时候，我疲倦、疼痛、苦不堪言时，时间在嘀嗒声中流逝。我承认，那个阶段，我对这种荒谬专制的设备有种需求。我不知道为什么，但我知道自己害怕某样东西，比如混乱。就好像它在等我放松警惕，然后扑上来突袭我。

第三天，让我大大宽慰的是，我找到了通往坦佩的常用营站小道。我用无线电机 —— 那个我不想要的行李，那个累赘，那个侵犯我隐私的东西，那个我纯粹姿态上的脏污大补丁 —— 呼叫阿莱永加。我对着它尖叫说我很好，除了静电，没有其他回应。

到达坦佩后，我和管理营站的人吃了一顿愉快的午餐，然后用他们贮水池里珍贵甘甜的雨水灌满我的水壶，继续上路。

2

离开坦佩后不久，我就穿过一道宽阔的河床，赤脚啪嗒啪嗒地踩在滚热的河卵石和软木枝上，高兴地享受着闪烁的沙子在我脚趾间发出的咯吱声。然后我见到了我的第一座沙冈。这片郊野前一季有过林火，接着就是暴雨，所以现在的景貌交织着亮橘、墨黑和乏味的绿绿黄黄的荧光色。还有谁听说过这样的沙漠？而且最重要的是，还有那全年无云天空的酷热深蓝。到处都有新的植物，我之前未曾注意过的路径与图案，烧焦的小块灌木丛像老鸦的羽毛一样支棱在风起涟漪的山脊上，还有可供搜寻和采摘的新鲜灌木食物。这是美味的新郊野，但也让人疲惫。沙子拖住我的脚步，初期的兴奋感褪去之后，重复的沙丘催我困倦。沙浪的寂静似乎要让我窒息。

不过，我当时已经学会了与苍蝇共存，甚至懒得把它们从我的眼睛上刮走，它们成千上万地扎堆在那里。在养牛场通常比在干净空落的沙漠更糟。蚂蚁们上晚班。在蚊子接管苍蝇前，那幸福的一小时里，大量讨厌的小生物会在我喝杯来之不易的茶时爬上我的裤管。当然，这取决于我在哪里扎营，我很快学会了远离舒适平坦的黏土地。找到好的扎营点后，另一件麻烦事是刺。干旱的郊野有多种多样的刺。有挂在毛毯、套头衫和鞍布上的小毛刺，有扎进狗爪里硬实的老刺，还有像大头钉一样刺穿裸肉的巨刺。

我预计抵达艾尔斯岩之前有大概两周的旅行时间，我并不期待到达那里。瑞克会在那里把我带回现实。而且我知道，岩石已经被开垦，被一车又一车的游客毁了。离开坦佩的两天后，等我靠近瓦莱拉牧场，游客们已经开始让我发疯。他们成群结队地乘坐运送装备的车辆来看澳大利亚的自然奇观。他们有双向无线对讲机、绞盘、头戴印有软木塞的滑稽帽子、史达比（矮胖啤酒瓶）和印着鸸鹋、袋鼠、裸女图案的皮质啤酒袋，带着所有这些东西在一条绝对安全的路上旅行。他们还有照相机。我有时在想，游客们随身携带照相机，是因为他们对自己在度假深感内疚，感觉应该花时间做点儿有用的事情。不管怎样，原本很好的人戴上帽子变成游客之后，就会变成没礼貌、喧闹、麻木不仁、乱丢垃圾的白痴。

我必须在旅行者和游客之间做出区分。我确实在路上遇到过一些可爱的人儿，但凤毛麟角。一开始，我对所有人一视同仁，以礼相待。一成不变地，他们有 10 个问题等着问我，我言无不尽地妥帖回答。我为无可避免的尼康相机的咔嚓咔嚓声和超 8 毫米照相机的呼呼声摆造型。最后演变为，我每隔半小时就要被拦下来，等到下午 3 点——我的危险时刻，幽默感和洞察力统统弃我而去，一个我甚至没法好好对待自己的时刻，更别说簇拥过来、挡我路、惊吓骆驼、耽误我时间、问些愚蠢无聊的问题、用胶片捕捉我的形象，等他们回家后就能贴在冰箱门上，或者更糟的是，在故事大卖后把我卖给报纸媒体，然后在呛死人的浓烟里绝尘而去，甚至不给我一口水喝的这些傻子了——我会开始变得刻薄。我的粗鲁举止让我感觉舒服一点儿，但不会舒服太多。上策还是远离大路，或者装聋。

那两周令人异常扫兴。最初的兴奋已经褪去，琐屑的小疑心开始悄悄钻进我的知觉。当然一切都很不错，有时甚至有趣，但，嘿，那种意识上的霹雳雷鸣在哪里——那种人人都知道的，在沙漠里深受震撼的感触。我和开始旅程时的自己完全是同一个人。

那些夜晚的几处营地太过荒凉，它们潜入了我的灵魂，我渴望在清空冷风中找到一处安全的角落。我感觉脆弱不堪。月光把影子化成敌意的形态，我很高兴还有小刨的温暖做伴，我们偎依在毯子下面，我几乎要把她挤死。我履行的固定仪式提供了另一个必要的结构。每件事都被正确而强迫地完成。我睡觉之前，每样东西都正好被摆在我早晨需要的地方。在开始旅程之前，我这个人无可救药地糊涂、健忘和马虎。朋友们都嘲笑我，说我很可能某个早晨会忘记带上骆驼。现在却截然相反。把食物收好，给水壶灌满水，拿出茶、杯子、糖和膳魔师，将鼻绳系在树上。我就是这样在篝火旁摊开背包，研读起我的星象书。

如今我生活在星空下，所有的星星对我都有了意义。我夜里醒来小便和检查驼铃时，它们告诉我时间。它们告诉我，我在哪里，正往哪儿去，但它们冷得就像霜花。有一晚，我决定听听音乐，于是把埃里克·萨蒂①的磁带放进卡带机里。但听起来很陌生，很不协调，于是我关掉它，啜起威士忌酒瓶。我对自己说话，反复念诵星星和星座的名字。晚安，金牛座阿鲁迪巴。再会，天狼星史里乌。明儿见，乌鸦座考沃斯。我很高兴天宫里有只乌鸦。

*   *   *

瓦莱拉牧场完全不是一座牧场，而是一个面向游客的酒肆。我走进酒吧要了瓶啤酒，撞见一群典型的没教养的澳洲佬，全都在侃侃而谈，关于性和女人，这是他们的惯常活动。"哦，很好，"我心想，"我正需要这个。一些智力上的刺激。"他们当中一个丑陋、瘦巴巴、一脸疙瘩的小畜生曾在墨尔本当过送奶工，

---

① 埃里克·萨蒂（Erik Satie），法国作曲家。

正在拿他详细到恶心的故事逗伙伴乐，关于他数不尽的征服性饥渴的家庭主妇的战绩。另一个当过旅游大巴司机，他说开车是一项可怕的"蛋疼"的工作，因为所有的女人都想要他的身体。天晓得有完没完。他的啤酒肚都要撑开衬衫上的纽扣了。我离开了。

我现在进入蛮荒的骆驼乡野了。他们的路迹到处都是，大杜英树几乎被啃得精光。萨雷已经把恐惧植入我的心里，要像畏神一般畏惧叛变的公骆驼，他们现在正要进入发情期。"先开枪，再问问题。"他一遍又一遍地警告我。于是我给枪上膛，把它吊回巴比的鞍座上。然后我想："老天爷，就我这破运气，它会走火打伤我自己的脚。"于是我把子弹拿出来，在口袋里留了几排。

那天夜晚，我在某座山丘脚下的一处决口扎营。饲草丰美，有水紫树、围篱树、盐丛、骆驼刺、金合欢等。我可以挖"亚卡"（像小洋葱），在煤炭上烤来吃。"这真惬意啊。"我自言自语，试图平息一种渐增的不安感。我想动物们也有一点儿敏感，但我只是把这归于投射作用。我发现那一夜很难入睡，等我最后终于睡着时，又被迷幻的梦境侵袭。

我比往常醒得要早，放了哥利亚去啃草。等我打包完毕时，他们已经跑了（径直要回爱丽丝泉），我在灌木丛里2英里的地方赶上时，他们似乎十分害怕。"附近一定有野骆驼。"我通知小刨，尽管我没看到足迹。回来的路上，我无意中发现一处被废弃的原住民营地，是用围篱树枝搭成的，几乎被树下灌木掩蔽了。

那一晚，我在安格斯丘陵营站与里德尔一家度过。他们把我推进浴室，把我喂饱。当我说起前一夜的经历时，里德尔太太说，那片营地里鬼多得连针都插不进去。

第二天早晨，我摆弄起装备来，给泽莱卡设计了一个新的松紧鼻绳，希望她不会再次犯病，又把巴比放回领头的位置，然后出发前往柯廷斯泉。我会在那里待上几天，想办法重新塞好杜奇的鞍座。装备还不够完美。

从那以后，游客让我不胜其烦，于是我定好了岩石的罗盘方向，出发翻越沙丘。跋涉穿过那片固化的沙海让我筋疲力尽，我决定骑上巴比。然后我看到了那个东西，有如被雷击中，我不敢相信那片蓝色的形态是真的。它漂浮着，诱惑着，闪烁着，看起来太大了。无法形容。

我滑下沙冈，催巴比快步穿过山谷，经过一片沙漠橡树的林海，爬上下一个斜坡。我屏住呼吸，直到能再次看到它。那块岩石的力量，无法解释，让我心跳加速。我没有想到能见到如此古怪而有原始之美的东西。

我在下午进入游客村，这片广大的国家公园的巡管出来与我会面。他是个好人，他的工作不像表面那样让人羡慕。他得保护那片微妙平衡着的乡野不受数量与日俱增的澳洲及海外游客的破坏，他们不仅没有沙漠生态学的知识，不知道他们的存在对沙漠生态的影响，还坚持要采摘野花，往车窗外面扔罐子，折断树枝当柴火用，无缘无故地点火，又不把火扑熄，然后在完美的大路上扬长而去，留下延续几年的车辙。他提供一辆大篷车让我休息，我接受了。他还给我展示了一个给骆驼上绊放风的好地方，告诉我如果之后我在奥加斯岩群旁露营几天，他也不会介意。

这块伟大的巨石被肥沃的平原环绕，半径有半英里，因为聚水量大，被繁茂鲜绿的饲草和野花覆盖，特别茂密，你都没法落脚。然后沙丘开始耸起，向外辐射，直至目力所及之处，橙色渐入灰蓝。

林火也扫掉了这片郊野，让它现在看起来更加漂亮、更加翠绿，但我觉得可能会给骆驼带来问题。很多沙漠植物刚从土壤里冒出头时，看起来那么美味可口，其实是在用各种毒素保护自己。尽管我知道泽丽会知道什么能吃什么不能吃，但我对其他两头骆驼不太确定。因为骆驼中毒，很多早期具有勘探性质的远征都失败了。为了让我的动物不会迷走太远，泽丽和哥利亚的脚绊现在轮流被系上一根 40 英尺长的绳索，拴在树上。泽丽毋庸置疑是领袖，没有她，其他两头哪儿也不会去。但这也意味着，她没法待在他们身边，教他们什么该吃。我希望四周有足够的饲草，这样他们就不用尝试新东西。我后来才发现，他们其实对此非常谨慎。

我坐在第一座沙冈上，看着大胆刺目的日光色变成柔光的蜡笔画，然后越发加深，变成孔雀羽毛一般的蓝紫色。在那片郊野中，这一直是我最爱的时段——光亮流连数小时，有种我在任何地方都未曾见过的透明质地。岩石没有让我失望，远远没有。全世界的游客都无法摧毁它，它那么巨大、有力、古老，无法腐坏。

只剩屈指可数的皮善朱拉民众留在这里。大多数人搬去了更私密的部落区，只有几个人留下来照管他们神话中极其重要的神祇。他们靠售卖手工艺品给游客，过着贫乏的生活。他们叫它"乌卢鲁"。伟大的乌卢鲁。我好奇他们怎么能受得了，看着人们在求子洞里跌跌撞撞地乱转，或者爬上一边的白色粉刷线，没完没了地拍照。如果连我都几乎要掉泪了，对他们又意味着什么？西侧有一个小得可怜的用栅栏隔开的区块，写着："禁人。原住民圣地。"

我问其中一个巡管对黑人的看法。"噢，他们都还好，"他答道，"他们是最大的阻碍价值。"我其实早有预料，事实显而易见，也没必要多说，游客才是阻碍价值——他们在侵扰本不属于且永远不会属于他们的圣地，而他们甚至没能开始理解它。至少这个人没有鄙视他们。

瑞克第二天到达，整个人精神饱满、热情高涨，全身充满能量。我当时在外探索，到南面的赤桉林里转了转。他宣布要给我一个惊喜，领着我回到大篷车。那个坐在我的床上、腿上绑着绷带、拐杖架在枕边的，是我亲爱的朋友小詹。我的第一反应是极大的宽慰、惊讶与快乐。第二反应是一个细碎的小声音在对我说话:"朋友们要一路跟着你吗?"我像闪光灯一样,先是一怔,然后才反应过来。詹妮这个锐利敏感的人从我的脸上读到了这种反应,清楚得就好像我冲她尖叫出来了一样,尽管我拼命试图掩饰。这为那艰难的一天接下来的时光定下了基调——一种微妙复杂不言而喻的紧张感,我们两人都更愿意拿瑞克当出气筒,而不是对彼此发泄。

詹妮在乌托邦从摩托车上摔了下来,在灰土里躺了好一会儿,无法动弹,一直盯着她撕裂的皮肉下的骨头。这自然足以引发几波冲击反应及对人类生命脆弱的反思,她还未从中恢复过来。她没有能力处理当晚大篷车里的矛盾情绪,它像回荡在峡谷里的鼓声。我们谁也不能。

瑞克用他的投影仪给我们展示爱丽丝泉告别场面的幻灯片。我们坐在那里,小詹和我,就像那些余兴节目里的大头小丑,瞠目结舌,脑袋乱转。都是极好的照片,没有什么好抱怨的,但那个浪漫地沿路远足的《时尚》模特是谁?带着一群骆驼,头发被森林的风优美地扬起;因为背光变成了金色的光环。她到底是谁?永远别说照相机不会说谎。它说谎就像猪拱泥。它捕捉的是随便哪个刚好在使用它的人的投射,从来不是真相。你能非常生动地看出一批批图片如何随着旅途的发展而发生剧烈变化。

一开始,我觉得很难开口跟他们讲任何话,因为我身上似乎其实没有发生什么事。我只是带着几头骆驼走了一段路，仅此而已。但我们那一夜坐在一起，在大篷车的沉重气氛里，我的大脑炸开了，进出水泥和细铁丝网的碎片，我知道我的旅途要为此负责。它以我始料未及的方式改变了我。它让我震动，而我甚至都没有注意到。它悄无声息地从后面偷袭。

接下来的两天，东奔西忙。詹妮泪盈盈地等飞机回爱丽丝泉，我像个被捶扁的面团，而瑞克在拍我们。我们十分看不起他，将其看作一种形式的寄生虫、窥阴癖。我们无法或者不愿看到，这只是他处理那些让他自己感觉彻底力所不逮的情况的方式。然后我被留下和他一起。

杂志社坚持要求他拍些关于岩石的新鲜刺激的照片，但这也无济于事。我在洞穴里摆造型，来来回回地走沙丘。我领着骆驼爬上悬崖，骑着他们穿过野花。"诚实新闻的态度哪儿去了？"我喊叫着，踩踏时把我的脸凝固成死灰般的怪相。可怜的瑞查德[①]，我给了他多少脸色。我觉得他有时真的害怕我。但他绝对很有胆量。我让他骑上杜奇，我骑上巴比，他开始畏缩并四脚腾跃。我冲瑞查德吼叫，让他稳住，但透过喧噪，我仍能听到照相机稳定的咔嚓声。我注意到很多摄影师身上都有这种特性——他们透过镜头观看时比没有镜头时更加勇敢。有意思。

---

① 瑞克的昵称。

我好几年来一直期待见到奥加斯岩群。它是艾尔斯岩的姐妹，看起来就像某个巨人从天上扔下来的红色长条大方包。从艾尔斯岩看去，它是沿着地平线排列的一堆薰衣草色鹅卵石。我想在那里待上几天，远离游客，转一转，探索一下，只是享受一下没有压力的状态以及属于我自己的时间，让我可以坐下来思考，厘清纠结，不用去担心必须到达哪里，也不用关心其他人。我再次想逃离，重新夺回那种我离开红岸峡谷时以为会永久留存的自由感——它无法永久存在。

　　我走了 20 英里，穿过本该改善我而我甚至都没让它渗透进来的乡野。我很低迷，感觉受骗了，成了牺牲品，我的脸看起来就像一把中提琴。我恨瑞克，每件事都怪他。还有，他不爱沙漠，眼里没它。他不属于这里，不会生火，不会做饭，不会修卡车。他就像离开水的鱼，觉得乡下无聊透顶。他会听音乐或者读书，直到我进入视野，他会用壮美的土地当背景拍他的照片。

　　另一件难事是，我对紧张的反应是让它增压，然后一通暴怒把它炸光，瑞克的反应却是生闷气。我从来没遇到过如此不可救药的闷骚男。我受不了。一天结束时，我几乎就要趴在他的脚边求他讲话，或者跟我吵，任何事都好。任何事。而小刨崇拜他。"背叛的小屁孩，"我心想，"你通常看人的品位是很好的。"

　　我们当晚在紧张的沉默中抵达奥加斯岩群，立马在下方直接扎营。它洋溢着橘光，接着是红光，彩虹色的粉光，紫光，然后变成明亮月光下的黑色剪影。瑞克打电话给艾尔斯岩的巡管，测试他的无线电设备，但他无法联系上20英里以外的巡管，反而跟阿德莱德的一个渔夫断断续续地聊起了天，那人在500英里以南。

"哦，好棒。好棒。幸好我们带上无线电设备了，对吧，瑞克？我是说，要是我在离最近的营站1英里的偏僻地区流血快死了，但可以和阿拉斯加的某个人愉快地聊天，这真不错啊。你不同意吗，瑞查德？瑞查德？"

瑞查德保持沉默。

那一晚我再也忍不了了。我揪住瑞查德的胳膊，把他摁在我身边的火堆旁坐下，说："好吧，老兄，你赢了。我再也受不了了。我们必须得想个办法，因为这太荒谬可笑了。我们身处一片最魔幻的沙漠中央，在做着某件应该给我们带来喜悦的事情，而我们却表现得像个孩子。"

瑞查德继续盯着火看，脸上一副备受挫折的表情。他的下唇有一点突出。我再次尝试。

"就像两个和尚的故事，你知道吗？他们不允许跟女人有任何关系。不过呢，他们一起走路，看到一个女人在一条小溪里就快淹死了。一个和尚跳进水里，把她救到岸上。然后他们继续沉默地走了一会儿，突然第二个和尚再也没法抑制，说：'你怎么能碰那个女人呢？'第一个和尚惊讶地抬起头来，答道：

'噢，你还抬着那个女人呢。'好吧，你懂我的意思，瑞查德，我们都是第二个傻和尚，很愚蠢，这让我开始喝酒，而我要烦心的事情已经够多了。所以，要么你马上离开，我把钱寄回给《国家地理》杂志，我们把整件事忘掉，要么对我们俩的共同目标以及如何实现它达成更好的共识，好吗？"

我们聊了。聊了好几个小时，把所有话题都摊到桌面上聊，最后一笑泯恩仇，成了朋友，这真是极大的安慰。我更加理解他，也更喜欢他了。他会变好的，这家伙。他不露锋芒得很。

我还说，他可以跟我同行去多克尔河，5天的路程。尽管我极度渴望再次独处，但鉴于他也想给原住民拍照片，把他赶走的话似乎太没礼貌，这很可能是为数不多的几个他可以拍照的地方之一。尽管我为这一预期感觉心神不宁（我知道原住民彻头彻尾地厌恶麻木不仁的游客把镜头伸到他们的鼻孔前面），但我也想着，在他们终结前的这一阶段，得到任何新闻报道都是一件好事，条件是必须征得他们同意。另外，瑞克肯再次跟我讲话，且驱散了我们之间的紧张感，这一安慰几乎值得我做出任何让步。

我当时没有认知到，我在任由自己更多地涉及如何书写这次旅程，而非专注于旅程本身。我没能明白，我已经开始把它看成一个写给别人看的故事了，有头有尾。

我们在奥加斯岩群待了几天，尽管它足够宜人——怎能想象他们落在其他地方——但对我来说，还是有一种被束缚、被阻止、被限制的阴霾感觉。我不断想象，如果我是独自一人，会是什么样，会有多么好。不过我不再责怪瑞查德，而是怪我自己。我知道他在这里，我要负全责，我必须直面这个事实：这趟旅程不会也不能成为我计划和希望的样子。我非但没有看到潜在的可能，反而在为自己丧失希望而凭吊。

上路第一天，压力又开始积累。这是因为，在我装好 1500 磅的废物、走了 20 英里、卸下废物、捡好柴火、生了一堆火、为两个人做好了饭又为两个人收拾完之后，我变得有一丁点儿计较。或许是低血糖的缘故，我不知道。我知道的是，在这样的一天过后，任何跟我打交道的人都最好有心理准备，等着我的火山爆发，尤其是，如果那个人在我做所有事情时只顾着给我拍照片，而没帮我做事。

一晚，我暗自冒火，然后往我的同伴身上扔了一串大蒜，嚷嚷道："你的手要是没断，就把蒜剥好。"我们又回到了起点，瑞查德在生闷气，而我在想办法怎么把他杀掉，又不被人抓住。

第二天早晨，我离开营地时，瑞查德告诉我，他会在一小时内赶上，我听到这话只是用单音节哼了一声，继续走路。我走了一个小时，两个小时，然后两个半小时。瑞查德没来。"哦，老天爷，我得回头了，一定是车抛锚了。"

我往回走了 5 英里，这时我们见过的第一辆也是唯一一辆汽车开过来，停下。我问他们介不介意沿途开一小段路，看看能不能找到瑞查德冲进矮树丛的车辙，让我知道他有没有事。

他们一路开回艾尔斯岩，回来说没见到瑞克。当时已经是下午晚些时候了，我开始真正担心起来。

"被蛇咬了？"我心想，"心脏病？"

我正准备离开这些新朋友时，一部丰田车冲上山丘朝我们而来，里面坐着瑞查德，在听琼·艾玛崔汀①的歌。

"你上哪儿去了？"

瑞查德渐渐明白过来，带着某种腼腆和每个人面面相觑，说："我只是待在营地里读书来着，怎么了？"

我能感觉我的嘴唇抿成一道暴怒的白线。其他人交换眼色，微妙地咳嗽，开车离开。瑞查德道歉。我没说话。我的愤怒冰冷坚硬，感觉就像胸口里有个拳头。

然后雨来了。不知打哪儿来的愤怒雷云滚滚涌起，轰隆作响，冰雹与骤雨齐下。下猫下狗，下象下鲸，我在雨里跟跄而行，全身冰冷湿透了，紧拥我的愤怒，像抱着个婴儿。我像往常一样担心骆驼。而且我心力交瘁，被劳作和担心耗尽心力，被愤怒耗尽，被我的思想耗尽，它一圈圈地打转，一直回到这个核心事实：我被卷入了一场无意义的荒唐闹剧。

当然，那一夜，亲爱的小哥利亚决定，他不再喜欢被抓住拴在树上。我跑着追他超过了一个小时。我进入精疲力竭的新领域。等我揪住他时，已经全身糊满冷泥，因为疲劳而发抖。

---

① 琼·艾玛崔汀（Joan Armatrading），英国唱作人、吉他演奏家。

我爬回营地，10分钟内喝下三分之一瓶威士忌，在无法控制的歇斯底里的哭泣中，我冲瑞查德大吵大嚷，然后颓然倒地，成为一摊语无伦次的烂泥。

那一夜，我们的关系中注入两个新元素。第一个是宽容，即妥协的必要性。它为一段不太可能的友谊奠定了真正的基础，尽管这段留存下来的友谊也有高低起落。第二个是性。

啊，是的。愚蠢的我。我认为它不可避免，但回过头看，这是旅途中我在自由方面犯下的最糟糕的错误。它以某种古老隐晦的方式加深了我对瑞查德的投入。我无法再假装事情没发生过，继续贬损他的情感。瑞克·斯莫兰，摄影奇才，纽约犹太裔保命主义者，最卓越的骗子和操纵人心者，甚至毫不自知；多才、慷慨、奇怪的年轻人，感觉尴尬笨拙，躲在尼康相机后面。这就是与我的旅程无望纠葛的人，让我感觉被夺走了旅途的原始意义与本质的人，从某个我几乎不曾注意的家伙变成了我脖子上的磨石、背上的十字架。这趟旅程本来特有的混乱动摇的元素被一锤定音。它允许瑞克"坠入爱河"。不是跟我，是跟骆驼小姐。

不过，那一夜之后，我们对彼此都好太多了。瑞克开始真正做出努力的同时，我也开始与这一事实和解：他要么必须完全脱离这件事，要么完全参与进来。没法两相兼顾。从那天开始，他慢慢改变，接受沙漠对他的影响，开始认识它，继而认识自己。

我们路过拉塞特洞穴——可怜的拉塞特，那个丢了骆驼的财迷心窍的抢劫犯，最后死在沙冈里，手里还握着一枚鼻栓，一定是从他那受惊脱缰的骆驼鼻子上扯下来的。他留下一个悬而未决的谜团，假设他发现了一个丰富的黄金矿脉，只要他活着回来，就能成为百万富翁。直到那时，几乎仍与白人尚无接触的皮善朱拉民众试图保他不死，但就像很多运气不佳的探险家一样，他没能跟上步伐，死得很惨，离安全地只有几十英里。很多皮善朱拉老人记得他。我努力不去想他手里的那枚鼻栓。

我们离多克尔河还差一两天的路，这时旅途中的第一次大灾难发生了。我当时正小心地领着骆驼过河——以前那里是一条小径，这时，队伍最后面的杜奇打滑了，侧倒在水里。我回去看他，叫他站起来。我轻敲他的肩膀后侧，再次叫他起来。他可怜地看着我，对着脚呻吟。大雨让我视线不清，寒冷的激流把我冲倒。他的右前腿几乎无法使力。

我们那天在玻璃般明亮的深绿色光线中扎营。我不知道那条腿出了什么问题，从肩膀到脚，我刺戳、按揉并检查了一遍。腿很柔软，但看不到哪里有肿胀。我用了热敷法，不知道还能做什么。是骨头断了，韧带撕裂，还是什么？关键是杜奇没法走路。他坐在溪床里，很痛苦，拒绝挪动。我给他割好饲草，带到他身边，再次给他按摩肩膀。我拥抱他，对他体贴万分，与此同时我感觉想吐、疲劳又挫败。有个想法在侵扰我，我尽力防止它接近我。我可能需要打死我的孩子，旅途或许会结束，一切只是个愚蠢悲哀的笑话。我很高兴瑞查德在。

终于，雨过天晴。一切被洗刷得干干净净，闪闪发亮。我们休息了两天，然后缓慢费力地进入多克尔。和往常一样，那里有几百个兴奋的孩子等着我们。社区顾问给了我们一辆大篷车住，瑞克决定留下，直到我们知道杜奇的命运会如何为止。结果，我在那里等了6个星期，不知道那条腿会不会痊愈。瑞克待了两个星期。不是快乐的时光。

人其实已经精神崩溃、一败涂地时，怎么还能在表面上维持平静、克制、明理？我一直觉得很惊异。我现在能看到，在多克尔的那段时间是一种精神崩溃的开始，尽管我当时不会这样形容它。我毕竟仍运转正常。那里的白人很和善，尽他们的最大努力逗我开心，照顾我，但他们不知道，我需要用我的全部精力待在那辆大篷车里，舐舐伤口。他们不会知道，他们的种种邀请把我掏空了，在道德上我太软弱，不忍拒绝，我无止境的微笑掩藏着势不可当的绝望。我想躲起来。一睡就是几个小时，醒来时只有虚无，灰色的虚无。我病了。

不管我之前提出过多少拍摄原住民的正当理由，现在统统被毙掉。再明显不过，他们憎恨拍照。他们知道这是剥削。我想让瑞克停下。他争辩说，他也有工作要做。我浏览了一遍《国家地理》杂志交给他记录花费的小册子，里面有"给本地人的礼物"这一项。我感到难以置信。我告诉他在镜子和珠子的名录下记上5000美元，然后把钱分发出去。我还意识到，无论我怎么写这篇文章，在《国家地理》这样一本保守杂志上的报道对人们不会有任何好处。他们还会是离奇怪异的原始人，被那些压根儿不关心他们身上发生了什么的读者呆呆地看着。我跟瑞克争论，说他正在从事某种形式的寄生活动，另外，鉴于每个人都把他看成我的丈夫，不管他们对他有什么想法，对我的想法也会一样。他们一如既往地礼貌恭顺，带我去打猎和采集食物，但壁垒一直都在。我知道，他不惜一切地用老生常谈来辩解，但内心已经撕裂，因为他认识到这是真的。

他该走了，感觉很挫败——他没有做好自己的工作。一夜，我们听到营地另一头有恸哭声。他没告诉我，第二天一大早溜出大篷车，去了那里拍照。他哪里知道，他记录下来的是一场秘密仪式，是神圣的事情，但他够幸运了，没人用矛刺他的腿。直到他走了以后，我才知道，我能感觉到人们憎恶我们。不是公然的憎恶，从来都不会公然憎恶，但它就在那里，是一种感觉。我觉得只是因为他们可以看透我。似乎我的主要目的之一——和原住民打成一片——现在遥不可及了。

我给骆驼上好绊，把他们留在镇外 7 英里的地方，那里的饲草最好。我随杜奇自由走动。我每天开车去查看他们，为哥利亚割饲草，我给他用绳索拉了一片围场，然后盯着似乎不见好转的杜奇。我决定搭乘邮政飞机飞回爱丽丝泉，请教某位兽医，请教萨雷，或者搞到一台便携式 X 光机。我无法形容降落在爱丽丝泉机场时那种失败的感觉。我发过誓永不回去，但现在好像我永远摆脱不了那个地方，甚至在距离上都无法远离它。我请教了每个人，试图从卫生部、医院甚至牙科诊所搞到 X 光装置，全都无济于事。反应都是一样，你只能等着看情况。

我飞回来。瑞查德离开了，车留给了我。

接下来几个星期的日常乏善可陈。我通宵读一本拙劣的科幻小说，以防自己胡思乱想，早上强迫自己起床，开车出门查看骆驼。有时带上一大群孩子会更加愉快。但我第一次遭遇一头雄性野骆驼的那天，是独自一人。

"天啊，小刨，杜奇突然看起来大了好多，一定是这些绿饲草……哦，不。哦，上帝。出事了。"

那里，在我家泽丽身边欢跃、煽动我的小伙子们的是……我自己的骆驼那么心神不宁，我想如果我等待太久，他们或许会跟着跑掉。幸好，路的那头有个年轻的土著男人。他开车绕着公骆驼转圈，这样他们就够不着我，而我吓得魂不附体地冲出去，飞快地把泽丽拴到一棵树上。到目前为止还好。然后，我以光速闯回驻地。没有比来点儿危险更能促进血液流动的了。我一把抓住我的来复枪，和几个男人再闯回去。我几乎没有用过那家伙，仍然对它有点畏惧，扣动扳机时仍不自觉地闭上了眼睛。我把胳膊架在卡车上，开枪，没中，开枪，受伤，开枪，开枪，开枪，开枪，死了。

接着，我们坐在车里驱赶其他公骆驼，男人们用微不足道的小口径点 22 打他们。要打出很多伤口才能杀死他们，似乎每颗子弹都给我带来差不多等量的痛苦。看到如此骄傲的野畜倒下，十分可怕，十分震惊。人们怎么能为了娱乐射杀？这超出了我的理解范围。再就是懊悔。

格莱尼丝，一个为原住民医疗卫生处工作的护士，几天后到达。我立刻喜欢上了她。我们经常外出，跟女人们一起打猎，挖玛库（木蠹蛾幼虫）和蜜蚁，去打兔子。女人们发现了一个兔子窝，用铁锹一直深挖到地底，要是幸运的话，能钩出一把兔子来。她们熟练地把兔子脖子扭断，挂在卡车后面带回家，等着放进煤炭里烤。我热爱这种出征。20个女人和小孩会挤满丰田车，爬上车顶，全部有说有笑，我们会开上30多英里到一个特殊的地方。瘦得皮包骨的营地癞皮狗会跟着车飞奔，狂吠乱叫，几小时后，我们正准备离开的时候，再累得半死地跟上。

格莱尼丝和我决定开车去贾尔斯，西边100英里处的一个气象站。那里有一个很大的原住民营地，有少数几个白人在运营驻地。我们抵达时，几个年轻人出来，邀请我们进他们的食堂。我们俩知道谈话不可避免，但谁也不想再经受那个。格莱尼丝是半原住民，比我更反感他们的黑人笑话。我已经学会置之不理。我们告诉其中一人，我们会往营地去。

"看看你们在那里能不能用车头挡板撞倒几个黑鬼，呵呵。"

我猛地让卡车倒车，车轮飞转时溅了他一身碎石。格莱尼丝探出窗外咒骂他。他惊诧得下巴都快掉了。

到了营地后，我们去跟几个女人聊天。过了一会儿，她们开始低语协商。一个老妇人走上前来，问我们愿不愿意学跳舞。当然愿意。我们被领到一处空地，在营地的视野之外。最老的女人们，丑得很有韵致的老太婆们，蹲在前面，年轻一些的女人和女孩则在她们身后聚到一块。格莱尼丝和我坐在前面，很多触碰、大笑，很安心。我的皮善朱拉语不足以理解她们所有的话，但无关紧要，情绪得到了传达。然后唱诵开始，由老妇人们领唱，不同的人在不同时间领唱。其他人找来树枝，在红土地上有节奏地交叠轻敲。我不知道要不要加入，不知道守则。但听着那嗡嗡作响、尘土交加的冥想音乐，我感觉喜不自胜，热泪盈眶。声音仿佛从地底升起。它如此完美、适宜，是结合与认同的歌，干瘪的老太婆们就像是土地的延伸。我太想理解了，这些微笑的女人，她们为什么要为我们这么做？我有一种归属感。她们在让我进入她们的世界。她们问我想不想跳舞。我感觉自己愚蠢笨拙，害怕起身。最后一个老妇人拉起我的手，伴着奇怪的咔嗒节奏和嗡嗡的旋律，她跳起舞来，并让我学她。我尽力了。我和她们一起大笑，年迈的老师拥抱了我。她再次为我展示每个韵律结束时难度很大的身体颤动动作。最后，我终于学会了，我们正经地跳舞，单脚蹦跳，在灰土细槽里慢吞吞地曳步，在结束时摇摆，转身，回来，再慢慢地围成圆圈跳跃。几个小时过去了，渐渐地，一项不言而喻的集体决定让女人们散开，舞蹈结束。很快每个人都离开了。我们站在那里，不知道她们对我们有什么期许。就在我们也准备离开时，其中一个老妇人朝我们走来，皱起她没牙的嘴，说："6块钱，6块钱，你有吧。"她骨节突出的老手伸得很长，其他人转身观看。我目瞪口呆，无言以对。我没想到……我勉强挤出话来，告诉她我们没有钱。我把口袋翻空给她看。"2块钱，2块钱，你有吧。"格莱尼丝笨拙地四下摸索，把所有的零钱都给她了。我答应她，会送钱给她，然后朋友和我离开了。

　　回家的路上我们没怎么说话。我当时不知道，在舞蹈结束后送点儿小礼物不过是一种礼节规矩。感觉上，是一种象征意义上的失败，是对我永远无法进入她们的世界的最后总结，我永远都是个站在外面窥探里面的白人游客。

　　于是它继续拖延，我那日渐衰朽的小希望、小梦想。杜奇的肩膀慢慢开始痊愈时（我当时已经将其诊断为肌肉撕裂），我在多克尔四处打听，看有没有哪位老人愿意跟我去皮帕拉朱拉。接下来的100多英里，我想抄近路穿过乡野，但我知道，这样将穿过神圣的野地，一些零星散布的圣地，那里不允许女人前往，没有长者我无法成行。那将是最恶劣的侵入形式，但我极其想要远离路径。他们没有真的说好，但也没有说不，这是原住民中常见的礼貌形式，叫礼节偏见。我知道他们不信任我，尽管我没有相机。我从愤怒的社区顾问那里得知了瑞克做的好事，而我是同犯，我感觉很难面对他们。拍摄机密事件的恶劣程度远甚于在最刚烈的基督徒面前亵渎教堂。那里的原住民把旅行者归为两类：游客和人。我意识到，对他们来说，我已经变成了游客。

多克尔只有 6 个白人。他们都是好人。从社区顾问、机修工到门店经理，他们邀请我去烧烤，去野餐和打猎，但他们无法穿透我的阴郁。

到我准备好离开时，决定已经做出，没有老人想跟我走。那意味着我得走 160 英里的泥土小道，尽管我预计不会见到车辆，但还是不太向往。我不知道是否要继续。整件事似乎相当没有意义。我出卖了旅程，误解并办错了每一件事，我无法跟原住民打成一片，总是一个笨拙的闯入者。旅途丧失了所有的意义，丧失了它鼓舞人心的神奇特质，只是个空洞愚蠢的姿态。我想放弃。但放弃之后干吗？回布里斯班？如果这件事，我这辈子试图做的最值得的事情，是个悲惨的败局，那到底还有什么能成功？我离开了多克尔，比以往更加不快、更加消极、更加软弱。

3

独自离开驻地时，我在每件事物中只能意识到一种单调，缺乏实质。感觉上，我的步伐极其缓慢、细碎，铅一般沉重。它们无法领我去向任何地方。一步一步又一步，冗长的步伐拖拉着前进，把我的思绪向下拖进旋涡。乡野像是异星，褪色凋零，沉默无声，寂静怀有敌意，汹涌袭来。

我走了20英里，又累又渴。我喝了一些啤酒，已经准备收工扎营了，这时，透过醉意笼罩着的午后炎热，三头情欲旺盛的强壮巨大的公骆驼大步向我走来。

恐慌和发抖。恐慌和发抖。记得，它们会攻击杀人。现在记住：一、拴牢巴比；二、呜嘘他坐下；三、从枪套里取出来复枪；四、给来复枪上膛；五、举枪，瞄准，开火。它们离我只有30码远，一头正喷出圆拱状的鲜血。它似乎没在意。它们再次上前。

我从骨子里害怕。一开始我无法相信这件事正在发生，然后我相信这件事永远不会停止。我的耳朵砰砰作响，冷汗贴在我后背的凹处。我的视野被恐惧扭曲。接着，我缓过劲来，不再多想，做就行了。

噬。这次擦过它的脑后，它转身缓步走开。噬。再次靠近心脏，它轰然倒地，但只是坐在那里。噬。爆头，死了。另外两头挪进了矮树丛。发抖冒汗，发抖冒汗。暂时是你赢了。

我卸下骆驼的鞍座，又上了更紧的绊，不断环视四周。天色正在变暗。它们又回来了。我现在更加勇敢，打中一头，但只是伤了它。夜色来得太快。

火在月光下的白沙上摇曳，天空一片黑缟玛瑙色。直到我睡着之前，公骆驼环绕营地的低沉声响都非常近。我在月光下醒来，20码左右开外站着一头野畜，侧影轮廓清晰。我不想伤害它。它美丽而骄傲，对我根本没有兴趣。我再次睡下，迷迷糊糊地在驼铃声中睡去，它们在平静地咀嚼反刍食物。

天色破晓时，我已经在追踪它们，子弹上好了膛，准备就绪。两头骆驼仍在那里。我不得不打死受伤的那头。我试过了，又是一柱鲜血，它咬住伤口跑开了。我不能追它，我有自己的性命要顾。还剩它了——最后一头年轻的公骆驼，一个美丽的家伙，一头月光色的骆驼。我做了一个决定，三头里面的这一头可以留下活口，除非它做出直接危害我人身安全的行为。愉快的决定。"对呀，或许它会一路尾随跟到卡那封。我就叫它阿鲁迪巴，它多么健美啊，小刨，跟杜奇真配。我根本不用打死它。"我溜回去抓骆驼，它看着我。现在还剩最后一头骆驼要抓。巴比带着脚绊飞奔而去，新来的公骆驼无精打采地在巴比身旁踱步。有另一头公骆驼跟得这么紧，我没法抓住它。我努力了一个小时，精疲力竭，真想打死巴比，肢解掉，但它们已经跑了。我拿起来复枪，走到那头此时兴奋得咕哝作声的年轻公骆驼附近30英尺以内。我在正好能打死它的地方放了一颗子弹。它没死，嘶吼起来，对着自己的伤口咆哮。它不理解这种疼痛，我哭了。我再次朝它的脑袋开火，它坐下来，它的鲜血汨汨作响。我走到它的脑袋旁，我们彼此凝视——它当时知道了，它看着我，我一枪打进它的大脑，近距离爆头。

是它自己要被逮住的，我没有袭击它。我继续走我的路。

我进入一个新的时间、空间和领域。千年纳入一天，一步即是万古。沙漠木麻黄叹息着向我折腰，就好像试图揽住我。

沙冈来了又去。山丘起起落落。云卷云舒，还有走不完的路，走不完的路，走不完的路，走不完的路。

太累了，我睡在小溪里，除了失败什么也不想。我甚至无法生火。我想躲入黑暗。我觉得肯定超过两天了，都走了这么远。但这里的时间不一样，它被一步又一步拉长，每一步都是一个世纪的循环思路。我不愿这么想，也为自己的想法羞愧，但我无法阻止它。那枚冷淡、大理石般、残忍的月亮把我推倒，吮吸我，我躲不开它，甚至在梦里。

第二天和接下来的一天也是一样，马路，沙冈，冷风抽干了我的思想，除了走路，没有别的事。

乡野很干。骆驼怎么这么渴、这么瘦。夜里，他们进入营地，试图撞翻水桶。我给他们定量供应，没有多余的水。地图上写着"岩石水潭"。谢谢老天。在弹性时间的朦胧中，我在某处离开路径，走入了内地。更多的沙冈，然后是一条风刻石带，宽阔、干燥、荒凉，有一只死鸟和两处空洞。我心里有一根弦开始松动。一根重要的弦，压制恐慌的一根弦。我继续走。那一夜，我在那些沙冈间扎营……

天空是浓重的浅灰色。一整天都是灰色，光滑、半透明的，像青蛙的肚皮。雨点急速拍打着我，但不足以压住尘土。天空在冲垮我，掏空我。我俯身在微弱的小火堆上烤火，全身发冷。在冰冷沙冈间的某处，在被人遗忘的闹鬼沙漠里，我躺在我肮脏的毛毯卷里，那里的时间一直由星宿漫漫无期地转动衡量，或者由乌鸦醒来时的一声寒鸣标志开始。霜冻像脆弱的蛛网一般，结在我周围的黑色灌木丛上，闪着光芒的天空变得更加浓重。非常沉寂。我睡着了。在太阳把稀薄的光线洒在沙地前的几个小时，我突然醒来，试图从一个记不起来的梦中平定心情。没有参考坐标，没有什么来维持对世界的控制，让它不至分崩离析。除了混乱和人声，没有别的。

那个强壮的、可恶的、有力的声音在嘲弄我、讥笑我。

"你这次玩大了。我现在逮到你了，我恨你。你真让人厌恶，不是吗？你什么都不是。现在你在我的手上，我知道早晚有这一天。你知道的，不用再跟我斗了，没有人会帮你。我逮到你了，逮到你了。"

另一个声音平静而温暖。它要我躺下来，保持镇静。它指引我不要放弃，不要屈服。它让我安心，只要我坚持下去，安静、躺下，就会再度找回自己。

第三个声音在尖叫。

小刨在黎明叫醒我。我离开了营地一段距离，在痉挛，冷到骨子里。天空是冷清的淡蓝色，没有同情，就像奥地利精神病患的眼睛。我再次步入时间隧道。我只有半个魂儿在那里，像个机器人。我知道我得做什么。"你必须这么做，这么做能让你活命。记住。"我走进那片在邪恶低语着的大海。我像一头动物，察觉到一种恐吓，一切都相当安静，但充满威胁，阳光的热度下，寒意如冰。我感觉它在看着我，跟着我，等着我。

我试图用自己的声音对抗那种存在。对着寂静嘶哑发声，又被寂静吞没。"我们只要，"它说，"走到范妮山，那里肯定有水。只要一步接一步走下去，只需要那么做，一定不能恐慌。"我能在炎热的蓝色远方见到范妮山，一定是它，我想到达那里，被那些岩石保护，那是我这辈子最大的渴望。我知道我很不理智。水还绰绰有余，完全能赖以到达温格里纳。我没有为突然的干旱做好计划——缺少绿色饲草。"但那里会有水，一定有水。他们不是告诉过我吗？要是没有怎么办？要是磨坊枯竭了呢？要是我没找到它呢？要是这条把我和骆驼牵在一起的小细弦断了呢？那怎么办？"走啊走啊走啊，永远的沙冈，它们看起来全都一样。我仿佛是在跑步机上走。没有进展，没有变化。山还那么远，太慢了。"现在过了多久？一天？这是最长的一天。要小心。记住，才过了一天。坚持住，绝对不能放弃。或许会来一辆车。没有车。要是那里没有水，我该怎么办？必须停止想这些。必须停止。只要继续走就好。只要一次走一步，这样就可以了。"我脑袋里的对话无休无止。一遍又一遍，一轮又一轮。

　　傍晚时分——慢慢移动的长影。山丘近了。"求你千万千万让我在夜晚来临之前到达。求你不要让我在这里过夜。它会吞噬我的。"

　　肯定在下一座沙冈后面。不，那就再下一座。行，好吧，下一座，不，再下一座，不，再下一座。求你了老天，我是疯了吗？山丘就在那里，我几乎能摸到它。我开始大喊，开始愚蠢地对着沙丘呼喊。小刨舔着我的手，呜呜咽咽，但我无法停止，喊个不停。我用慢动作行走。每件事都慢了下来。

然后，翻过最后一座沙冈，我离开了沙丘。我蜷伏在岩石上，一边哭，一边用手感受着它的实在。我平稳地往上爬，爬上多石的峭壁，远离那片可怕的沙海。岩石沉重、阴暗、巨大，像岛屿般耸立。我匍匐着爬过一块于一片绿丛中隆起的巨大岩石。回首自己曾经走过的浩瀚沙海，那段记忆已经开始消逝——时间，令人疼痛的时间。我已经忘记大多数时日。它们从记忆里潜沉，只留下几个能记得的山头。我安全了。

"很容易找到磨坊，或者岩石水潭，随便啦。这里有个地方是有水的。一切都会没事的。"恐慌消融，我笑话自己这么荒谬，这是情绪上和生理上耗竭的后果，仅此而已。我之前没有问题。我会一直好好的。线头绑在一起了，我摸摸小刨。"小刨在这儿，没事的。今晚太黑了，没法找磨坊。小刨，这里有一小片水紫树，那会让他们开心的，对吧，小家伙？我们明天会找到磨坊，鸟儿和路迹会把我们领到那儿。我会让骆驼们喝个畅快，但现在我要生起一堆熊熊烈火，喝点儿茶，还有喂你，我的小朋友。"

我睡得很沉，没有做梦，早早醒来，像老鹰出巢一般轻松清爽地起床。前一天的疲乏和大前夜的敌人都无迹可寻。我的头脑被冲洗得干净、欢快、轻松。四周的一切都爆发着生机与活力。色彩在新鲜的黎明晨光中舞动闪耀。清晨的鸟儿，有好几百只。精神抖擞的我飞快地打包，甚至非常熟练，像台精密机械。我不知怎的感觉变大了，扩张了。我走了100码后拐弯，磨坊就在那里。骆驼们喝水，小刨喝水，我洗了个冰冷振奋的澡。

离开磨坊半英里左右，我迎头撞上一群骆驼，有40头。流畅安静地掏枪。我眼看着它们像安静的鬼魂一样从山上的饮水点下来。我看它们，它们看我，我们走在同一条路上。我知道我这次不用开枪，但安全为上，那是这个特别游戏的规则。我对它们微笑。言语无法形容它们的美丽。领头的公骆驼领着它们稍稍向前，不停地向后扫视，审度局势。它们停下，我也停下，僵持。我对它们尖叫、呵斥、大笑。它们看起来有点探询的意思。我朝大公骆驼的方向挥舞胳膊，大声命令式地说："嘘……"它看起来极其厌烦。我朝空中放了几枪，它懂那个声音。它赶拢它的家族，猛咬它们的脚踝，它们后劲十足，直到40头美丽、自由的野骆驼全都开始顶撞，飞奔着冲下山谷，满是回声和飞沙走石，然后就没影了。我现在开始记起自己刚才到底是谁。

那一夜，我正准备就寝时，听到远处有汽车的颤动声。这么陌生不协调的声音。我不再需要车，不想要车。它会是一种侵入。我甚至稍微有点害怕它，因为我知道自己仍有点疯癫。"今晚来点人类的陪伴，好还是不好，小刨？好吧，让我们借出火堆，聊聊天吧。但对他们来说，我是正常人吗？要是他们问我问题怎么办？我要说什么？最好就是拼命微笑，别打开话匣子的陷阱，对吧？小狗，你怎么看？"我在自己的脑袋里搜求，试图找出谈话的诙谐之处，那东西早被几周的经历炸成碎片了。"哦，老天，他们看到火了，过来了。"我紧张地检查自己有没有发狂的迹象。

是原住民。热情、友好、欢笑、兴奋、疲累的皮善朱拉原住民，参加完华伯登的一个土地权益会议，从温格里纳和皮帕拉朱拉回来。不用害怕，他们对沉默非常享受。不需要任何虚意假装。茶壶四处传递。有些人坐在火旁闲谈，其他人继续开车回家。

最后一辆车，一部老旧的古董霍顿，轰隆隆驶来。一名年轻司机和三位老人。他们决定留下过夜。我分享了我的茶和毛毯。其中两位老人安静地微笑。我也沉默地坐在他们身旁，让他们的力量渗入。我尤其喜欢其中一位。一个侏儒般的人，有舞动的双手、挺直的脊背，站着，一只脚上是巨大的阿迪达斯，一只脚上是袖珍女鞋。他把烤得最好的一块兔子肉递给我，正滴着油脂和血，烤焦的皮毛发出臭味。我感激地吃掉。我记起了，过去几天，我都没有像样地吃过东西。

我不太喜欢的是一位健谈的老人，他能讲一点英语，对骆驼了如指掌，很可能对世界上的别的事物也是。他很聒噪，很以自我为中心，不像其他人那么沉着。

一大早，我煮上茶，开始打包。我对同伴们讲了一点我的事情。他们决定，让当中一位陪我去皮帕拉朱拉，两天的路程，沿途照顾我。我很肯定会是多话的那个，说英语的那个，我的心一沉。

　　但就在我准备带着骆驼起程时，加入我们的竟是小老头。"埃迪先生。"他边说，边指向自己。我指向自己说"罗宾"，我估计他认为是"兔子"的意思，因为那是皮善朱拉语里的"兔子"。似乎足够恰当。然后我们开始大笑。

第三部

路有一点长

1

接下来的两天，埃迪和我一起走，我们玩猜字游戏，尝试沟通，被彼此的滑稽动作逗得歇斯底里地大笑。我们追踪兔子又跟丢了，并采摘丛林食物，基本还算愉快。他有种全然的愉快，让人喜欢和他待在一起，同时流露出土著老人的所有典型特质——充满力量、热情、泰然、智慧，有一种根基感，一种让人立刻肃然起敬的踏实感。我们一路走着的时候，我在想，"原始"这个词语附带的所有隐伏、龌龊的内涵是怎么跟这样的人扯到一块儿的。如果，像某人所说，"真正的文明，即是欣然接受疾病"，那么埃迪和像他这样的人就不是文明人。因为他健康，浑然一体，完整，这些特质在他身上太显著了，从他身上散发出来，彻底的笨蛋才看不见。

此时乡野已经戏剧性地发生了变化。我远离了沙冈那些恐怖的坑洼。茫茫平原像麦田般被黄草覆盖，一直延伸至巧克力色的崇山峻岭的山脚。山脚底部被淡绿色和黄色的三齿稃和灌木覆盖，顶部又慢慢被光秃秃的砂岩石尖取代。多数树木生长在小决堤处，偶尔有一座孤零零的红色沙冈从一片黄色中拔地而起。青翠的草木从山谷和裂口向外瞥看，头顶是钻蓝色的无限苍穹。空间，干净明亮无限的空间感又回来了。

然后，在所有事情过去之后，在所有疯魔和压力之后，我亟须与某个人深度交谈。因为尽管现在我的恐慌和害怕被一种狂热的快乐排挤开了，但我的核心仍在战栗，仍岌岌可危。我必须恢复平常的自我，在某种意义上弄懂这一经历。我的旅程已经完成三分之一，皮帕拉朱拉的社区顾问格兰德尔将是我可能碰面的第一个或许也是最后一个朋友。我渴望见到他，渴望用英语讲述发生的所有事情。但埃迪一直告诉我，他"不在了"。我后来才发现，他在很多句子的结尾都附上"不在了"这个词，大致上暗含一种指示，让我无须担心。但想到格兰德尔离开了，我实在无法承受。

当埃迪有点落后时，我能感觉到他在睥睨我，感觉到那迷惑的目光落在我的后脑勺上。

"这个女人是什么毛病？她为什么不能放松？她一直在叨叨：'格兰德尔在那儿吗？埃迪，他现在在那儿吗？'"

"格兰德尔不不不不不不在了。"他说，同时在空中挥舞他的小手。他每次这么说时，都带着一种惊奇而严肃的好笑表情挑起眉毛，瞪大眼睛，但我觉得你很难笑出来。我扭过头来继续走，试图控制住颤抖的下巴和随时会夺眶而出、流下脸颊的泪水。

"拜托，拜托，你必须在那里，格兰德尔，我需要交谈，搞清楚事情。我从来没有如此需要一个朋友。拜托，拜托你在。"

那晚，我们在温格里纳3英里以外扎营，那是埃迪老家的驻地。他指示我留在营地，他进去取他的东西。他带回来一个生锈的罐头瓶，里面装了一瓶搽剂、一瓶阿司匹林和一些沙漠草药。噢，还有一件红色套头衫。

第二天早上，我们前往皮帕拉朱拉，我焦虑不安，而埃迪在唱歌。我没有看地图，所以不知道驻地有多近。我猛然注意到右边一座锡棚。我一定是在呆视前方才没看见它。墙上是孩子的图画。

"那可能是学校吗？皮帕拉朱拉没有学校，不是吗？格兰德尔是这里唯一的白人，不是吗？"我停步眨眼，完全不明方向。我不知道墙上有图画是不是意味着有学校。我不知道我是不是疯得厉害，在荒谬地假设。然而它看起来确实像一座丛林学校。对，当然是，它必须是，不然还会是什么？门口出现一个人影，犹豫不定地漫步出来卷纸烟。他是个相当嬉皮士的年轻人，用平静有教养的声音说话："你好啊，我们一直在等你。你怎么样？"

我喘不上气，想扑上去拥抱他，拜倒在他的面前，跳一支吉格舞。他说英语。但我还是不知道自己有多疯。如果我真的发疯了，不想让他看出来。于是，我只是无言地盯着他，咧着嘴露出大大的微笑，脸被分裂开来，胡乱地说了句："格兰德尔？"

"转一个弯，你会看到几部大篷车，他在其中一辆里。"他微笑，把烟递给我。我太难堪，不想让他看到我颤抖的手，也太害怕自己会露出马脚，说出或者做出什么不可思议的事来，于是我只是摇摇头继续走，不知道他有没有看出什么端倪。

然后我恍然大悟，那里的人其实不太关心你是不是疯子。实际上，他们心里多少有数，他们自己本身就有点疯狂。而且，那里没有足够多的人互相通气，谁也不担心自己是不是在跟怪人打交道。

我马上知道哪辆是格兰德尔的大篷车。还有谁会在自家前院的树上挂一串风铃？方圆几英里唯一的树，而且是死的。当然也没有院子，只有一条由住所形成的无形分界线。他走出来，我们拥抱了又拥抱，我无法说话，于是忙着让骆驼们安顿下来，然后我们三人走进屋里，进行在所难免的澳洲饮茶仪式。我开始喋喋不休，片刻不停地大讲神圣的英语，以及大笑。

那种亢奋持续了4天。格兰德尔是最完美、最敏锐、最有爱的主人。他甚至放弃了他那张床单整洁的床，和埃迪睡在外面。他发誓他更喜欢睡在外面，只是因为懒惰，但并没有经常这么做，这很可能是真的。于是我感激地接受了。并非我当时不爱我自己的行囊，而是再次体验床的奢侈也蛮有趣的。小刨乐不可支。

当晚，格兰德尔煮了茶。埃迪在外面扎了帐篷，年老的男男女女不断过来看望他，跟格兰德尔与我谈话。我再次被这些老人冲击。他们轻言细语，不时轻笑，似乎有完全的自信。我真希望自己能懂更多皮善朱拉语。我虽然能领会多数谈话的要点，却无法领悟它的精粹。但我能看出来，当晚交流了很多骆驼的趣事。

之后的每一天，似乎总是有人来大篷车打招呼，借杯子和茶壶，分享一大杯茶，诉苦与解决不平，或者讨论政治。这很好，但我想知道格兰德尔还怎么做事情。他被官僚们分配下来的没完没了的文书工作压得透不过气，他厌恶这个。一名社区顾问的工作或许在某些方面令人羡慕，但本质上是吃力不讨好的。他的主要角色是把分配给个人的钱正式化，这一任务通常以商店为媒介完成，人们在里面兑现支票，买下物价飞涨的商品。利润被用于为社区买东西，都是原住民委员会认为应该购买的。比如卡车，或者钻孔零件。他协调所有体系，例如医疗和教育服务体系，在官僚机构和人民之间充当联络官的角色。当然，这让他成了主要的抨击对象，因为原住民对预算几乎没概念，不知道钱是怎么来的，为什么会来，而官僚们对原住民的生活方式又一无所知。

我从格兰德尔那里了解到，这项工作还有其他方面能摧毁灵魂。没有白人可以完全融入原住民的现实生活，你学习得越多，就越是意识到知识与理解间的鸿沟。认知到这一职位附带的各种复杂情况与章程需要很长时间，到那个时候，你通常已经形销骨立。那里有些顾问被老人们接纳入会。他们以为这样可以拉拢人民，对他们能有更多理解。当然可以，但这也会引起其他问题。得到接纳后，他们发现自己对不同群体的义务与责任相互冲突，因此很难对所有人公平。

鉴于顾问比原住民对他们所做决定的后果更加清楚，而且想保护他们，让这份工作难上加难。不要变成一名父亲式的保护主义者，那意味着眼看他们犯下毁灭性的错误却无能为力，只能提出劝告。因为你知道，让这些人学会与白人世界打交道的唯一方式就是犯下这种错误。不会一直有善良的白人拯救局面，充当缓冲区。在某一时刻，人们必须自治。一线之间。

而且格兰德尔累了——骨瘦如柴。要扛住政府的压力，在缺钱、缺支持、缺设备的情况下，还要试图发起事情，有时让他抑郁失意。尽管乡野与乡野上的人让他迷醉，尽管他享受与他们互相尊重的关系，但这份工作还是让人付出了代价，它让几乎每一个不管投入多长时间从事原住民权益事务工作的人付出了代价，无论是在某处驻地工作，还是在镇上的法务室工作。要抗争的总是太多。在所遭受的暴行面前，积极的举措太少，太微不足道。

不像很多其他驻地，皮帕拉朱拉是幸运的，因为它没有多部落人口。它没有个人与群体之间经常发生的部落火并现象。在澳大利亚各地，每个部落在传统上或许都有几个邻居部落。有些部落是经济及仪式的重要伙伴，而其他部落被视为反派，要么是因为历史上的冲突，要么是因为不太相似的风俗信仰。然而，当政府的实地官员建立第一批前哨站和驻地时，根本没有把他们的传统关系考虑在内。在皮帕拉朱拉这里，因为同宗同族的关系，个人之间的冲突被传统律法和决议方法严格控制。几年前，驻地作为哨所被建立起来——温格里纳曾是矿业中心，这里是它的替代选择。人们曾经希望，一旦皮帕拉朱拉建成之后，其他哨所会像卫星般涌现。

这种建立原住民驻地的方法的真正重要意义是，在受到西方冲击最大的地区，它允许族群回避制度化压力。这一运动涵盖了一种撤退的元素。人们根据自己的决断，回归他们传统的生活方式和传统的土地，在此，他们能够上演传统典礼，教授孩子传统技能与知识。如果他们有意愿，同时也可从西方文化中提取他们认为重要的东西。这是一种对身份与自尊极为重视、把文化冲突的问题减到最少的生活方式。典型的哨所从完全没有西方人工制品（甚至没有枪）的营地，到辅以居住者选择的服务设施的营地，有了变化。这些设施包括飞机跑道、水塘、无线电，也包括装载教学及医疗设备的大篷车，或许里面还有一个到几个白人在教书。这一哨所运动似乎在整个澳大利亚部落里势头渐增，在政治上成为可能。

在皮帕拉朱拉，我获悉皮善朱拉人在设法让他们的土地由租赁制回到自由保有制。长老们一开始拒绝整个问题。对他们而言，他们不拥有土地，土地拥有他们。他们的信仰是，祖先们在梦境时间横穿大地，他们有超自然的能量与力量。这些祖先与当代人在生物形态上有所不同，有些是人与动物、植物或诸如水火这种力量的综合体。

这些梦境英雄的旅行形成了土地的地势，他们的能量仍留存在大地上，化身在他们走过的路径、特殊场地或重大事情发生的地标里。当代人通过与这些地方的一种复杂的关联或者朝拜仪式得到部分能量。这就是人类学家所称的图腾——个体对某种特定动物、植物和其他自然现象的身份认同。因此，某一种树、岩石和其他自然物，对于拥有特定乡野地区并了解那片乡野的典礼知识和故事的人来说，充满巨大的宗教意义。

在原住民的思想里，对谁是乡野的传统守护者毫无困惑。土地"所有权"和职责沿着父系、母系两条线世代相传。人们也对他们出生或受孕的土地有一定的要求权，宗族之间还有更复杂的关系，借此分担土地的责任。

做梦时间、乡野以及乡野的传统守护者之间的关系在复杂典礼中表现出来，典礼由宗族成员呈演。有些是繁衍典礼，确保动植物持久丰饶地存在，维护景貌（其实是世界）的生态安宁；有些专门是为了年轻男孩的入会（成人礼）；有些是为了促进社区的健康安乐，等等。这一从梦境时间传给人们的详尽知识体系、律法和智慧因此得到维护，得以保持效力，通过仪式的呈演继续代代相传。每一个部落人都具备他／她的乡野的典礼知识，并有义务尊重属于他们的圣地（更确切地说，是他们所属的圣地）。

典礼是原住民与他们的土地之间的可见连接。一旦被剥夺这片土地，典礼生活便会变质，人们失去他们的力量、意义及身份。

皮善朱拉的情况是，年长的男人女人驳回了自由保有制和租赁制，将之视为轻浮的事。而政府官僚对他们的原因有没有一丁点儿了解？这让人生疑。对那些老人来说，拥有土地这一概念比我们拥有星辰或者空气配给更让人匪夷所思。

且不说我不是这个话题的权威，单单尝试简述原住民的宇宙论已经像是试图在 5 秒钟内解释量子力学。而且，再多人类学的细节也无法传达原住民对他们土地的感情。它是一切，他们的律法，他们的伦理，他们存在的理由。没有那层关系，他们就变成了游魂，半人半鬼。他们与土地无法分离。失去它时，就失去了自己。所以土地权利运动才变得至关重要。我们拒绝承认他们的土地，就是犯下了文化灭绝的罪行，在这种情况下，就是种族灭绝。

当晚与格兰德尔的晚餐和平常一样，是用全麦面粉、生虫面粉、鸡蛋和牛奶做的馅饼 —— 可怕的铅灰色东西，咬上两口就会胀肚。有时他会把恐怖的伙食放进烤盘，再放进烤箱，称之为"舒芙蕾"。内胎式舒芙蕾。

在皮帕拉朱拉推广全麦面粉的冒险行为是格兰德尔的诸多

失败之一。自从白人介入后，精白面粉、茶和白糖就成了很多原住民的主食。尽管格兰德尔并不推崇铃木博士牌大豆黄油做的全麦糙米三明治的神奇属性，但考虑到人们像苍蝇一样纷纷倒毙，死于糖尿病、营养不良和心脏病的这一事实，他认为得在日常饮食中至少注入一丁点儿营养观念。但他们恨它。于是他把全麦面粉和精白面粉掺在一起，在他们的商店里出售。他们还是恨它。最后，几个老人来找格兰德尔，告诉他把糊糊留着自己吃吧，他们想要回他们那老式松软的生面团。失败。好吧，不完全是，有个老妇人依旧沉迷于全麦面粉。

那段时间的很多夜晚，我们都在促膝长谈。我能感觉自己再次愈合，能够正确看待事物，困惑也消除了。我讲起瑞克。我仍没有摆脱他这个负担，可怜的格兰德尔成了替罪羊。在一场格外漫长刻薄的咆哮后，他只是看了我一会儿，说："没错，但你漏掉了一个重要事实。瑞克是你的一个好朋友，为你做了很多。不管怎么说，邀请他同行的人是你，而不是相反。鱼与熊掌不可兼得。"

天晓得，这只是简简单单的事实陈述，但对我起了作用。从那次谈话之后，我对瑞克和《国家地理》杂志的困扰以及对他们的愤怒开始消退。

在那里度过的时光那么愉悦、那么放松，我学到很多，也受到了强烈的诱惑，想住到年底，实际是住上一整个夏天，等天气返凉时再继续上路。有太多的东西要权衡。首先，我已经安排好在华伯登跟瑞克见面。再说了，《国家地理》杂志会怎么说？我不太在乎。但这里的饲草不太好，骆驼们一直在吃某种灌木，给他们带来了可怕的绿色腹泻。而且我感觉焦躁不安，想继续行进。终于，这压过了与我关心的人在一起的愉悦。

埃迪像胶水一样黏着两样东西——我和我的来复枪。他的视力极差，所以没法很好地用枪，但他从来枪不离身。我已经用无线电联系瑞克，安排他买一杆一模一样的带去华伯登。夜晚，老人会陪我一起走路去查看骆驼，他把来复枪扛在肩上，自顾自地唱歌。好吧，我猜他愿意这么照顾我，我受宠若惊。在其中一个这样的夜晚，我们和朝我们走来的一群女人擦肩而过。一个皮包骨的老妇人穿着过大的 10 码褪色连衣裙离开伙伴，漫步到我们面前 8 英尺左右。埃迪眯眼一看，然后咧嘴开怀大笑。他们客气又显然恭敬地稍作交谈，眼睛、嘴巴都在对彼此微笑。我听不懂说的是什么，但我猜她是某个跟他一起长大的亲爱的老朋友。我们走开了，他继续对自己露出那个特别的开心的微笑。我问他那是谁，他笑容灿烂地转向我，说："那是温琪茶，我的妻子。"他的笑容那么骄傲、那么愉快。我以前从没见过男人与妻子之间那么大方地表达特别的爱意。我一个跟跄。

埃迪与他妻子之间的会面是我洞察的一系列现象中的第一个，它让我意识到，与多数白人男性人类学家希望我们相信的恰恰相反，女人在土著社会里占据很高的地位。尽管男女的角色不同，环境使然，但这些角色都是同一机能——生存的组成部分——双方相互尊重。女人有灵巧的食物采集技能，在供养部落方面比男人的作用更大，男人狩猎或许只能偶尔带回一只袋鼠。女人也举办她们自己的典礼，在保护土地中扮演重要的角色。这些典礼与男人的典礼并行存在，但"律法"实施者和"知识"看管者的职务落到了男人的身上——"知识"现身于名叫"褚灵加"的圣物上。如果说，现如今在土著中存在性别歧视，那是因为他们从他们的征服者身上学到了很多。爱丽丝泉的黑人女性与这里的黑人女性的地位差异，让人难以置信。

我记得一个故事，有关西澳某个部落的迷思，我虽从来没去核实过，但它听起来是真的。起初，女人拥有一切。她们有生育的力量，她们供养部落，依靠对丛林食物的认识保持部落存活，而且她们具有天然的优越性。她们也拥有"知识"，藏在一个隐秘的洞穴里。男人们密谋窃取这个知识，这样一切就会更加平衡（此时是关键时刻）。女人们听说了此事，非但没有阻止他们，反而意识到，为了保持两性和谐，事情必须这样发展。她们允许男人窃取"知识"，直到今天仍留在他们的手中。

我问埃迪愿不愿意跟我去下一个驻地华伯登，在西边200英里。一开始他似乎不想去，抗议说他现在太老，做不了那种事了，我尝到了苦涩的失望。而且，他没有合适的鞋子，但那不是问题，因为我可以很容易从商店里给他搞到一双。我确实认为他对自己年龄的看法或许是对的。他非常老，我不知道每天常规的 20 英里对他来说会不会太吃力。当然，他随时可以骑上巴比。当我把疑问吐露给格兰德尔时，他哈哈大笑地向我保证，埃迪比我们俩都能走。他还说，他很肯定老人会跟来，因为他注意到埃迪听到提议时，眼里有明确的亮光。而且他觉得我是最最幸运的女人，因为埃迪是部落里一位德高望重的长辈。第二天早上，埃迪来告诉我，他还是决定给我做伴了。他需要几样东西，于是我们去商店买新鞋、新袜，还有他不在时要给温琪茶留的一块防水布。商店很典型，一间锌铁小棚，出售基本物资，有茶、糖、面粉，偶尔有水果和蔬菜、饮料、衣服、马口铁罐头。每隔几个星期，有一辆从爱丽丝泉来的公路列车或轻型飞机给它补充新货。

第二天早上，我们做好准备步行去华伯登了。我已经在皮帕拉朱拉丢弃了很多废物，所以装备更轻，装货也更容易。我的整个旅途一直在持续地精简东西，直到只剩下最低限度的生活必需品。格兰德尔把他从爱丽丝泉订购来的奢侈品装给我，包括小塑料袋装的白葡萄酒和额外的几包香烟。埃迪除了他的药罐什么也没拿。我们走在路上时，我注意到他有肩膀疼痛的毛病。我把它归因为关节炎。在我们起程的早晨，格兰德尔仍卧病在床，埃迪和我在大篷车外面忙活着做最后整理时，一个老人走上前来跟他讲话。他们走到 50 码开外的地点，我和所有前来道别的人都能看得清清楚楚，埃迪趴在一个 44 加仑的圆桶上，继而老人在他的上空舞动双手，揉搓他的肩膀。我进屋去问格兰德尔，这是在干什么。他告诉我这是南卡瑞（原住民医生）在为上路前的埃迪治病。他告诉我，他很可能会从埃迪的肩膀里吸出一颗卵石，他的肩膀或许在那里被一个敌人"唱了"。5分钟后埃迪回来，变出那颗被提取出来的卵石。

有很多原住民生病后死掉的案例，就因为他们相信他们被"唱了"。这种事情发生时，被"唱"的人必须找南卡瑞治疗。那是他唯一的希望。

尽管我不可能跳出我的文化对什么可能、什么不可能所定义的限制，但我毫不怀疑，南卡瑞在部落环境下治愈病人的成功案例，与西医所治愈的脱离部落的人的案例，一定数量相当。现在，更加开明的白人保健工作者与南卡瑞和接生婆们紧密配合，努力应对影响原住民的各种病害和疾患。

再一次，所有的检查再检查，以及出发前必要的最后调整，让我操劳过度，但离开驻地5分钟后，步行的平静节奏、铃铛在身后叮当作响的声音，还有埃迪，让我安定下来了。

我们在温格里纳短暂停留，与那里的人道别，这用了大概一个小时。我仍陷在我的西方思维网里，试图与之搏斗，却成效甚微，我渴望离开。最后，所有道别的话都说完了，我们开始步入下午的大太阳里。还没走上1英里，一辆车就赶了上来，车里有几个年轻人——又是半个小时。我恨得牙痒痒。再次上路，又是一辆车，没完没了。到了傍晚，埃迪告诉我他需要皮特尤里，那是原住民咀嚼的一种类似烟草的植物。他指向一片山谷，它在偏离小径一两英里的地方。我们沉默地走到寂静而苍翠的山谷。埃迪采到他要的植物，我看着。虽然要改变一天原定的计划模式让人隐有不安和烦躁，但很快我们被搜寻植物的静思方式抚平了。山谷那么雅致、那么安静，我们虔诚地涉水穿行时，一个字也没说。然而，一旦出来，回到残酷的午后阳光下——不管我把帽子压得多低，它都会烤焦我的脸——我再次感到非常焦躁。我努力克服它，想永远把它推出我的头脑，却被两种不同的时间概念撕扯。我知道哪个有理，但另一个努力对抗着要活下去。结构、系统、秩序，这些东西跟一切都不沾边。我一直在讽刺地想："天啊，如果继续这么下去，得花一个月才能到那里。那又怎么样呢？这是马拉松吗，还是什么？这将是你旅程中最好的一段，有埃迪陪着你，所以就尽可能地延长它吧。白痴，延长它。可是，可是，日常例行怎么办……"诸如此类。

内心的骚动持续了一整天，但随着我进入埃迪的时间，放松下来，它渐渐消逝了。他教我关于随波逐流，关于万事万物皆有其时，关于享受当下。我让他接手。

过了几天，我的皮善朱拉语有所长进，但在快速对话中仍派不上用场。这似乎不要紧。一个人可以不受语言阻碍地跟另一个同类很好地交流，真是奇妙。我们最棒的交流就是对周遭环境的纯粹喜爱。他教我模仿鸟叫声，我们打猎吃肉，发现吃的东西。有时我们会一起唱歌或者各自唱歌，有时我们在路上一起踢同一颗石子，所有这些都没有说出口，但完全清晰。他会默默地对着自己、山丘和植物唠叨和比画。外人会以为我们的癫狂不相上下。

我们当晚离开小道。埃迪决定带我穿过他的乡野。我们在那片土地上漫步了几个星期，埃迪似乎每走一步都变得高大一些。他是个有野狗梦境的人，他与我们经过的特殊地方的联系给了他一种能量、一种喜悦、一种归属感。夜里扎营时，他反复给我讲神话和故事。他对那片乡野的每颗微粒都了如指掌。他在那里完全适得其所，与它和谐一致，那种感觉也开始感染我。时间融化，变得没有意义。我觉得我的整个人生都没有过这么好的感觉。他让我注意到我以前没有注意的东西——杂音、路迹。我开始看出，一切如何拼合在一起。土地并不荒芜，而是驯服、丰富、温和、慷慨的，只要你知道如何看它，如何成为它的一部分。对原住民土地的重要性与意义的认识，让很多在那片乡野工作的白人震撼。托利在最近的一封信中写道：

> 这里的乡野有种奇怪的力量与强度，它从原住民身上的诸多方面表达出来，我感觉它也可以属于我。它一直在展开、展开，取之不尽，用之不竭。能把握多少取决于你。

我现在对那个时候的记忆，是一种愉快的平静。但它模糊不清，没有分化。当我试图区隔那些日子时，我发现没有办法。

我能极其清晰地记起某些事件，但它们何时发生、在哪儿发生的，我一点儿头绪都没有。不过，我的确发现，如果我走10英里路，那头老山羊能走50英里。我累的时候，他给我嚼皮特尤里，尝起来糟透了，但它让我想要跑完接下来的1000码，就好像一口气抽了80根烟一样。他把某种灌木烧成灰，和植物混在一起，这样就能搓成一团来嚼。他会把这团东西粘在耳后，稍后再嚼，就像口香糖一样。晚上我给他酒喝，但他哈哈大笑着拒绝了，然后表演醉酒老头的样子。他告诉我，我喝我的酒，他嚼他的皮特尤里。

埃迪从来不干涉我的骆驼事务，这让我非常高兴。骆驼实际上是只认一个主人（女主人）的动物，不喜欢被陌生人呼呼喝喝。而且，我把他们捧在手心里怕碎了，宠溺他们，对他们过度体贴，我知道埃迪对他们的感情跟我自己的感情用事相差十万八千里。我唯一对老人稍有不悦的是，他坚持让我鸣嘘巴比坐下，让他可以骑上10分钟，再鸣嘘巴比坐下，让他下来，1英里之后又来一次。反过来，他也不悦了，因为毫无疑问，他无法理解为什么有人明明有骆驼却放着不用。这个质疑相当合理，但他没有考虑到，这些骆驼是被人疼爱的宠物，而不是驮重物的大牲口，至少在我眼里不是。

夜里，当我忙着卸下鞍座时，埃迪会为我们搭一座临时挡风墙，一个"维儿查"。他有专家级的水平，可以消耗最少的精力迅速搭好。我认为该用"麻利"形容他。他会把老树拖成半圆形，或者有三面的长方体，清理出没有刺的空地留给我们睡觉，再生起暖和的篝火。不管我给他多少条毯子，他从来不盖在身上，而是垫在身下。我们吃完饭、聊完天后，他会确保我舒舒服服的，几乎就差帮我把铺盖掖好，然后他会蜷缩起来，头枕在手上入睡。一整个晚上，他会醒来，查看我，并重新把火点着。他可以接受我的垃圾食品，但我知道，他更喜欢吃煤块里烤的半熟袋鼠肉。这是美味的肉，你要先把毛烧焦，搓掉，然后埋进沙子和煤炭的混合物里，放上一个小时。里面还是血淋淋的红色，但肉和内脏鲜美多汁。杀戮和烹食袋鼠有严格的规矩管制，实际上所有的沙漠食物都是。有大量故事说，人们因为没有正确杀死袋鼠，触犯了律法后，惨遭横祸。

我身上有两把刀，一把用来做皮革，另一把用来剥皮切肉。埃迪有一天问我，为什么有两把，一把就够用了。我对他解释说，我别在皮带里的锋利的那把，是狩猎用的。"马鹿，康亚拉。"我模拟切肉的样子说。我发誓，老人几乎心肌梗死。"威亚威亚，姆拉帕威亚。"他啧啧感叹，惊恐地摇头。然后他抓住我的手，继续告诉我，在任何情况下，我都不能切袋鼠的肉，不能剥皮，不能割掉它的尾巴。他再三复述，我发誓我永远不会做那种事。那天夜里，他又一次让我承诺，我永远不会这样触犯律法。我向他保证。不管怎样，我极其不可能为了自己打死一只袋鼠。对一个人和一只狗来说太多了，而且我厌恶猎杀这些可爱的动物。我为了取悦埃迪，朝很多我们经过的袋鼠群开过枪，但每次都打不中。我对兔子没有这种良心谴责。它和苍蝇一道被欧洲人引种进来，现在数量成灾，破坏整片整片的土地。尽管我觉得兔子是所有丛林食物中最不可食用的，但小刨和我经常吃。据我所知，没有严格的规矩适用于猎杀兔子，因为它不是来自梦境时间的动物。

不幸的是，我们该回到大路上了。一天或许有一两辆车超过我们，这些车大多是两个驻地的原住民探亲访友的。能看到硬币的另一面总是好事。如果有白人的车驶过，埃迪会暗自猜疑地站在枪的边上，以防万一。如果是黑人，就全是欢声笑语，把食物、烟草或皮特尤里分光。我们通常能识别来的是不是原住民的车，因为它听起来无不像生病的洗衣机。在爱丽丝泉，把损毁的二手车以过高的价格卖给原住民是一笔赚钱的生意。幸好原住民是极好的丛林机修工，通常用几根细绳导线就能让它跑起来。在多克尔河有个故事，说的是一群年轻人在400英里以外的爱丽丝泉买了一辆车，不夸张地说，回家的途中车身已经完全垮了。他们只是下了车（10个人都是），脱下皮带，把车子整个绑起来，然后高兴地开车回家了。

有埃迪就像有了魔力，因为我被原住民接受了。每个人都认识埃迪，每个人都爱他。因为有他在，因为我有骆驼，他们也爱我。我们在一个水井旁的小营地停留了一天，那里或许有20个人。我们一起坐在一个小屋外面，聊了几个小时，喝着稀释过的超级甜的丛林冷茶，嚼着硬面包。因为我是客人，他们给了我锡制的马克杯来喝茶，而不用像其他人一样直接从水壶里啜饮。那个马克杯被用来搅拌面粉和水，所以大团的东西漂在上面。无所谓。此时我对食物的态度已经彻底改变。食物变成了你放进嘴里，给你力气走路的东西，仅此而已。我什么都能吃，也确实什么都吃。到那个时候，洗涤也变成了一项无谓的程序。我一身腐臭。连埃迪——他可不是什么锃亮的干净人的典范，都提议我应该找一天洗洗脸洗洗手。他对小刨也吹毛求疵，不让她从他的马克杯里喝水。

我们在荒野待了那么久之后，谁都不喜欢走在大马路上，因为我们得再次和那种莫名其妙的动物品种——游客打交道。一个下午，非常炎热，臭气熏天地热，苍蝇不计其数。我又开始犯"午后3点病"，埃迪自己哼哼着。一柱红土撞上地平线，朝我们打旋而来，以观光客的速度冲撞而来。我们赶紧拐进针扎般的三齿稃里，在一天的这个点，这总比应付白痴要好。但他们看见我们了，当然，一整个车队的人凑在一起对抗伟大的孤独，就像他们在二流的西部片里一样。他们全都拿着相机挤到车外。我被激怒了，只想到达营地喝杯茶，不被打扰。这些人，他们太粗野，太麻木不仁。他们像往常一样拿问题砸我，粗鲁地评论我的外表，就好像我是他们的余兴节目。或许我在那个阶段看起来确实有一点儿古怪。一年前，我在爱丽丝泉打了一个耳洞，花了好几个月才鼓起勇气参与这项野蛮习俗，但一旦打了耳洞，就不会再让它长实。耳钉掉了，于是我穿了一根大别针。我污秽不堪，因日晒而脱色的打结头发从帽子里冒出来，看起来就像一幅拉尔夫·史迪曼 [①] 的画。然后他们注意到埃迪。其中一个男人抓住他的胳膊，把他推到骆驼边，说："嘿，土佬土佬，来跟骆驼站在一起，乖。"

我惊愕得说不出话来。我无法相信他说出那样的话。我暴怒地从这个蠢货身边挤过去，埃迪和我一起离开他们。他的脸庞没有流露任何情绪，但当我提出不许再拍我们，还有，在我们跟他们交谈之前，他们都该烂在地狱里时，他表示同意。最后一个车队在几分钟后到达。我又用我的老把戏，用帽子盖住脸，大叫："不许拍照！"埃迪附和我。但当我走过时，听到他们都在咔嚓拍照。"该死的猪！"我大喊。我怒火中烧，气得嘘他们。突然间，埃迪的 1.8 米身躯整个儿转过来，大摇大摆地走向他们。他们继续拍照。他站在距其中一个女人的脸大概 3英寸的位置，开始演一出超凡的戏。他把自己变成了一个疯狂危险的白痴土著的完美化身，在空中挥舞他的棍子，用颤音对他们大吼皮善朱拉语，要求他们给 3 块钱，然后精神错乱地喋喋不休，上蹿下跳，把他们弄得一头雾水，惊吓得连一点儿卑鄙的小聪明都使不出来了。在珀斯时，很可能有人告诉过他们，黑人都是凶残的野蛮人。他们退后，把口袋里的钱都掏出来递给他，仓皇而逃。他故作端庄地朝我走来，我们捧腹大笑。我

[①] 拉尔夫·史迪曼（Ralph Steadman），英国插画家。

们互拍巴掌，扶着腰，笑啊笑啊，像孩子一样无法控制，歇斯底里，泪流不止。我们笑得满地打滚，步履蹒跚，都笑瘫了。

最让我折服的是，埃迪本可以尖刻讥讽，但他没有。他用这次事件来给他和我取乐。他是不是也用它来教诲我，我不知道。但我之后仔细思考了这个老人，以及他的族人。思考他们如何遭受屠杀，几乎被灭绝殆尽，被迫居住在更像集中营的驻地，被挑拨、刺戳、测量和贴上标记，他们的神圣活动被拍摄，冲印成彩色照片，附上严肃的人类学学术文本，他们的秘密圣器被偷窃，送去博物馆，他们的潜力与完整内心随时面临流失，被这个国家的几乎每个白人谩骂误解，被弃之不顾，与廉价的酒、我们的疾病及他们的死亡一起腐烂。我看着这个把袜子笑掉了的了不起的半盲怪老头，就好像他从来没有经历过任何一件事，从来没有被残酷无知、心胸狭隘的人当成笑柄，这辈子从来没有过烦恼。我想，好吧，老头儿，如果你可以，我也可以。

* * *

我们几乎到华伯登了。我根本没用过地图，有埃迪在，它就是多余的。因为想要一个精确的里程数，我问一辆车里的几个年轻原住民，驻地还有多远。

"嗯，或许还有一点儿远，那个华伯登。或许一夜、两夜，但肯定有一点儿远。"

"哦，我知道了，谢了。有一点儿远，是吧？好吧。当然。"

距离似乎有几个类别，这样划分：有一点儿路，有一点儿远，远路，远远的路，太远。最后一个用来形容我到大海的距离。我告诉人们我要去大海（乌鲁普尔卡，大湖），因为谁也没见过大海，他们会无一例外地扬起眉毛，缓缓地摇头，啧啧感叹："远啊，远啊，很很很很很很远，太多夜了，那个乌鲁普尔卡太远了，是吧？"然后他们会再次摇头，祝我好运，或者咯咯轻笑，抓住我的胳膊，吃惊地看着我。

一个夜晚，当我正把哥利亚拴到营地上方沙冈的一棵树上，埃迪在起劲地忙着打维儿查时，两个年轻人骑着摩托车轰鸣上来。他们发现了我，上来跟我一起坐在沙冈上。和埃迪待了两个星期以后，我成了另一个人。我一直用手势和皮善朱拉语跟他交谈，进入了一个不同的世界。我开始发现，从原住民的现实世界转换到欧洲人的现实世界相当艰难。它要求一套不同的概念和种种不同的寒暄。我能感觉到我大脑的生锈旧齿轮在更换，但还应付得过来，而且他们是足够讨人喜欢的人。就在我开始适应半正式的谈话时，埃迪冲上沙冈，手里握着来复枪，脸上是好战与深表怀疑的表情。他坐在我的左边，面朝两个年轻人，枪搁在腿上，用皮善朱拉语询问他们是谁，可不可靠。接下来是最荒谬的场景。我试图打消每个人的疑虑（年轻人看起来明显不安），说一切都没关系，没有人要开枪打任何人。只是不同的语言无望地纠缠在一起，让人混乱，结果我用方言对摩托车手说话，又转身用英语讲给埃迪听："他们没问题，真的，我正准备给他们煮杯茶。"然后我又急急忙忙地翻译成皮善朱拉语。他简单固执地回了一句："威亚。"

你无须会说一门外语，也能理解一个否定词，尤其是从一个抱着来复枪的表情非常严厉的绅士口中说出的。年轻人像螃蟹一样侧身滑下沙冈，在薄暮中呼啸而去。

这一与世隔绝的过程开始显现出来——我离开社会，像蛇蜕皮一样，抛弃它无用的关注点与标准，长出的新皮与我目前的环境更为适应。我很高兴那两个人没有留下来，本来会是一场连珠炮似的雄辩，我试图让他们觉得我仍是理智的，试图回忆交谈的美好，回忆与我的同类互动的那些已经忘光光的浅薄模式，他们就像喜欢扎堆的动物，缺乏信心，时刻警惕。我喜欢这个从隔绝过程中浮现出来的自己，远甚于在那之前就已存在的自己，或者说是从此以后的我。在我自己的眼里，我变得健全、正常、健康，然而对别人来说，我就算不是货真价实的疯子，至少也是无法挽救的怪异、反常、被晒昏头的傻瓜。

第二个晚上，我们扎营的时间比往常要晚。我卸下骆驼的鞍座，心跳遗漏了大概5拍，心脏怦怦地在我胸口撞击，像只袋鼠在弥补遗漏的时间。我的枪呢？枪呢？"埃迪，你有没有拿我的枪？"没有枪。我已经非常依赖那杆来复枪。在我的脑海里，我想象出被一大群巨型公骆驼压制的画面。埃迪说，他会等着我骑骆驼回去找枪。出于某种莫名其妙的原因，我把枪套挂在泽莱卡的鞍座上，而那个鞍座的设计不是用来放枪的，枪滑落了。我又给巴比装好鞍座，掉头回到小道，走进东方地平线柔和的蓝粉色光晕中。我骑了大概 5 英里，想着巴比什么时候会把我甩到地上，摔断我的脖子。他畏惧岩石、鸟儿和树木，实际上这个低能儿会用任何东西当借口。

一辆丰田驶来，当然，巴比闻声朝路边跳了 6 英尺远。车里有一位地质学家，他那儿不仅有我的萨维奇点 222 立式双筒来复枪，还有几根玛斯巧克力棒和一罐饮料。棒极了。就在一片荒芜的中央，地平线上凸出一个大月亮，满嘴都是好吃的黏糊糊又脏兮兮的巧克力的我，跟这个人争论了半个小时开采铀矿的事。

巴比想冲回营地。我让他小步慢走。"好吧，你这个小笨蛋，如果你这么有力气，明天就让你背一半泽丽的装备吧。"他绝对是三头成年骆驼中最靠不住的一头。或许我没把他驯好，或许他还年轻，容易犯傻，又或许他的基因构成就是没脑子。有一天他差点儿让埃迪飞出去。没有明显的原因，他开始四脚腾跃，尽管我在引导他，他还是很难恢复控制。整个过程中，埃迪一直紧抓巴比不放，像只猴子。我忍不住大笑。他没有失掉一丁点儿的尊严。

人们经常问我，为什么旅行中不多骑骑骆驼。三个原因。第一个是巴比。当你离最近的人有 300 英里远时，被骆驼甩到地上，摔断腿，眼看着你的野畜跑向灰蒙蒙的远方，这是不明智的。我更愿意骑另外两头，但他们的鞍座设计都不是用来骑乘的。第二个也是最蠢的理由，是我觉得骆驼背的东西够重了，不能再额外加上9英石①。第三个理由是，尽管走路脚会非常痛，但骑骆驼屁股会更遭罪。

我扬扬得意地骑进营地。到了这个阶段，我告诉埃迪已经有一杆来复枪在华伯登等着他。我们夜间的谈话总是围绕这杆来复枪结束。我真的要给他一杆来复枪吗？它和这一杆完全一样吗？我真的是给他而不是给别人的？他会再三重复这些问题，等我向他保证千真万确时，他会突然开始喋喋不休。每晚都是一样。我还试图跟他讲瑞克和《国家地理》杂志，但美国杂志的皮善朱拉语是什么？一方面，我担心在华伯登见到瑞克。我知道埃迪不会理解，为什么无数的照片有必要存在。我知道他不会喜欢。我不想破坏我与新朋友的关系。另一方面，我也盼望再次见到瑞克。华伯登很近了。

那天晚上，埃迪一反常态地健谈。他讲到我们穿过的乡野，故事的地点，发生在我们身上的事。有趣的事件被一遍遍地重复，所有顺利或出错的事都被拿来讨论。接着是不可避免的来复枪、瑞克等，然后是沉默。我准备去睡时，老人再次示意我坐到他身边，变出一颗被流水磨平的小卵石。他抱着我的手握

①　一共相当于 57 千克。

住它，进入长时间的独白状态，我只理解了一部分，是为了保护我免遭暴死或者之类的。我把它收在安全的地方。他又给了我一小块铁矿石。我不知道那是干什么用的，他也没说什么。然后我们就睡觉了。

第二天晚上是我们一起在小道上的最后一晚。埃迪坚持要在华伯登找一位可靠的老人，继续陪我去卡内基驻地。他说，必须是一位老人，一位长老，一个瓦提普尔卡（字面意思是"大人"），有灰胡子的人，不是什么小年轻。绝对不行。我有些矛盾，我喜欢跟埃迪在一起，但华伯登之后的一段，会穿过完全荒凉的沙漠，我想考验一下这份新获得的自信，想独自一人。400英里的三齿稃荒地，被称为吉布森沙漠，据我所知没有一滴水。那位老人要怎么回华伯登？埃迪没问题，格兰德尔会来接他。即使没有格兰德尔，他也有足够多的亲属往返于旅途中，可以搭他们的车。但卡内基是个牛场，而且华伯登是那片乡野的最后一个原住民哨所。我决定反对。尽管埃迪对这一决定不高兴，但他还是接受了。

瑞查德在凌晨3点左右抵达我们的营地。他是怎么找到我们的，我没想明白。他就是那种招人忌妒的人，好运像雪片一样落在他的身上。他总是能找到我，通常是通过一连串难以置信的巧合。他的整个人生都是那样，不断跟着他的巧合打败了统计数据。他开了两天的车，没有睡觉，精力旺盛，满腔热情。他每次出现都是一样。他肯定经历了文化冲击，刚为《时代》

杂志做完某个极度紧张的封面故事，然后坠入这片寂静的沙漠里。这种冲击会让其他人彻底昏沉。通常会持续一天。他带来了信和埃迪的来复枪。我们开始喋喋不休地聊天，一起大笑，但显而易见，埃迪想回去睡觉，不太明白是什么状况。我们决定等到早上再拆礼物。

我们全都早早醒来。就像圣诞节的早晨。埃迪对他的新来复枪欣喜若狂。我兴奋地读着朋友寄来的信。瑞克拍照。我已经事先给埃迪做好思想准备，让他知道会有古怪的照片。但这个？瑞克坐着、跪着、蹲着、躺下，咔嚓咔嚓咔嚓咔嚓咔嚓。埃迪看着我挠头："他是谁？他要干什么？为什么拍这些照片？"

我试图解释，但我能说什么？"好了，瑞克，够了。"瑞克掏出另一部相机，说："看，我搞到了完美方案。"这是一部SX 79，宝丽来即时相机。他拍了一张埃迪的照片，递给他。

我大发雷霆："哦，我明白了，就像是给土著的珠子。你瞧，瑞克，他不喜欢被拍照，你就不要拍了。"

这不公平。我知道瑞克不是那个意思，他被我刺伤了。"我买下它的唯一原因，"他说，"是摄影师总是答应会寄照片，但事实上他们从来不寄。还有，这是一种交换，因为马上能分享图像。"但我知道埃迪会把它看作低级把戏。他的确是。他不喜欢瑞克，不喜欢被拍照，一定也不喜欢被这么一张上面有他的脸的没用纸片收买。张力十足。

瑞克先沿着小道开了几英里，埃迪和我在沉默中打包。他再次问我为什么会发生这种事，我试图解释。没有希望。我担心的可能发生的事情正在发生，而且失控了。

我们一起走上大路。车停在那里，瑞克站在车顶，一个长焦镜头探出他的眼球。我决定由埃迪处理局面。我们走近汽车时，他抬起手，用英语说："不许拍照，"然后用皮善朱拉语说，"它让我感觉恶心。"我哈哈大笑。瑞克捕捉了那个瞬间，然后断了念想。很久以后，当我们拿到那张冲好的照片时，有个女人在对一个原住民老人微笑，老人的手举成愉快问候的样子。相机的眼睛就是这么雪亮。那一张照片胜过千言万语。更确切地说，它撒了个弥天大谎。现在不管我何时看它，都会觉得它概括了旅途的所有影像。我虽然喜欢瑞克拍的照片，但那本质上是他的旅程，不是我自己的。我认为亲爱的瑞克一直没能理解。

后来在华伯登，格兰德尔问埃迪，他会怎么处理那张他自己的宝丽来照片。"哦，很可能烧了它。"他若无其事地说。我们爆笑。

但这一切对瑞查德不公平。他是温厚的人，努力不去侵扰别人。他从来不会逼迫或者强求别人，而很多人会那么做。而且，如果他不太理解为什么照片是禁忌，那也情有可原。他从来没有和原住民相处过，如果偶尔感觉受到冷落和失意，他也处理得很好。艰难的局面自己迎刃而解，比我预期的容易很多。

华伯登就是个土牢。见识过乡野的壮丽以及小型驻地的魅力之后，它犹如一个让人不快的冲击。连续几英里，每一棵树都被砍倒用来当柴火烧。牛把水坑周围的草木都啃光了，灰尘掀起让人窒息的巨型云浪。尽管正值隆冬，苍蝇仍像地毯一样铺盖每一寸皮肤。在这片荒芜的中央，一座小山被原住民的披棚和棚户区小屋环绕，白人的楼房集中在一起，设有高高的防飓风栅栏和带刺的铁丝网。但有孩子们在，照例生气勃勃，他们不像老年人，他们喜爱被拍照。瑞查德成打成打地分发宝丽来照片。

尽管这个地方阴沉沉的，但我在那里的整段时间里一直持续着一种派对的氛围。格兰德尔来了，还有华伯登学校的老师，以及瑞克。埃迪不断地带我去营地，把我介绍给他的亲朋好友，我们坐在尘土里，任由时间缓慢流失，谈论着旅程、我要去哪里、我们过得多么愉快，以及骆驼、骆驼、骆驼。一位老人问我有没有跟埃迪睡觉。我顿时吓了一跳，然后意识到，他问的就是字面的意思。在同一个维儿查里，挨着某人睡觉意味着友谊，患难与共。

该是埃迪离开我的时候了，他斜眼看了我一会儿，握住我的胳膊，微微一笑，摇摇头。他把他的来复枪用一件衬衫裹好，放在卡车后面，又改变了主意，把它放到前面，之后又改变了主意，把它小心地搁在后面。他探出窗外挥手，然后，他、格兰德尔和格兰德尔的朋友瓦拉康卡（快鸦）被尘土吞没。

我在华伯登待了一个星期，沉浸在幸福里。我不记得曾把自己与那种情绪联系在一起。旅程中那么多的差错、空洞与琐碎，在此之前我的人生那么无聊，可以预见，以至于现在幸福在我的心中萌生时，我就好像漫游在温暖的蓝色空气里。某种幸福的光环正在生成，它感染了人们。它逐步成形，在周围得到分享。然而过去的 5 个月里，没有一件事与我想象的一样。没有一样按照计划进行，没有一样符合我的期望。没有一个时点可以让我说，"对，这就是我做这件事的目的"，或者"对，这就是我自己想要的东西"。实际上，大部分旅程只是乏味和累人。

　　但当你每天长途跋涉 20 英里，日复一日，月复一月时，奇怪的事情就发生了。你只有在回顾往事时才意识到那些事情。我记起了在我的过去发生的每一件事以及属于过去的所有人，详尽无遗，色彩明媚。我记起了好久以前，在童年时代参与过的谈话或者偶尔听到的每一个字，如此一来，我就能以一种超然的情绪重温这些事件，就好像它们发生在别人身上。我在重新发现并开始了解早已死去、被人遗忘的人。我追忆出我本不知道它们存在的事情。人、脸孔、名字、地点、感情、零星的知识，都在等待检验。这是对我脑中积累的所有垃圾和淤泥的庞大净化，一种温和的宣泄。正因如此，我想，我现在能更加清晰地看清我与人、与自己的关系。我很开心，没有别的词语可以形容。

瑞查德把这描绘成魔法。我为此嘲笑他，取笑他用这么信不过的语言。但他被深刻影响了。我现在以一种心生向往的怀疑态度回顾那段时间。我们真的开始使用"魔法"这个字眼。命运，我们两个人都暗自相信的一种外力。一个人如果与事物和谐一致，就可以汲取它。哦，我的天。

2

7月的某天，我离开华伯登。要走大概一个月，才有指望再见到另一个人。尽管这段行程会是对我的求生技能的第一次真正考验，如果我会死在哪里，最有可能就是死在这段偏僻险恶的空虚中，但我还是以新发现的平静、无所畏惧以及对自己的坚实信赖期待它。

枪筒高速公路（澳洲人的幽默感就是这么奇怪）是两道平行的凹槽，时隐时现，但大致上一路笔直向西，穿过几百英里非常贫瘠的大片虚无，没有水。当初修它是做测线用的，现在每年预计平均能跑6辆四驱车。

我穿上了一双新凉鞋。我试过各种类型的鞋子，这种凉鞋绝对是最好的。靴子又重又热，跑鞋呢，早上穿一个小时还挺舒服，等汗水和沙子积在脚趾底下就不行了。尽管宽松的凉鞋不能保护我的脚免受蛇咬、刺扎和三齿稃的针扎，但它只需经过一两天的痛苦和水泡的磨合期，就合脚了。而且，到了这个阶段，我已经非常强韧，几乎对寒冷和疼痛免疫了。我的极限值已经到达不合常理的高度。我一直妒忌和敬畏这种人（特别是男人），他们可以伤害自己，还假装没有感觉。我现在也一样。我会划伤自己或者剐掉一大块肉，而只低声说一句"哎呀"，立刻就忘了这回事。我经常沉浸在自己手头的事情中，没有时间去细想它。

瑞克决定走在我的前面，开车驶过枪筒路，把车留在威卢纳——我们的下一个会面地点。我叫他在路上给我投下几桶水。每一滴水我都需要。那片乡野干燥酷热，想必也没有多少骆驼的饲草。尽管原住民可以指给我去水潭的路，但地图上却没有任何标记。而且，我觉得自己这么想很愚蠢，但我不想一路上看到瑞克的新车辙。比起自己，我更关心他的安全。如果车抛锚了……我必须确保他自己有足够的水，这样如果真的发生那种事，我还可以在小径上碰到他，把他捎上。格兰德尔也坚持要为我在半路上投下两桶水。他必须开车轧过三齿稃和沙子，艰苦地开上整整800英里的路——这就是朋友的品质。

我穿着我的新凉鞋出发，几小时之后，我决定抄近路穿过乡野，而非循着小径走。除了沙冈、三齿稃和无尽的空间，没有别的。我现在或许正踏在从未有人走过的乡野上，这么大的空间——纯粹的处女沙漠，甚至没有牛来糟蹋它，那片广漠里连任何人工的微粒都没有。这里的沙冈不是我之前穿过的平行沙浪，而是像风切碎浪一般混杂碰撞在一起，或者像波涛溅起的浪花。这里没有烧过火,所以与我经历过的沙冈有特征上的差异。没有那么干净,也没有迷惑人的郁郁葱葱。不能吃的土褐色三齿稃覆盖着沙冈,固定它们。

整个旅程,我学习如何依赖土地,对土地也有了更深的感觉和了解。最初,这片土地的开阔与空旷让我害怕,现在反倒成了一种安慰,让我的自由感与快乐漫无目标地滋长。这一空间感在澳洲人的集体意识中根深蒂固。它让人恐惧,多数人都在东海岸挤作一团,那里的生活简单,空间是能够把握的概念,然而它仍产生一种潜在的可能性,或许那是在如今任何一个欧洲国家都不存在的。无须多久,这片土地会被征服,围上栅栏,被打趴下。但这里,这里是自由的,未受破坏,看似坚不可摧。

当我走过那片土地时,我强烈地融入其中,不过当时完全没有意识到这一点。万物的运动、模式和关联在直觉上变得清晰可见。我不仅看到动物的路迹,也认识这些足迹。我不只看到鸟,还知道它行动的前因后果。外界环境开始对我言传身教,我却对这一过程浑然不觉。环境变成了有生命的东西,而我是其中的一部分。我唯一可以描述这个过程如何发生的办法就是举个例子:我能看到沙子里甲虫的路迹。过去它仅仅是一个不附带任何联系的漂亮的视觉设计,现在成为一个立刻让我产生关联的符号 —— 甲虫的类别,它当时在往哪个方向去,为什么,是什么时候留下路迹的,捕食者是谁。旅程开始时,我学过一些关于事物形态的基本知识，现在有足够的知识框架来继续学习了。新的植物出现，我能马上认出来，因为我能认知它在整体形态中与其他动植物的关联，它的位置。我能认出并了解一种植物，却说不出它的名字，也无法脱离环境研究它。一个过去只是单独存在的事物，此时与其他所有事物相互作用，彼此关联。捡起一块石头时，我不再简单地说一句："这是一块石头。"我现在会说："这是一张网的局部。"或者更进一步说："一切都对它产生作用，它也一样。"当我习惯于这种思维方式后，自己也陷入这个网中，这使我的界限无限延伸。从一开始，我就在某个层面上知道，这种事会发生。当时它让我害怕。我把它看成混沌的本义，拼死抗争。我给予自己习惯和日常的结构，来为自己设防，这在当时非常必要。因为如果你支离破碎，飘忽不定，那么会发现你自己的边界在融化，这是很可怕的。另外，在沙漠里存活需要你抛弃这种分裂，而且要快。它不是一种神秘体验，更确切地说，把这种词语附加于它非常危险。它们太过陈腐，易于被人误读。事情发生，仅此而已。因果关系。在不同的地方，基于环境，生存需要不同的东西。生存能力或许是能够被环境改变的能力。

转换成这种现实观经历了与旧有制约长期艰苦的斗争。不是说它是有意识的斗争，而是它被强加在我身上，我要么接受，要么拒绝。拒绝它，我差点儿跨过理智的边缘。智力与判断力竭尽全力地维系边界。它们发掘回忆。它们变得沉迷于时间和量度。但它们还是要屈居次位，因为不再必要了。潜意识变得更加活跃和重要，并以梦境和感觉的形式来表现。不管是有镇定作用的福地，还是令我毛骨悚然的地方，我越来越注意到一个特定地点的特色。这全都与原住民的现实世界联结在一起，在他们眼里，世界与他们永远无法分离。这一点也表现在他们的语言上。在皮善朱拉语里（我怀疑在所有其他原住民的语言里都如此），没有"存在"这个词。宇宙里的一切都和其他一切不断地相互作用。你不能说，这是一块石头。你只能说，一块石头坐着、靠着、立着、倒下或卧着。

自我似乎不是活在脑壳里的实体，而是心灵与刺激之间的反应。若刺激是非社会性的，自我想要界定其本质和了解其面向将会十分困难。自我在沙漠里变得越来越像沙漠。它为了生存，不得不变。它变得丧失界限，更深地根植于潜意识里，相对地较少在意识中——它抛除无意义的习惯，变得更加关注与生存有关的现实。但天性使然，自我在本质上仍急欲将它所收到的信息加以合理化和吸收，这在沙漠中几乎总会被转化为神秘主义的语言。

我想说的是，当你走路、睡觉、站立、排泄，在土里打滚，或在飞扬的尘土中吃东西时，当没有人提醒你社会规范是什么，你和那个社会之间毫无关联时，你最好有心理准备：你也许会有一些惊心的变化。正如原住民似乎与他们自己和土地完美融合一样，那种融合也开始在我身上萌芽。

而且现在，我的恐惧也有了另外一种性质。它直接而有用。它不会使我变得无能或干扰我的能力。这种恐惧是自然的、健康的，是生存所必需的。

尽管我时时自言自语，对小刨讲话，或者对周围的乡野讲话，但我并不寂寞。相反，要是我突然撞上另一个人，我要么会躲起来，要么会把他当成灌木、石头或蜥蜴对待。

沙冈的确很难走。永远在爬上滑下。骆驼们现在满负荷运载，像魔鬼一样工作。他们从不放弃，从不抱怨，连被一大丛三齿稃绊倒或者拉扯到后面一头的鼻绳时亦然。如此坚忍的动物。三齿稃，那种无处不在的沙漠野草，足以让你想放火烧掉所见到的每一丛。这些草簇通常有6英尺宽、4英尺高，其间只有极其狭窄的间隙。它让走路变得艰难、累人和痛苦。一团草簇上全是刺，尖刺末端的小细丝会插进肉里，又痒又扎。我很快就把沙冈的乡野抛在身后，走向无尽平坦、灼热、单一的三齿稃荒地，偶尔会有一条长着围篱树的浅沟换换心情，如果幸运的话，还有一些小珍馐供骆驼吃。我不知道沙漠会怎么招待他们。

走过数不尽英里的路，吃力地翻过千篇一律而无穷无尽的沙丘，我下定结论：横穿这片乡野耗费精力所带来的痛苦超过了远离任何人类的愉悦。我丢过指南针，没有惊慌，原路返回找到它。然而，这是个愚蠢的错误。在那片乡野里，就连紧跟罗盘方向都很困难。突然间，一大丛茂密得无法穿过的围篱树会耸起挡在路上，如果我试图径直穿过，它就会钩挂装备和身体，直到我不得不放弃为止。有时我必须偏离路线绕行1英里，或者必须绕开一座被锋利的碎红土覆盖的山丘。我决定重新抄近路回到小径。我不知道小径的能见度有多少，也不知道如果我选了某块多石的地方横穿过它，会不会看不见瑞克的车辙。我那天走了30英里，希望在夜幕降临前找到。这差点儿累死我。我的屁股就像脱臼了一样，走起路来疼痛难忍。一跛一跛地行走耗尽我的精力，比烈日更甚，而烈日灼伤我的脸，留下烙印，让我的嘴唇干裂。结果很容易就发现了小径，我一看到，马上就开始扎营。

　　拂晓时分，我能看到枪筒路向目光所及的远方延伸。路的两侧，是连绵起伏的三齿秤平原，全是精致的金色和粉色的羊齿叶，随着太阳的升起变成晦暗的灰绿色惨象。种穗让这东西看起来很诱人，当它随着寒冷的晨风打弯和泛起涟漪时，甚至有几分纤弱。这片乡野多么具有迷惑性。极端的温度差需要亲自体会才能相信。从暗淡冰冷的0℃以下的黎明，到沸腾的正午，再到安定下来的渴望已久的清凉夜晚，最后回到晶莹寒冷的深夜。我身上只穿着裤子、轻质衬衫和羊皮外套，装货时我通常把外套脱掉（现在装货只要半个小时）。我学会了打战取暖。我学会的另一件事，是不在白天喝水。我会在早上喝下4—5大杯茶，晌午或许喝一小杯茶（半杯），然后滴水不沾，直到夜里扎营时，才会将八九杯液体一饮而尽。奇怪的是，当太阳和干燥的空气从你身上吸干好几加仑汗水时，你喝水越多反而越渴。

因为平原的单调，任何不同的地貌特征都有悖常理地受欢迎。我会为几条可怜的小水沟欣喜若狂，只有对比它和周围的乡野时，才能看出它的魅力来。一天，我在一片风沙侵蚀区里几棵七零八落的没有树荫的树下扎营，它们比泰姬陵更符合我的审美感受。这里有给动物们吃的饲草，而且他们可以心满意足地在泥土里打滚儿。下午3点左右，鞍座已经卸下，他们马上玩了起来。我看着他们大笑了一会儿，突然间，我不由自主地脱掉所有衣服，也加入他们。我们打滚、踢跳，玩得尘土飞扬。小刨高兴得要中风了。我被蒙上厚厚一层结块的橙色泥土，头发都缠结在一起。这是我经历过的自然玩乐中最坦率的时刻。我可以肯定，我们大多数人都忘记如何玩耍了。我们编造出游戏来替代。竞争关系就是让游戏不致松散的力量。要赢的欲望，要打败别人，排挤了玩耍——为了玩而玩。

第二天早晨离开时，我拿出钟，上好发条，把闹钟定到4点，然后把它留在我们那个泥浴池附近一个树桩上嘀嗒作响。我想，这是给那个阴险的小仪器一个恰如其分的结局，头等大事办妥了。我欢喜地迈着笨拙的小步子，像个脚里灌铅的踢踏舞者。实际上，我现在可能看起来像个被遗弃的老人，穿一双过大的凉鞋，脏兮兮的宽大裤子，衬衫也破了，手脚都长了茧，满脸污垢。我喜欢我现在这副样子，抛开伪装、漂亮脸蛋和吸引力，实在太轻松了。超越了女人延伸在背后的可怕、虚假、装模作样的吸引力。我把帽子拉下来盖住耳朵，然后让耳朵从帽子下面凸出来。"等我回去后，必须记得现在的模样，绝对不能再次掉进那个陷阱。我必须让人们见到我本来的样子。像这样吗？对，为什么不能这样？"但之后我意识到，适于一套情形的规则未必适合另一套情形。回到那里，这只会是另一种伪装。那里，没有人赤裸相待，没有人能吃得消。每个人都有自己戒备森严的社交面具，除非他们喝得烂醉，或发狂，那时他们的裸体又会丑陋无比。为什么要这样？人们为什么彼此兜圈子，不断把精神耗费在恐惧或妒忌上，而事实上，他们所恐惧或妒忌的一切只是一种幻觉？他们为什么要在四周筑起心理上的堡垒和藩篱，甚至自己都无法从内部洞察，而要找开保险箱的大师才能穿透？我再一次拿欧洲社会与原住民社会比较。一个是偏执、贪婪和毁灭的典型，另一个是那么健全。我永远不想离开这片沙漠。我知道我会忘记。

我在枪筒路上走了将近半程。我不知道那是什么时候，因为当时我已经意识到，在沙漠里，时间拒绝自行建构。它更喜欢以花体、涡旋和隧道的形式流动，倒也无所谓。我离几座山丘有大约5英里远。热，很热。一连几天，除了三棱石和三齿稃，我没见过别的东西。哦，多想身处那些山丘旁边。我能看到山上和附近的树。树。忽然之间，我看到的东西从热气蒸腾中像幽灵一样朝我飘来——不是一头，不是两头，甚至不是三头，而是四头雄性野骆驼，全都吐着唾沫，想找母骆驼和挑事。

好。不要恐慌，小戴。把你这副身板里的胆小鬼滴下的冷汗收回去，还有黏住眉毛的汗。只要找到掩护（一丛三齿秤有用吗），然后往死里开枪。

对。但难的是，我爱骆驼。我不喜欢伤害骆驼。我鸣枪警告，真他妈的希望它们能可怜兮兮地因恐惧而逃走。它们继续走过来了。好吧，我必须打中一头。等其他骆驼闻到血腥味，就会离开。我走上前去，跪下，瞄准头驼。但等我扣动扳机时，什么动静也没有。没有动静。嗖，枪卡住了，枪没有用。哦，天啊，我说，同时感觉胆小鬼从我的背上一跃而下，边跑边嚷着"救命，救命"，一路跑回华伯登。哦，天啊，哦，天啊，我说，骆驼们越来越近。我把枪摔到地上，冲它们叱喝，试图用我的小刀修理，完全没用。

我暗中发现一个烧焦的软木树桩，可以用来拴巴比，作为附加防备，我把它的鼻绳捆到它的腿上，那样，如果它真的受惊，会把它像一根棉线一样拉断，把树桩连根拔起，然后往家跑去。我没时间去考虑小刨和哥利亚了，因为新来的骆驼现在离我只有10英尺远，它们真的很大。杜奇和泽丽正像悠悠球一样坐立不定，明显很敏感。我朝其中一头公骆驼丢了一块石头。它嘟囔了一声，呕出嘴泡（一种非常讨厌的恶心的粉紫绿色圆泡，被口水覆盖，闻起来别提有多腐臭了，而母骆驼变态地觉得这很有吸引力），对我摇头，我们玩起了旋转木马。我又丢了一块石头，用我的挖掘铁棒威慑它。它后退，看着我，就好像我是个白痴。我花了半个下午玩这种猫鼠游戏以及其他很多对付骆驼的狡猾策略，才摆脱那些牲畜。让我十分欣慰的是，它们最终厌倦了威吓我，扬长走进诸多海市蜃楼的胶质一般的地平线里。没有一头真正发起攻击——好吧，如果它们真的攻击，我就没命了——我想，迄今为止我都过度小心了，打死了其他所有骆驼。然后我记起杜奇之前发作的情景，往我的手腕上掴了一巴掌。

非常漫长的下午，是我经历过的最漫长的下午之一。但我还算过关地熬过了。除了大脑神经回路的几处微小变更——当然我的枪和刀都毁了，没有别的损失。枪失灵的时候，机智让我渡过难关。

当晚，我在两座可爱山丘的庇护下钻进营地，坐下写信。是快乐、积极和平静的信。我一直以为我应该害怕得发抖。我应该写信寻求安慰，因为我需要他们在身边保护我。我一直以为，我会希望有人陪我安全地回到那里，可是我发现自己在告诉他们，我不会为了世上的任何东西与他们调换位置，安全感是个迷思，而安全保证是个鬼祟的小魔鬼。我在这里收录了其中一封信，是用了一段时间写成的，因为信件是我坚持写下的最接近日记的东西。它描绘的事情比我如今能在狭小的伦敦公寓里回想起来的清楚得多。

亲爱的史蒂夫：

我坐在可爱的篝火旁，距离任何人、任何地方都有 150 英里远，茶壶在唱着煮茶的号子，骆驼们叮叮当当地吃完夜宵回来，小刨默默地在我身边的背包上放屁，臭得要命。我给自己找了一处魔幻的地方，周围是精巧的围篱树花边，底部垫着软红沙，还被两座红黄相间的平顶山庇护着。孤单沙漠小径中的一点天堂，我在这里停留数日来强化我的"哇"。这天黎明之前（有着灰色的丝绸天空和金星），我看到一只乌鸦在山丘上方划开风流。太阳伴我去打猎，我见到一只康亚拉①，但没抓住。谢天谢地。但我们都渴望肉食。回来后我烤了一个金黄色的硬壳面包，洗了个澡——几周来我的皮肤第一次沾水，更别提打肥皂了。哦哦哦哦咿咿咿咿。我很惊讶，身上怎么没长出蘑菇。

我刚冲出去了 1 分钟，对又来突袭食品袋的骆驼大吼大叫来着。厚脸皮的无礼畜生。不过我很爱他们。

现在寒意从地上涌起，在我穿了袜子和凉鞋的脚边打旋儿。骆驼们在有节奏地咀嚼反刍食物，红木和檀香的篝火在与冷意比试柔术。哦，我的心弦在铮铮作响，活着真好。现实是一场起舞，文字只是日后阵痛的记忆……

几天之后。好吧，是你的时间的几天之前。在我的时间里，也可以说，我是明天或者一千年前写下的那些话。这里的时间

---

① 澳洲土语，即袋鼠。

感不一样，你知道。或许我穿过了一个黑洞。但我们还是不要去探讨时间概念，那样，我真的会乱了头绪。

今天是猛烈粗暴的一天，实际上现在仍是。尽管现在我注视着闪耀的三棱石和枯木……但让我从头开始讲起。

今天和大多数的日子一样开始，只不过天空有云。其实有两朵，略带粉色，从北方地平线向外窥探。当第一道光洒向我的眼皮和毯子时，我想，我的第一个念头是，要下雨了。不出几秒云就蒸发了。我的第二个念头是，我听不到驼铃声。对的，山里人，骆驼也人间蒸发了。好吧，两头不见了，但另外那一头，我很快就发现，他没有蒸发是因为他走不了了。

爱丽丝泉一个非常睿智的朋友对我说过："在路上出问题的时候，不要惊慌，煮一壶茶，坐下来想清楚。"

于是我煮茶，坐下，跟小刨捋了一遍要点。

1. 我们距离任何地方都有150英里远。

2. 我们丢了两头骆驼。

3. 我们有一头脚上有个大洞的骆驼，洞大得你能蜷缩起来钻进去睡觉。

4. 我们的水够维持6天。

5. 我开花的屁股仍疼痛难耐。

6. 这个地方人神共愤，无法度过余生，根据我的数学计算，余生即一个星期。

所以，把全部要点梳理完毕后，我恐慌了。几个小时以后，我找回我丢失的牲畜，把他们带回畜栏。他们被斥责了一顿。

那么只剩下跛脚骆驼的问题。如今，正常情况下，杜奇是个安静、内敛、可靠的家伙。但当他脚上有洞时，就变成了狂暴恶魔。好吧，他冲撞、踢踹、扭动、咆哮、呕吐、打滚、瞪视、咯咯作响，最后我不得不把他像只火鸡一样五花大绑，才能着手处理他的脚。听起来很容易，但我发誓，我在那场扭打中流了1加仑的汗。要记得我在前面提过我那可怜的老屁股（我想，是第五个要点），那个大约有7处错位的可怜的老屁股。好吧，事情不总是这样吗？那正是杜奇用前腿踢过的屁股。但是，长痛不如短痛，我把他放倒，把他绑牢，从他脚上的洞里挖出了4座沙冈和6块巨石，并用药棉和土霉素塞实它，然后贴上胶布，吻它，让他消除疼痛。最后我们出发。

乖乖，老天爷哩，山里人，刚才有一群骆驼进了我的营地。就在我写信的时候。我完全无能为力，于是以写信来平定恐慌。为什么啊为什么，这要发生在我身上？看起来没事，这一群里没有公骆驼，谢天谢地。但我还是给来复枪上了膛，以防万一。你知道，就是那杆不能用的来复枪。好吧，你永远不会知道，奇迹会发生。啊，我说到哪儿了？我要写信是因为我感觉绝望。好了，大概正午时分我离开营地，之后来到了一生见过的最美丽的地方——芒吉利黏土湖。

让我试着跟你描述。我走下一个斜坡，突然间到了另一片乡野。到处都是树荫，软软的橙红色沙子。巨大的白干桉树闪光摇曳，鸟儿啾啾鸣啭。右边就是黏土湖，像一个几千万年都没见过大海的潮汐河口。它空荡平坦，周边都是微微隆起的沙丘、树木和红莓盐丛。有些树木有光滑的粉色树干，像闪光绸，在落日的余晖中洋溢着绯红，叶片是很深很深的闪绿色。现在，我知道大多数人为什么会驱车穿过那3英里的天堂，连大气甚至都不喘一下，更别提铺开跪垫了，它在我的心窝里泛起了微澜。我希望可以解释给你听。多么了不起的一片乡野啊。如此动人，如此微妙而强大。不过我没有停留很久。杜奇脚上的洞在我的意识里像热带的巨型三裂植物一样蔓延疯长。

所以现在我在这儿，竖起一只耳朵留意公骆驼的嘟囔声（不幸的是，有妈妈的地方通常就有爸爸）。

这趟旅程很有意思，你知道。今天它能让我狂喜地漫游云霄（去过云霄之后，我得诚实地说，去那里玩玩还不错，但我不想住在那里，生活成本太高），接下来的一天……

我现在盯着闪耀的三棱石和枯木，如果你让我完全诚实的话，山里人，这是你我之间的掏心窝子的话，我不想让它传开来，我只是有一小点儿厌倦这种冒险了。其实，说老实话，幻想，关于我现在想要待的地方的幻想，开始在三齿稃草团、骷髅和岩石间钻营。

那个地方，凉爽的三叶草几乎高及胯部，那里没有潮汐海浪、"太疯"的台风、迷途的流星、骆驼、讨厌的夜晚噪声、巨响、轻敲声、致癌的阳光，没有热浪和秃石，没有三齿稃，没有苍蝇，那里有很多牛油果、水、早上送茶过来的友好的人、菠萝、摇摆的棕榈树、海风、蓬松的小云朵和镜面般的细流。或许有座丝绸农场，你可以只是坐着，听着蚕虫吐丝为你挣钱，而你慵懒地为三五知己制作风铃。当你厌烦的时候，可以散步去你家花园里那间障子小屋中的大浴室，吃吃切成精巧形状的粉色结霜西瓜，同时有一个修长的6尺高的奴隶徐徐地往你的背上滴滑冰块……

对不起，对不起史蒂夫，我忘乎所以了。

但你知道我是什么意思。

老天，现在我愿意付出一切交换一张友善的脸，甚至一张不友善的脸，或者嘈杂的人声都好。对，甚至从那边的干枯盐丛背后传来一声刺耳的人的屁声也行。我一定是疯了。我坐在这里，不知道自己还能不能活着出去，不知道还能不能再见到悉尼的霓虹与恶意，发疯般地写信给只存在于我扭曲的记忆深处的人，他们可能全都死了，而我只能放声大笑，讲屎尿屁的笑话。如果我真的在这里告别人世，你要让大家知道，我是咧嘴笑着离开的。我是爱着它的，好吗？我爱它。

给信收尾比开头要难。金色的满月刚从东方的林木线上露面。一次月升值得付出一切？眼下是的。我的皮肤干得像狗饼干，左腿或许时日无多，嘴唇干裂起泡，厕纸也用完了，不得不用三齿耙，皮肤癌正在试图占领我的鼻子（在《国家地理》杂志的鸡尾酒派对上，你的鼻子掉进一杯马提尼里，还怎么保持你的酷劲），我正在缓慢而高效地变得怪异。我太怕死了，以至于早晨膝盖里的咔嗒声都能把我弄醒。这一切都值得吗？是的，山里人，当然值得。

我睡不着觉。茶从我的耳朵、眼球和裤子后袋里流出来，感觉真好。我可以对着天上的月亮号叫（还有大角星、毕宿五、角宿一和心大星等），我真想告诉什么人。史蒂夫，你在听吗？我感觉棒极了。生命太欢乐，太悲伤，太朝生暮死，太疯狂，太没劲，太他妈的滑稽。我感觉这样好像有什么不对。我是得了丛林疯病吗？我是见月动情了吗？很可能两者都有，我不在乎。这是天堂，但愿我能给你一些。

或许，在荒无人烟的地方写信看似有点奇怪，尤其鉴于我要等几个月之后才能寄信，而且很可能在收到回信之前就会见到我的朋友们。但它有助于记录当时的事件与情绪。我的日记是这些信件（大多数从没寄出）和"这是 7 月还是 8 月，随便啦，今天早晨丢了骆驼"这样索然无味的句子的混杂物。然后会一个月没有任何记录。

那些信件的诙谐反映了走在枪筒路上的那个月里的情绪。我没有变得不顾一切，也没有抛弃恐惧，我只是学着接受我的命运，不管它会变成什么样。

丢骆驼事件比信里透露的要稍微惊险一点儿。他们夜里被野骆驼惊吓，而我睡着了，什么也没听到。早晨，路迹向我显示发生了什么事。我一直放他们在夜间随意走动，要么松垮地上绊，要么干脆不上绊。要是萨雷知道这个，他会就地开枪打死我。但我的道理是这样的。我们在干燥的沙漠乡野里，骆驼们都在辛勤地工作，必须放牧到离营地有相当距离的地方才能找到他们需要的饲草。哥利亚一直被牢牢拴着，我坚信泽莱卡永远不会离开他（几个月之后，她将把我从得意自满中震醒）。而且，我相信自己现在可以在任何情况下追踪到他们。

追踪这个活儿是第六感、骆驼习性知识、敏锐的视力与实践的综合技术。我们那天下午扎营的地方，在满是三棱石的乡野和水泥一样硬的黏土湖旁边。你可以把大锤砸进去，连一道凹痕都不会留下。因此要想找出他们往哪个方向去，我就需要绕圈离开营地，直到找到路径（已经和其他两三种骆驼形态的脚印混在一起）为止，并通过搜寻蹭痕、寻找刚吃过的草料、留心注意新鲜粪便来设法按照这一大致方向走（我能辨别我家骆驼的粪便）。这需要走很多绕圈路，令人沮丧。结果，没走几英里远我就发现了他们。他们惊魂未定，紧张不安，正在返回营地。他们径直朝我走来，就像误入歧途的孩子，乞求我的原谅。他们的朋友已经离开。这一事件非但没有让我敬畏上帝，反而加强了我对他们的信任，我继续在夜里不给他们上绊地放风。这或许愚蠢，但那个月骆驼确实增加了一点儿体重。

就好像每天走 20 英里还嫌不够，下午给骆驼卸下鞍座后，我通常外出打猎，或者只是跟小刨出去探索。在这样的一个下午，我有点迷路了。不是彻底迷路，只是有一点，足以让我的胃部倾斜，而不致翻转。我当然可以原路返回，但这很花时间，而且天色正在变暗。在过去，每当我想要小刨引我回家时，我只需对她说"回家去，丫头"，她以为这是一种惩罚。她会把那对夸张的耳朵背起来，朝我翻弄着琥珀棕色的眼睛，尾巴夹在两腿之间，眼睛越过肩膀匆匆一瞥，全身的每个部分似乎都在说："你为什么要这么对我？我做错什么了？"但那天晚上，她有了一个重大突破。

她马上领会了现状。我仿佛看到一枚灯泡在她头顶亮起。她对着我吠，往前跑了几码，转身，吠叫，跑来舔我的手，然后蹦蹦跳跳地再往前跑，如此反复。我假装不明白。她担心得不得了。她重复这些动作，我开始跟着她走。她欣喜若狂，乐不可支。她理解了一些事，而且为此骄傲。当我们回到营地时，我拥抱她，溺爱了她一番。我发誓那只动物笑了。那副自豪的表情，那种理解了某事、感知到原因与必要性的明确的愉快，让她疯狂，高兴得歇斯底里。当她因某件事或某个人过于高兴时，她的尾巴不是前后摇摆，而是一圈圈地抽打，画出完整的圆，身体像蛇一样扭曲成 S 形。

我相当肯定小刨不只是一只狗，更确切地说，她不是狗。实际上，我经常觉得她的父亲或许是一名兽医。她结合了狗与人的所有最好品质，是个极好的聆听者。到现在她已经是一团光滑的黑色毛球，健康有肌肉。她每天一定有 100 英里的运动量，不停地奔跑，在三齿秤里跳跃着追蜥蜴。不可避免地，这趟旅程把我和所有动物拉得更近，但我与小刨的关系特殊。"爱"这个词，我只能把它与屈指可数的几个人类联系在一起，而我与那只奇妙的小狗却可以轻易地建立起爱。很难形容这种相互依赖的感觉，怎么说听起来都很像神经病。但我爱她、宠她，我那不可承受之重的喜爱能把她吃掉。而她从没有，一次也没有，收回她的忠诚，不管我变得多么粗野、刻薄和愤怒。最初狗为什么选择了人类，我永远不理解。

好吧，你这个霉臭的老弗洛伊德信徒，你这个值得赞赏的莱恩神经症治疗师，我的心智交给你了。我承认了我有一个软肋——狗。

爱动物的人，尤其是女性，通常被人指控神经过敏，无法成功地与其他人类相处。有很多次，朋友们注意到我与小刨的关系，带着那种精神科医师惯有的邪恶表情，说："你从没想过要孩子，对吧？"这种谴责每次都会招来爆炸性的回应，因为在我看来，上帝以他的无尽智慧给了我们三样东西——希望、笑话和狗，来让人生可以忍受，但这里面最重要的是狗。

我此时对在路边或路上扎营相当开心。某个人会开车经过的想法早就逐渐消失在无望中了。但我没考虑到狂人。一夜，我被引擎的轰鸣声从沉睡中唤醒。我挣扎着从深度睡眠中醒来，小刨在暴怒地狂叫，一个声音从黑暗中传来："嘿，是骆驼小姐吗？我是越野者。可以允许我进入营地吗？"

"我……"

一个幻影出现在我面前，小刨在咬他的裤腿。原来所谓的"越野者"，就是某个在测试铃木车的怪人，他尽可能快地开车穿过澳洲最广阔的地区，碾过三齿稃、沙子和三棱石。他在打破某项纪录。而且据我推测，他也很狂躁，为速度疯狂。他的眼珠子垂在脸颊上，一直在拍打上臂，同时对寒冷发表意见，暗示他不介意在这里露营。我十分肯定不想让他在这附近任何地方露营，小刨也不想。我说得相当直白，并不是非常粗鲁。他坐下，朝我大吵大嚷半个小时，小刨悄悄地在我床边低沉地怒吼，我直接打着哈欠，说得很少，只说了"嗯，哦，真的啊？那很不错……嗯，你还别说……"之类的。之后他告诉我，他已经循着我的路迹追踪几英里了，考虑到他是从相反方向过来的，这绝非易事。他终于离开了。我挠了一会儿头，摇晃脑袋，只是证实自己不是在幻觉中，然后又进入了梦乡。之后我就忘了这件事。要是知道他回到文明社会后会做什么，我当场就会拧断他的脖子。

快到卡内基了。一方面，我哪儿也不想去，只想独自留在这片沙漠里；另一方面，食物快没了，我到达那里之前的最后一餐是掺了蛋黄粉的狗饼干、糖、牛奶和水。对于再见到人类，我也很紧张。此时我已经完全被去程式化了。我经常赤裸行走，衣服不仅腐臭，而且多余。我的皮肤被烤成陶土般的深棕色，跟马具皮革一个样儿。太阳已经无法穿透它。我还戴着帽子，因为鼻子常常掉皮，我常想我的皮肤可能已经不存在了，顶多还剩下一块烤得咝咝作响的裸露软骨，凸出在那里。老实说，我记不起也无法把礼节放进这个环境里。我会自己思忖，就算衬衫和裤子上所有的纽扣都掉了，有关系吗？有人注意或者在乎吗？经血呢？从我的立场来看，它遵从重力自然法则，顺着腿流下也没什么大不了的，本来就该这样。但其他人会这么想吗？这会让他们困惑和不愉快吗？但到底为什么啊？我不会去尴尬地捂住一个伤口，对不对？我十分困惑，因为我就是不知道。我对于自己这么快就完全抛开社会习俗而感到惊讶。但我从来都清醒地知道这其中的荒谬性。我慢慢地重拾对细节讲究的意识，但我想，我也希望自己能一直认识到，社交礼仪中对女性的端庄仪态有种迷恋，这其实是一种扭曲而失衡的愚顽行为。

很离奇地，关于旅程最常被问到的两个问题是（排在"你为什么要做这件事"之后）：一、你没有厕纸时怎么办；二、你的避孕药用完时怎么办（通常是角落里咯咯直笑的女人们低声说的）。她们到底以为我是怎么办的？跑去最近的药店以物换物吗？好吧，我告诉那些依然对身体机能有病态好奇的人，厕纸用完时，我用光滑的石头和草，幸运的话，用一种被称为"猫咪尾巴"的舒适的沙漠植物。避孕药用完时，我不在乎。

实际上，到了今天，我想我在那趟旅程中的重大突破就是学会了放屁的高雅艺术。我以前从来没有放过屁。好吧，或许有一两次，但当时只是可怜的小"噗"声。天知道那么多气体都上哪儿去了。我猜想一定在夜里从我的皮肤毛孔渗出去了。啊，但现在，现在我能用最好的气来放大声刺耳的屁——结实的低音响屁，能把骆驼们吓一跳，把三齿稃里成群的鸽子吓得飞上天空。小刨和我比赛：她通常胜在毒臭，我胜在洪亮。

我到达卡内基，发现它被弃置了，比我能够描述的更加荒芜、更加压抑。戏剧性地，我才刚碰到边界的栅栏，乡野突然就破碎了。被牛吃光了，被毁掉了。我已经与刚穿过的原始的奇妙乡野协调一致，这种变化让我感觉像被打了一耳光。他们怎么能这么做？怎么能仗着那股澳洲的强烈暴富冲动，在自己的乡野上过度饲养，让乡野秃掉？我的骆驼没有东西吃，一点儿都没有。我以为我已经经历过最糟糕的部分，结果发现真正的沙漠，人类的沙漠，才刚刚开始。我不该对放牧人太苛刻。他们遭遇了一场4年干旱，很多牛都死了。但管理也分好坏，在我看来，任何过度饲养的人都罪有应得。一些植物物种从养牛区里永远消失，仅仅因为这种贪婪者的糟糕的管理。不能吃的有毒植物（比如松节油灌木）接管了地盘。我以前只见过极少的这个物种，但现在到处都是。它是唯一活下来的绿植，而且感谢他们，活得非常好。连围篱树——能让骆驼活命的唯一东西——都干枯了。

然后，完全出人意料，来了两个非常友善的年轻人。我是在卡内基垃圾场见到的他们，他们开车去那里，是要把一辆旧吉普带走。他们也不知道这地方被遗弃了。显然是最近才发生的。他们人太好了。其中一个给杜奇的脚做了一个皮靴，还给了我大量的食物。我把钱交给他们，他们一开始拒绝接受。当我告诉他们，如果他们不要，我会拿钱当厕纸或者点火，他们才默许了。我开始为了乡野之死对他们大发脾气。我评论着其中的不同，对我来说有天壤之别。他们没注意到。我很惊愕。他们看不到吗？看不到。你得留心，得感觉是土地的一部分，才有可能注意到差别。6个月前的我很可能也看不到。

我没有预计到形势的变化。我以为从这里往后就像度假一样。我本来计划直接穿过养牛区，去威卢纳。但我改变了主意，研究起地图来。我决定往正北方走，去格莱内尔驻地，接上坎宁的牲口专用道。我觉得这条道上不会有牛，更重要的是，没有人。我听说过这条牲口专用道的可怕故事。很多年前，它就被弃置了，因为有太多的牛和骆驼在路上暴毙。它直接穿过澳大利亚最糟糕的沙漠之一。路上会有水井，但鉴于无人保养，大多数没水。不过我只准备尝试最南边最轻松的地区，而且有人告诉过我，那是宏伟的乡野。我掉转方向去格莱内尔。

此时，我们都急需休息一下，尽管格莱内尔的乡野稍微好点（我从中得出结论，不管谁经营这块地方，都与土地更加和谐，他们很可能是人中龙凤）。骆驼们的日子依旧艰难，没有足够的饲草填饱肚子。我对他们的担忧真是荒唐，在什么都死光光的地方，骆驼们仍能存活，但泽莱卡瘦成了一把骨头。她的驼峰已经退化，少得可怜的一撮毛覆盖着凸出的肋骨架子。我把她的担子均分给其他两头骆驼，但这还不是重要的问题。她因为哥利亚犯傻。他一身肥肉，被宠得无可救药。她越是羸弱，我与这只小寄生兽的关系就越是恶化。我根本没法减少他吃奶的次数。我试过设计一个乳房兜子，但他总能把鼻子拱进去。而且不管我把他在树上拴得多紧，她夜里都会来给他喂大量的奶。正午我们停下时，我总是让骆驼们坐在某处阴凉里，歇上一个小时。这是他们应得的，他们喜欢休息，会坐下嚼着反刍食物，凝视远方，沉醉在对生命意义的深沉思索中。但我有职责让哥利亚远离他的母亲。他会趁我不注意时悄悄靠近，轻撞硬推她，要求她喂他。她拒绝的话，他就会把她的鼻绳咬在嘴里拖曳。她会怒吼着跳起来，小怪物像闪电一样直扑她的乳房。他或许是个臭小子，但他不傻。他还养成了另一个龌龊的习惯，就是全速冲到骆驼旁边，朝我侧踢一脚。我握着一根围篱树枝大棒，在他虎视眈眈地吃草经过时，全力朝他的腿上打去，借此改掉了他的坏习惯——突如其来的强烈震惊让他当场愣住，并开始策划报复。尽管我极不情愿地钦佩泽莱卡的自我牺牲精神，但还是觉得她对自己的头一胎有点忍气吞声了。

连野兽都在相继死去。它们仍生活在驻站的乡野上，水井、风车、池塘和水槽里的水还很富足，但牛把仅有的一点饲草都吃光了。我夜里很少在这些水井旁边扎营。它们通常都是沙坑，遍野都是晒干的动物残骸，扭曲成丑恶的痛苦姿势，不是提升士气的好地方。正午，我经常在水井旁休息，让动物们喝水，我可以洗把脸，然后继续走 10 英里左右，然后我们在饲草好一点的地方扎营。这并不总是可行。一夜，在抵达格莱内尔之前，我在距其中一个水井半英里的地方安营扎寨。

我从未因为小刨追袋鼠责骂过她，因为我确定她永远也抓不到。但那一夜她把我叫醒，拔腿去追一只可怜的瘦骨嶙峋的雄性老袋鼠，后者正前去喝水。还没等我定下神来喊她回来，她已经消失在黑暗里。我倒下继续睡觉。一段时间之后，她回到我的铺盖边，呜咽着把我舔醒，催我起身跟她走。"天啊，小刨，你不会抓住它了吧，啊？"呜咽呜咽地抓、挠、舔。我给来复枪上膛，跟她走。她直接把我领到她的战利品那里。那是一只巨大的灰色雄性老袋鼠，已经生命垂危。

我想事情是这样的，他只是太虚弱了，禁不起这么追赶。小刨没有碰他，我猜她也不知道怎么办好。可怜的老家伙中风了，他侧身躺着，轻轻地喘气。我砸了他的头。第二天早晨，我走到残骸旁，弯腰用刀去割腰腿肉和尾巴。然后我僵住了。切肉这件事，埃迪是怎么跟我说的？"但那不适用于你，你是白人。""你确定不适用吗？你怎么知道？"我不可能搬走整只袋鼠，他重得要命，但留下如此美味的肉，任它在那里腐烂似乎也很疯狂。犹豫不决 5 分钟之后，我把刀收好，继续上路。

当一种文化的信仰被转化成另一种文化的语言时，"迷信"这个词往往会横空出世。或许是迷信使我不去碰袋鼠，又或许是我见得太多，已经不能确定真相与赝品的分界线在何处。正因为不确定，我觉得不该冒险。

我对格莱内尔人的判断是对的。他们不仅是人中龙凤，还富有魅力、和蔼、大方，假装没有注意到我的怪癖，当我打嗝、抓痒、大口灌茶，像头贪婪的猪一样吃自家做的司康饼时，他们只是亲切地闲聊。我在下午3点左右到达他们的前门。门的一边是一位文雅的灰发女士，穿着清爽的夏裙，正在给花园浇水，她连眉毛都没抬一下，只是说了一句："哦，你好啊，亲爱的，见到你真好，你不进来喝杯茶吗？"

艾琳、亨利·沃德和他们的儿子小卢留我住一个星期。我高兴极了。不仅因为有他们的陪伴，还因为他们把我养得壮壮的，以真正内地人的好客照顾我。这种慷慨与率真是丛林道德准则的一部分，我很肯定这是宇宙普适的。它与对诚实、勤劳、朴素和热爱土地的信仰齐头并进。我的骆驼们全都需要恢复一点体力，才能继续尝试走坎宁路段，亨利把马场给我，让他们在里面漫步。这个马场由几平方英里的废石、不能吃的灰色三齿稃和灰土组成。但还剩了一棵活的小围篱树、几棵暗绿色的红木，还有一株翠绿色的金合欢。推测起来，它大概完全不需要水。要不就是它的根系往下扎了几百英尺深。接下来的一个月，它是我家骆驼的支柱。

我越是了解这些人，就越是为他们坚忍恬淡、抑制不住的幽默感所折服。虽然他们有充分的理由愁眉苦脸，为他们的命运流泪悲叹。到处都有牛倒毙，马瘦得皮包骨头，现在都试图吃三齿稃了，而且连云的影子都见不到。格莱内尔是沙漠深处最远的驻站，或许正是它的偏僻，使得沃德一家如此团结。那个原因，加上亨利是个优秀的丛林人，他爱乡野，即使能换来全世界所有的雨，他们当中也没有一人愿意跟城市人对调位置。我在的时候，他们带我去点数——试图在小公牛死掉之前，把它们凑集起来。其实他们卖肉的钱只够负担运费。我们会在夜里露营，吃牛肉，大笑，跟着卡带机唱西林·达斯蒂的歌，真假音变换地唱出母亲般的奇妙感觉。

也许有人不知道，西林·达斯蒂是当代澳大利亚西部最伟大的吟游诗人。当我播放他的歌时，大多数朋友会插科打诨，我把那归因于他们从来没有参加过伊萨山的竞技表演。你只有深入腹地，去过那样一场集会——凌晨4点，参会者从醉醺醺的睡梦中被喇叭里西林的声音搅醒，加油继续做生命中重要的事情，比如骑野马、套牛犊和喝酒；整整一个周末，听他用鼻音柔情款款地从早唱到晚；你冒险进入以"蛇穴"著称的当地酒吧，和你那没教养的满嘴土话的澳洲伙计喝酒，某个牛仔和他脏兮兮的虚有其表的牛仔女孩伴唱乐队演奏《乌郎当吉花花公子》，你随着钢吉他的锡质弦音起舞；然后，奇迹中的奇迹，在竞技表演的最后一夜，你作为醉得无可救药的观众中的一名，见到西林本人戴着闪光帽子，身着紫色丝绸衬衫，带着好得不像话的乐师们出现，你的眼里、酒里都是泪，跟着唱"马鞍上高大黝黑的男人哟"——才能真正理解这个澳洲丛林诗人情感充沛的力量。

在那里的最后一天，我外出追踪骆驼。就算他们没有增重，边边角角的地方也似乎稍微圆润了一点，泽莱卡看起来也没那么像可怜虫了。总而言之，他们都状态良好，符合我的希望。巴比照例第一个过来，抽着鼻子要吃的。我把他的那一份给他，没有盯着其他两头骆驼。杜奇一直有嫉妒心理，一直认为自己是这一伙中的老大，包括我在内，他把我的整个脑袋含进嘴里，刚好合适，像戴了顶安全帽。他在我的头发里淌了一秒钟的口水，然后立起后腿打转，一尥蹶子跳开了，看起来对自己极其满意。如果他想的话，可以把我的头盖骨像颗葡萄一样嚼碎。我一般不允许动物有这种侵越行为，因为我怎么知道他们会不会哪天自己商量决定，不喜欢再被拖着穿过半片大陆，然后叛变。但杜奇这么卖弄风情地看着我，想看看我懂这个玩笑了没有，我又能说什么呢。

亨利和我一起讨论地图，指给我看10号水井在哪里与坎宁路汇合，告诉我哪些小径在那儿、哪些不在，以及在哪里折道南行。他还告诉我，公路上哪些水井是能用的。公路？听到这个很惊讶。我的预期是一条模糊或者不显眼的小道。我还以为得依靠我的指南针。采矿是在这片蛮荒之地上留下印迹的一个原因。公路会凭空出现，凭空消失。

在某种程度上，我是失望的。坎宁是我将看到的最后一片非驻站的乡野，我在给骆驼上鞍时伤心地想着，旅途的主体即将进入尾声。我估计要用三个星期到达威卢纳，那是离开爱丽丝泉后的第一座小镇。

头两天糟透了。土地焦枯不毛，丑陋的灰土覆盖一切，我病倒两次，这是整个旅程中我唯一生病的地方。晚上，我在水塘里洗了个冰冷的澡，光着身子散步晾干。那一夜，我因为非常严重的膀胱炎醒来。治病的药片——感谢上帝我带了。但那是一个不眠之夜。一两天之后，我发现自己急性胃痉挛，疼得厉害，无疑因为喝了一些脏水。它突然无法控制地急促发作，在我急着边挣脱裤子，边恶心地咕哝着"呃呃"时，我十分——尴尬。去社会化的进程也是有限度的。我烧了裤子，浪费了1加仑水把自己洗干净。

但在那之后，乡野开始好转。过去4年所有雨都掠过这片更加偏北的沙漠乡野，绕开牛场，去了南方。虽然它远说不上丰沛充裕，但至少有贫乏的可采植物给牲畜吃。早在旅程开始前被我嗤之以鼻的东西，如今在我眼里就是奢华大餐。说到原始化石，这里的景观十分壮丽。一片扭曲奇特的剥裂砂岩废墟，寂静，貌似不参与其他地方的地球进化。这里可能曾是神的国度，但它对骆驼极度刻薄。多石的绝壁让他们精疲力竭，伤了他们的脚。他们几乎在满负荷背水，我知道一找到合适的水源和饲草，就得放他们休息。

对地图研究一番之后，6号水井看起来很有希望。我又热又躁，因为我一直觉得地图上标记的溪床就在不远处。然而并没有。右边的山丘没完没了。小刨惊吓骆驼时，我训斥了她，踢了她一脚。我正暴躁得冒火，可怜的小刨不知道自己做错了什么，惆怅地夹着尾巴往前走。她最近受了很多惩罚，或者她认为那些是惩罚。沃德一家给了我一个皮嘴套让她戴，以防她吃到马钱子碱诱饵，这东西被轻型飞机空投到沙漠深处，以根除澳洲本地狗。但她恨嘴套。她哀鸣着抓挠它，画面看起来实在悲惨，让人心碎，我最终把它取下来了。她没有抓弄动物死尸的习惯，而且我把她喂得足够饱，她不会动心的。

　　我终于到达山脚，沿着一圈起伏的高大沙丘行走。我来到山顶时，看到一大片无限延展的淡蓝色烟雾在山丘间翻滚，新月状的东西飘浮闪烁，火焰色的沙丘在山脚下交叠，一直延伸到远方神奇的紫山。你听过大山的咆哮召唤吗？这些山会，就像巨狮。只有疯子和聋哑人才能听到的声音。我被那幅景象惊呆了。我从没见过那般的狂野美丽，即使在梦里也没有。

　　这里是几种主要类型的乡野的汇合处。起伏的平原和高原，被三齿稃和蓝色的遥远迷雾笼罩，色彩明丽的沙丘，深红色线纹的砂岩山，贯穿一切的是那条迂回曲折的溪床，清一色的绿与刺目闪光的白。我们跳下最后一座沙丘，走向水井。骆驼们能看到饲草，都竭尽全力往那里跑。到处都是金合欢，很难看到水井本身。水井有 15 英尺深，闻起来像腐烂的沼泽。但井里有水，够我们维持必要的几天。井水尝起来令人作呕，就像泥汤，但我能就着足够的咖啡把它咽下去。水井上方有个古老的搅拌桶，我对它不抱一丁点儿希望，肯定不能用。甚至用我自己的锡桶拖上来 5 加仑水，就够我得三次疝气了。

那天晚上，骆驼们在白灰里玩耍，扬起一团团阴云，浑圆的红色落日被遮蔽又绽开，变成金色。我躺在 1 英尺厚的落叶垫子上，它朝 1000 个不同的方向散发出刺眼的金色火光。入夜的啼声与树叶的叹息声乘着轻风飘落在我身上，周围是黑银色的巨大白干桉树，教堂一般，白金月亮的稀薄裂片躺在枝头。我找到了世界的心。我在那个宫殿里渐渐陷入睡眠，任由大山消逝在我的头脑边缘。世界的心，天堂。

我决定在那个地方待到水用完为止。瑞克与责任现在离我太遥远，太不可及，我一刻都没考虑过那些。我计划进入沙冈，骑骆驼到遥远的山区。但首先骆驼必须休息。这里有饲草可供消耗。盐丛、骆驼刺、围篱树，他们渴盼的一切。小刨和我去探索。我们在青松岭找到一个洞穴，里面到处有原住民的图画。然后我们爬上一个狭窄、危机四伏的石罅，风号叫、呼啸着打在下方的我们身上。我们奋力爬上平顶，那里，奇特岩层的形态像大桥墩和巨人的脚印。上面的树被风的咆哮拗成了残缺的形状。沿着遥远的地平线，我能看到一阵沙尘暴直接从风姿优雅被抽打成一团鲜红。再往西，我们发现了古老的沙漠棕榈，名叫"黑孩"。粗糙的黑色树桩顶上抽出喷泉般的绿针，全都挤在一起，像留在被遗忘的行星上的异族。这个地方有种挥之不去的幻觉特质。我感觉被它冲胀，高得像只风筝。我被一种从未体会过的情绪充盈——喜悦。

那几天就像旅程中所有美好的结晶。它是我所希望的最接近完美的阶段。我回顾学到的东西。我得到了在旅行开始之前那些遥远如梦的日子里无法想象的能力与优势。我重新发现过去认识的人，与我对他们的感情达成了和解。我学到了什么是爱，爱就是希望你所关心的人得到好的一切，即使自己被排除在外也没关系。以前，我想去占有他人，可是不爱他们，现在我爱他们，祝福他们一切都好，却不需要他们。我领悟了自由与安全感。我们需要破除习惯的根基。为了自由，一个人需要坚持不懈地警惕自己的弱点。而保持警惕需要大部分人所没有的道德和精力。我们放松地落回习惯的框架。它稳当，却束缚了我们，让我们感到满足，却牺牲了自由。要想打破框架，不去理会安全的诱惑是很难的，却是极少的有价值的挣扎。要自由，就是要去学习，去不断考验自己，去赌一把。这不安全。我学会了用我的恐惧作为垫脚石，而非绊脚石，而且最棒的是，我学会了一笑置之。我感觉自己不可战胜、不被侵扰，我将自己扩大了。我相信自己现在可以放松下来，沙漠已经没有别的东西可以教我。我想记住这一切。我想记得这个地方，它对我的意义，以及我如何到达这里。我想把它牢牢地钉在脑海里，永远、永远不要忘记。

过去，间歇性发作的阴郁和绝望就像被水冲蚀的隘谷一样，总是通向同一个地方。那个地方似乎有块路标写着"就是这里"，就是我必须挤过去继而飞跃的地方，之后我才能学到更多。就好像自我不断地把我带到这个地方，利用每次机会向我展示。就好像那里有个按钮，只要我有勇气，就能按下它。我要是能记住就好了。啊，但我总是健忘。或者太怠惰；或者太害怕；或者太确信我拥有世上所有的时间；或者过分缩在山涧里，躲在舒适区里（或者理智的地方？），不用去考虑太多。毕竟，那里的人生只是"聊以过活"，我只是半梦半睡地活下来。

我以为我做到了。我相信我已经为自己生成了一种魔法，它与巧合无关；相信我已经是一连串奇怪而强大的事件的一部分，那叫"命运"，我挣脱了对任何事、任何人的需要。那天晚上，我得到了最最深刻、最最残酷的教训：死亡突如其来，一锤定音，而且毫无缘由。它一直在等待我极端自满的时刻到来，然后出击了。那天深夜，小刨吃了毒饵。

我们的狗粮已经短缺，而且我太懒、太神魂颠倒，不想去帮她打猎物。于是我限定了她的口粮。她羞怯地溜回我的铺盖，把我弄醒。"怎么了，小刨？你去哪儿了，小汪汪？"她拼命地舔我的脸，抽着鼻子钻到被单下面，像往常一样依偎着我的肚子。我抚爱地搂着她。突然间，她又偷偷摸摸地溜出去，开始呕吐。我的身体变凉。"哦，不，不，不会的。求你了，老天，不要这样。"她回到我身边，再次舔我的脸。"没事的，小刨，你只是有一点儿不舒服。别担心，小家伙，过来让我抱抱，暖和一下，早上就没事了。"几分钟后，她又出去了。不可能发生这种事。她是我的小狗，她不会中毒的。那是不可能的，不可能发生在她身上。我起来查看她吐的是什么。我记得自己失控地发抖，对她念念叨叨地说："没事的，小刨，一切都没事的，不要担心。"一遍又一遍。她吃了某种死动物，但闻起来并没有腐味，于是我反复对自己说，她不会中毒的。我强迫自己相信，然而我知道这不是真的。我的头脑快速反应着，要是马钱子碱中毒怎么办？你必须把她举到头顶旋转，让她把毒素全部吐出来，但即使你马上这么做，实际上也没有存活的可能。"好吧，反正我不会那么做的，因为你没有中毒，没有中毒。你是我的小刨，那不可能发生在你身上。"小刨开始四处徘徊，同时猛烈地干呕，再回到我身边寻求安慰。她知道的。突然间，她朝某处黑色金合欢的树丛跑去，转身面朝我。她朝我狂吠号叫，我知道她一定出现了幻觉，知道自己要死了。她的两只镜面般的眼睛在我的大脑里烙下一幅图像，永远不会消退。她来到我跟前，把头放在我的两腿之间。我把她拎起来，绕着脖子让她旋转。转啊转啊转啊。她踢腿挣扎。我试图假装这是一个游戏。我把她放下，她撞进林下的植物里，吠得像只疯狗。我快跑去取枪，装好子弹，回去。她正侧躺着抽搐。我打爆她的头，愣在那里，跪了很长时间，然后跟跟跄跄地回到铺盖旁，钻进去。我的身体无法控制地痉挛发抖。我吐了。汗水浸透枕头和毯子。我觉得我也快死了。我觉得她舔我的时候，我也吞下了一些马钱子碱。"死亡的感觉就是这样吗？我要死了吗？不，不，这只是震惊，停下来，你必须睡觉。"在那前后，我从没做过那种事。我关闭大脑，用意志力让它立即昏迷。

没到黎明我就醒了。黎明前死气沉沉而冷峻的光线足以让我找到需要的东西。我抓住骆驼，给他们水喝。我打包行李，上货，逼自己喝下一些水。我没有感觉。然后突然间，到了离开那处地方的时候，我不知道要怎么办。我特别想把狗埋掉。我告诉自己这太荒唐。尸体在地表腐烂是自然而且正确的。但我心里就是有种无法抗拒的需要，要把发生的事情仪式化，让它变得真实具体。我走到小刨的尸体旁，盯着它，试图让自己面对它。我没有埋葬她。但我对自己毫无疑问曾无条件爱过的一个生物说了再见。说了该说的再见和感谢，我第一次流泪，用一捧落叶盖上尸体。我走进晨光，没有感觉。我麻木了，空了。我只知道，我绝对不能停下脚步。

第四部

在远端

1

那一天，我一定走了30英里或者更远。我害怕停下。害怕失落、愧疚与寂寞的感觉会将我吞没。最后，我进入一处决口，生了一堆篝火。我本来希望自己能耗尽力气，不用去想事情，倒头就睡。我处于一种奇怪的状态。我原以为我会缺乏对情绪的控制，但我却冷静、理性，棱角分明，接受了事实。我决定在威卢纳结束旅程，不是因为我想逃离它，而是因为，我感觉旅程已经自行结束。已经得出某种心理上的结论，就是完整了，就像一部小说的最后一页。那一夜我做梦了，接下来几个月的每个夜晚都是，我梦到小刨好好的。在梦里，我又一次体验事情的先后次序，不过结局总是她大难不死，还有，她原谅了我。在这些梦里，她经常是人类，会对我说话。梦生动得让人不安。醒来，我却只能面对现实的孤寂，我惊讶于能使我接受事实的这种力量。

或许看起来很奇怪，只不过是死了一只狗，竟会对某个人有如此深远的影响，但你必须记得，因为我的孤立，小刨成了一个我珍视的朋友，而非单单一只宠物。我很确定，如果意外发生在城市里，我的周围有同类，影响绝不会如此之大。但在那里，在那种变化伸展过的心态下，她与人类的死亡一样会造成心理创伤，因为在很大程度上，她已经变成了人类，已经取代了人的位置。

亨利·沃德给我在地图上指过，要在哪里掉头向南。根据我在那张地图上做的记号，似乎是在某个水塘后好几英里。我显然犯了一个错误——我仍在往正西方向走，穿过单调的平原，眼看着我认为一定是山口的地方在我身后渐行渐远。那一夜，我在一个小沙冈上扎营，它看起来就像是潮退后留下的小岛。这里是独特、压抑的乡野。完全平坦，被白色石膏灰覆盖，每隔12英尺点缀有一团含盐的多肉类植物。这一大片广阔的地域里，偶尔会升起一座静态的沙浪，被更高的树木和矮林掩盖。它有种弃绝的特质，让我毛骨悚然。

当晚，我决定用那让我憎恨的无线电机呼叫亨利，校对方向。与其说我恐慌，不如说是心神不宁。我想跟人说话。一切都太过安静，没有小刨跟我玩，跟我聊天，或者抱在一起。我用了半个小时才把那卑鄙的东西装好——一长段导线搭在树上，另一段拖在地上。不能用。我背着这个怪物走了1500英里，把它装上卸下数百次，就需要用这一次，却不能用。很可能它一直都是坏的。

那天夜里，我被有生以来听过的最寒心、最令人汗毛倒竖的声音惊醒。轻柔的高音恸哭，越来越响。我从来不怕黑，就算听到无法认得的声响，也不会太惧怕。况且，一直有小刨在保护我、安慰我。但这个声音？波纹在我的背上荡漾开来。我起来，在营地周围徘徊。一切完全寂静，但现在那个怪声变成了未经调整的持续的哀号。我开始认出惊慌心理泄露的第一个信号——这个怪声必须有理性的解释。要么可以解释，要么就是我又要发疯了，或者某个妖精出动来逼我发疯。我感觉到第一丝风动。当然，我听到的怪声是风呼啸穿过上方树顶的声音。地上没有一丝骚乱，但现在黎明前的风，那种结实的凉气，不屈不挠的锋面，让我寒彻骨髓，让火炭发出红光。我打着寒战爬回铺盖，试图重新入睡。当时，我愿意付出一切，只要能抱住那具熟悉温暖的狗的身体——这种需求就像身体上的疼痛。没有了她，我突然容易受到那些脆弱与恐惧的湮没感与非理性的影响。

那一周或 10 天里，剩下的大多数日子，都是一团没有时间的残影。我不加注意地踏过地面，直到某片乡野把我从精神阴谋中解救出来。我一直有种奇怪的知觉，就是我事实上是完全静止的，我在推移转动脚下的世界。

我偶然发现一个几乎干涸、正在腐烂的绿色水洼，里面满是牛、马和袋鼠的沤烂残骸。这个水洼的周围是绵延的石墙，高高地立在堤岸上。我怀疑它们是原住民的捕猎掩体，或许有几千年的历史。猎人会耐心地在这些石墙背后等待，躲在前来饮水的动物的逆风处，然后操着长矛一跃而出。从前，他们会保持水洼清洁。现在没人留下来维护和照管这处仍然有点美丽的饮水池，连骆驼都对它嗤之以鼻。它是条可怕的阴沟，有死亡和腐朽的气息。那天晚上，我确保骆驼从我的水桶里喝足了水，才放他们离开，只是以防万一。幸好水洼太冷，他们不想在里面打滚。

大约在这个时期，我进入了一片景观，那很可能是我在整段旅程中见过的让人印象最深刻的超现实景观，我花了一天的时间探索它。一块巨大的洼地沉陷于断裂的高原。边缘的地平线上全是各种色调的悬崖，任你想象。有些陡坡如细瓷般平滑而充满光泽。有些是耀眼的纯白色，有些是粉色、绿色、淡紫、棕色、红色等。洼地被海蓬子①覆盖，我当时还以为这叫"沙火"。完美的名字。这种植物干枯之后，就变成千千万万种颜色——彩虹七色，和悬崖的光晕与虹彩交相辉映。这个失落世界中到处点缀着怪异的岩石和卵石堆。犹如透过多色眼镜看到的火星地貌。我捡起并留下了一块小岩石，它是一块镶有闪片的淡粉色砂岩，一边呈小波浪状，形成锋利的小棱。

但连这么探索性的行走都让我感觉空洞。我必须逼迫自己去走。现在做的每一件事都像那样——不是自发的，而是迫于

---

① 海蓬子（samphire）与沙火（sang-fire）音近。

无奈。我晚上甚至放弃为自己做饭了。我会在包里乱扒一气，找到什么吃什么，尽管我不饿，也要逼自己啃点儿东西。

另一个阻止我前进的怪状地形是黏土湖。完全平坦，烤干的欧几里得几何式棕色表面延续无数英里，上面没有一棵树、一只动物和一丛三齿稃——除了打转的尘土形成棕色塔柱，稀薄地歪斜着，被吸进近乎白色的灼热天空，没有其他。看着这些黏土湖就像在凝视平静的海洋，只不过你能在这上面走路。紧挨着一个大土盘的，是一个小型的复制品，直径大概有100码。一个丛林舞厅，一个深入腹地的圆形剧场。我把骆驼拴好，让他们在灼热、干净、明亮的黏土里午休，我脱掉衣服去跳舞，一直跳到不能再跳——我舞出了一切，小刨、旅程、瑞克、文章，我喊叫、怒号、哭泣，我跳跃、扭曲我的身体，直到它拒绝再有反应为止。我爬回骆驼的身边，满身尘垢和汗水，疲倦地发抖，耳、鼻、嘴里都是土，然后睡了大概一个小时。醒来后，我感觉痊愈了，轻飘飘的，准备好迎接一切。

我现在好了，而且真的回到了驻地附近的乡野，这里的小径有很多人走过。我在下一个水塘里洗澡游泳，洗了头发和衣服，晾在鞍座上晒干。在那里晒干大概需要5分钟。向前走时，我向自己保证，晚上我会好好吃饭。我头太晕了，濒临崩溃边缘，无法再继续行程，我需要把自己拽下来。

我发现有一辆车过来，带着一连串的红土高速飞驰着，一直延伸到地平线。我心想，一定是驻地的人出来检查水塘的。

我匆忙穿上衣服，试图把脑筋扭成正常的状态，跟几个乡下人简短地聊几句天。他们通常是沉默寡言的人，但我其实害怕那辆车。

不是乡下人，是大众媒体的豺狼、鬣狗、寄生虫和贱民。等看到长焦镜头对准我时，已经来不及躲起来，或者拿出枪来朝他们扫射，我甚至都没有意识到自己疯得能做出这种事。他们突然拥到车外。

"我们给你1000块钱买你的故事。"

"走开，别来烦我。我不感兴趣。"

我的心脏扑通直跳，像只走投无路的兔子。

"好吧，看在上帝的分儿上，你好歹也过来喝瓶冰啤酒吧。"

他们对人的心理结构发掘得真深啊，没法用1000块钱买通我，就想着拿一瓶啤酒来贿赂我。我接受了贿赂，同时查明了世界上正在发生什么事，以及他们为什么在这里。他们偷偷夹进几个问题，有些我敷衍地回答了，其他的我拒绝评论。

"你的狗呢？"

我不知道怎么回避这些人——又一次忘记了游戏规则。要么把他们的脑子打开花，要么就甘心顺从地缩成一团，努力保持自控。

"她死了，但请不要刊登出来，因为这会让家里的几位老人非常心疼。"

"噢，好吧，我们不会的。"

"那算数吗——你的话？"

"当然，当然。"

但他们还是刊登出来了。他们带着独家新闻飞回珀斯，编造了一个故事，出版了浪漫神秘的骆驼小姐的神话。

那天晚上，我远离大路，在茂密的灌木丛里扎营。这完全在我的预料之外。那些我见到的一整天嗡嗡乱飞，还让我隐约好奇的轻型飞机是为我来的。城里那些人的脑子里到底进了什么水？我注意到，当记者们说起目前的新闻报道时，都在歇斯底里。全球瞩目，他们说。我无法相信。他们将仓促回城，在丑陋的大闹剧中扮演他们的角色，美其名曰"公众有知情权"。我决定在那里等上几天。如果媒体真的在找我，最好躲到事情平息为止。

真正摆了我一道的是那个越野者。回到文明社会之后，出于受人瞩目的渴望，他讲了一个故事，说他曾在沙漠里和这个了不起的女人"共度良宵"。引用的话大致是这样的："很浪漫。她裸露的肩膀从睡袋里凸出来，铃铛在背包上叮当作响，我和她在月光下聊了几个小时。我没有问她为什么这么做，她也没问我。我们彼此理解。"对一个裹着浸透汗水、溅了骆驼污物的肮脏铺盖，还被太阳晒昏了头的疯子来说，这个描述不算坏，她当时正天真地准备在坑里睡觉。真是只可怜虫。或许他以为他在帮我的忙。

第一批汽车和电视摄像机等抵达时，我跑进灌木丛里。这些记者雇了一个黑人追踪者。但现在我的斗志已经回来。这些人，他们太蠢、太笨重，他们不属于这里，至少我在那方面比他们占优势。我在我的掩护后面低声默念印第安人的战斗呐喊口号。我穿过灌木丛绕了一圈，离他们只有 20 英尺。我扎营的地方是片沙地，所以就算是看不见的傻子都能追踪到我。我的脚印明显得就像霓虹灯标志，像沙冈上的马克卡车车辙。

"行了，小伙子，她人呢？"其中一个被汗浸湿了红 T 恤的胖子对黑人追踪者说，闷闷不乐的中暑表情与他的脸刚好相配。

"哎呀，老板，那个骆驼小姐可能真的很机灵，她可能把足迹都盖上了。我看不到她去哪儿了。"他摇摇头，若有所思而困惑地搓着下巴。

好耶！呜呜！我真想蹦出来亲他一口。他完全知道我在哪里，但他是站在我这边的。胖子咒骂了一声，极不情愿地把"10 块钱"的报酬递过去。原住民微微一笑，把钱放进口袋，匆匆离开 ——走 150 英里的土渣路回威卢纳。

我回到营地，给火堆加柴，感觉像被扒了一层皮。我的胃缩成一团，像是打了个冰冷的死结。苍天在上，这到底是怎么了？以前有人这样旅行过啊，怎么我就招人耳目了？我还不知道狂热的程度。我想过掩盖我的路迹，但骗不过原住民。他们当中总会有人能找到我。我想过用几颗霰弹枪的子弹把他们全吓走，但马上放弃了那个念头 ——只会徒增一个故事。

然后我看到瑞克的车以光速冲过，有几辆车在追他。"哦，我的天，到底怎么了？"瑞克5分钟后回来，拐到我的路迹上，朝我驶来。他刚给了我一个含糊的概要，他们就全挤到车外来了。有些是伦敦来的媒体人，有些是电视台的人，有些是澳大利亚报社的人。我嘘他们，对他们咆哮，咬牙切齿。我跺脚走进灌木丛里，从树后直截了当地命令他们放下相机。后来瑞克告诉我，我的样貌、举止都像个疯婆子，完全符合他们的预期。我在含盐的水塘里洗了头发，所以头发在头顶岔开，呈卷曲漂白的电光环形态。我一身破烂，皮肤被太阳烤黑，而且过去一个星期左右都没怎么睡觉，所以眼睛只能睁开一道小缝，下面挂着棕色的眼袋。我还没有从失去小刨的事件中恢复过来，无法应付这种侵袭。在当时的我看来，他们就像星系间的军阀。我太固执、太疯狂，于是他们尴尬地拖着脚步，按照我的要求做了。我返回来。然后，我竟像个傻子一样稍微妥协了。好奇害死猫。回忆这件事时，我也对自己很惊叹。这些人前一秒还准备把我踩在脚下，下一秒我跟他们翻脸之后怎么马上就心怀歉意了？我仍然不许拍照，于是其中一人拍摄了我的篝火。"不能空手回去，我会被解雇的。"

有个人在为电视媒介辩护，还温和地谴责我不与公众分享自己，之后又道歉了。他说："真相似乎经常挡道，多可笑。"

其他人为我对宣传的反感找借口，先是在嘴上说，后来印了出来，说我忠于一家杂志社，在为那本杂志旅行，因此不能跟其他任何人谈论它。他们为什么不能理解，有些人就是不想出名——一旦出名，隐姓埋名就不是花钱买得到的了。瑞查德扮演保护者的角色。我很高兴，我感觉势单力薄，又太糊涂，无法保护自己。而且，他能说他们的语言。他们终于离开，瑞查德和我可以放开聊天了。他给我讲了他自己经历的磨难。在某张晦涩的国外报纸上，他读到，骆驼小姐迷路了，于是4天没有睡觉，试图赶在一大拨记者之前联系上我，不知道我是不是死了。在威卢纳，记者们跳到他的背上，他没能成功甩掉他们。他给我看他随手拿的几份报纸，里面有我对着相机微笑的图片。

"他们是怎么搞到这些的？"我目瞪口呆。

"游客们把照片卖给了报纸。"

"岂有此理。"

有几个记者很有趣。他们说了这样的话，"戴维森小姐以莓果和香蕉【？】为食，如果她饿极了，会杀掉她的骆驼吃肉"，或者，"戴维森小姐有一夜遇到一个孤独神秘的原住民男人，他陪她旅行了一段时间，然后他无声无息地消失了，怎么来的怎么去"。还有（来自一份美国的丛林徒步杂志），"这个星期骆驼小姐罗宾·戴维森不得分，因为她肆意消灭澳洲本地【？】骆驼。可能她以为这是她的狩猎巨兽之旅"。白痴。

敌人也突然间全部改变立场了。我在爱丽丝泉那段勤俭节约、低头做人的日子里激怒过的所有人，本来会唾弃我，突然都赶上了宣传的潮流。"当然，"他们说，"我知道她，她所有的骆驼知识都是我教的。"

至此我才明白，我给自己惹出了什么麻烦，至此我才知道自己多迟钝，多没有预见。看来，女人、沙漠、骆驼、独自一人，所有元素组合在一起，击中了这个时代冷淡、无情、疼痛的人的软肋。它点燃了人们的想象力，那些自以为与人疏离、无能、对疯狂世界有心无力的人。选中这么一个组合，不是我的运气是什么？这种反应完全在意料之外，非常、非常不可思议。我现在是公共财产了，是女权主义的象征，是心胸狭窄的性别歧视者的笑柄，还是个发疯、不负责任的冒险家（尽管我如果失败了，会疯得更厉害）？最最糟糕的是，我因为做了一件勇敢的事，超出了普通人期待的可能范围，现在是个神话般的人物。那与我想分享的事情背道而驰。我想分享的是，任何人都可以做到任何事。如果我可以磕磕绊绊地穿越一片沙漠，那么任何人都可以做到。对长时间以来怯懦、胆小且习惯保护自己的女性来说，尤其如此。

这个世界对小女孩来说，是个危险之地。此外，小女孩比小男孩更脆弱、娇柔、敏感。"当心，小心点，看着。""不要爬树，不要弄脏裙子，不要接受陌生男人的礼物。听就好了，但不要去学，你不需要那个。"于是小蜗牛的触须长得越来越长，当心这个，寻找那个，探究事情的底细，都是威胁。于是她浪费了太多精力，去力图打破那些线路，推开不计其数的尝试，它们设法压制她的能量、创造力、力量与自信；十分有效地在她四周筑起藩篱，排除了可能性与胆量；十分有效地把她困在缺乏自我价值的观念里。

现在他们创造了一个传奇，让我显得与众不同、出类拔萃。因为社会需要这样一个传奇。因为如果人们都开始实践自己的梦想，拒绝接受提供给他们的无果乏味的常态生活，就会变得难以驾驭。还有那个"骆驼小姐"的名号。我如果是个男人，哪怕在《威卢纳时报》上被人提到都算我好运，更别提国际新闻报道了。我也无法想象他们会创造出"骆驼先生"的措辞。"骆驼小姐"的四周是一种被恩赐的美好光环，让我感恩戴德。贴上标签，束之高阁。多么冠冕堂皇的把戏。

*　　*　　*

瑞克在镇上遇到一个男人——彼得·缪尔。他以前是猎狗人，一个杰出的追踪者，我后来发现他是我见过的最棒的、最多才多艺的丛林人之一——正在消失的一类人。他带着妻子多丽和孩子们前来看望我们。见到一些平和、愉快、安静的人真好。我们谈论我刚刚穿越的乡野。彼得可能比任何人都更了解它。他这一生都在白人与原住民的文化之间摇摆，并且结合了两种文化的最佳元素。他告诉我们威卢纳的情况。小镇已经被记者入侵，悬赏任何能找到我的人——一种围攻；警察彻夜接到国际电话，已经准备好拧断我的脖子，可以理解；飞行医生的无线电广播被呼叫阻塞，到了真正紧急的呼救无法接通的地步。我现在真的愤怒了，内心深处沸腾着怒火。说来也怪，镇上所有人（威卢纳大概有 20 个白人，城郊的棚屋里还住着一大群黑人）都站在我这边。他们一听说我不想被宣传，都不遗余力地保护我不受干扰。全镇都拒不开口。

彼得和多丽把他们在威卢纳以外几英里的第二栋房子提供给我藏身。康尤的人邀请我把骆驼放在他们的马场里，而且继续对我的行踪装聋作哑。

"骆驼小姐？对不起，老兄，不知道。"

我和瑞克开车进入威卢纳，然后他告诉我，已经安排好詹妮和托利过来见我。亲爱的瑞克，我正需要他们。

我们给藏身之处置办好奢侈品后，就开车去了米卡萨拉——西边 100 英里处一个稍微大点的镇，去机场接小詹和托利。看到他们时，我说不出话来，但紧紧地拉住他们。我们在镇上喝了杯咖啡，大谈各式各样的奇闻趣事。见到他们，摸到他们，就像打了一剂补药。他们理解。他们轻抚我受惊的羽毛，逼我笑话所有的疯狂。我开始感觉不那么像一只被追捕的动物，更像个正常人了。我以前说过，友谊在澳大利亚的某些分区里几乎等同于宗教。无法对其他文化群体描述这种亲密与分享的关系，对那些人来说，友谊只意味着晚宴，能让人俏皮地讨论工作和职业，或者是"有趣"人的聚会，个个都多疑、谨慎，唯恐自己不够有趣。

还有邮件。铺了几英亩的邮件。朋友、亲人的信，也有几百封匿名来信，大致要义是："你做到了我想做的一切，但我从来没有勇气去尝试。"他们几乎就快要认错了，但这些来信最让我困惑和泄气，因为我一直想撼动他们，告诉他们，勇气和这个关系不大，远没有纯粹的幸运与持久力重要。一些是年轻人的留言，他们在第三页详细描述了自己（通常是高大帅气的金发男子），然后说他们知道秘鲁有一片很大的密林，问我有没有兴趣和他们一道探索。有些信是退休老人和小孩写来的，而且令人惊讶的是，有相当大比例的信是精神病院的人寄来的。这些信是最有趣也最难理解的。大量的图表、箭头和奇怪的神秘信息，我确信一周以前我一定能完美地理解。一封老朋友发来的电报上写着："他们说，龙安寺①的沙子甚至更加无垠……"我喜欢。

那天，我们欢笑着，互开玩笑，也洒了几滴眼泪，然后去本地酒吧打撞球。那里，有个女人（ABC 的本地通讯员）注意到瑞克的相机，问他知不知道骆驼小姐在哪儿。他回答说，他听说她会在大约一周之内到米卡萨拉，再从那里南行，但能不能别刊登出来，因为他知道骆驼小姐极其讨厌宣传。她啧啧两声，说"好，可不是嘛，多可怕，可怜的人儿……"，然后立马偷偷摸摸地回家打出一篇文章，让每个人都被混淆了视听，而

① 龙安寺，日本京都的一处禅宗寺院，是促进冥想的"枯山水"庭院。

我们笑得东倒西歪。瑞克装出一副完全无辜的模样说出所有那些话，还以一般人应有的礼貌为名，乞求她做正确的事，而明明知道她不会。我开始赏识瑞克在操纵他人这门精妙艺术中的本领。之后，我们给丰田车装上更多的粮食，加速回到我们在威卢纳的小破房间里。

我们全都安顿在一间房里，火焰熊熊燃烧。我们裹着毯子坐在那里，烤棉花糖，聊啊聊啊聊啊；我们喝了真正的咖啡和百利甜酒，做了菠菜派和其他佳肴，并外出去探望康尤的骆驼。因为我已经对我穿过的乡野极为狂喜，还因为在狗儿事件之后的那种状态下，我感觉在某种意义上自己没有真正看到死亡，于是我们决定沿着坎宁路开车回去。

第一部分还好，驻地的大路相当不错，但一旦进一步深入沙漠，速度就被降到了每小时5英里。就在我颂扬这片乡野的蛮荒、无人驯服的纯粹特质以及魔力与自由时，我们转了个弯，见到一架直升机停落在一条溪床上。探铀矿的人。就没有什么神圣的吗？

我们在坎宁路上度过了极乐的两三天，然后回到威卢纳，那里正在举办一场竞技赛。方圆几百英里，几乎每个驻地的人都来参加了。在偏远的地区没有太多社交事件，所以即使正在经历干旱，每个人还是齐心协力地努力过来了。这座老鬼镇里空荡荡的建筑曾经因为黄金潮奢华热闹过一番，现在被涂鸦和碎玻璃覆盖，里面一般住着警察、酒店老板、邮政局局长和小店店主。现在就是一个乡下大都会，是对它昔日繁华的朦胧回忆。那天晚上有一场舞会，朋友和我都被诚恳地邀请了。我们抵达时，在倾颓的大堂遇上了穿西装的保镖。他不知道我们是谁，说不能进去，因为我们没有打领带。这是阻止原住民入内的礼貌方式。成群的黑人在门外徘徊。

这对我是个困境。当小詹和托利对黑人的待遇义愤填膺时，我被夹在两个版本的真理之间。我喜欢驻地的人，知道他们不认为自己是种族主义者。当他们看着小镇周边暗淡的营地时，只看到暴力、污垢，却看不到新教徒良好的职业道德，这让人费解。不管是在传统上还是现在，尽管他们屈尊俯就地敬重原住民老人，却无法超越眼前和自己的价值观，去理解为什么原住民会消亡，以及他们从中扮演了什么角色。威卢纳有大量社会问题，是文化会遭到何种破坏的典型。

一天之后，我们离开威卢纳。与小詹、托利在路上待的最后一夜，我终于说服他们，骆驼实际上是人类。我的骆驼习惯在营地附近闲晃，寻找喂食，或者一直等到我掉以轻心，他们就把嘴唇过长的脸偷偷探进食品袋里。我们当晚吃晚餐时，就被杜奇逗乐了，他不断试着去够一大罐蜂蜜，他知道就藏在我坐的地方附近的一个储物袋里。我叫他滚开。接下来就开始了一场游戏，叫"看看你可以把小罗逼得多狠而不至于被敲打"。他若无其事地缓慢向前挪动。他要是个人的话，类似的行为就像把手背在后面，一边眼睛盯着天空，一边吹口哨。我们假装继续吃饭，但都在用余光看他。他一个猛冲探进袋子，我轻轻弹了一下他的嘴唇，他退开大概 6 英尺。我们继续吃饭。然后，让托利笑得歇斯底里的是，杜奇假装去吃一团完全枯死的灌木，眼珠乱转，这样他的小豆眼就能盯住蜂蜜，当他以为他的天真和转移注意力的策略已经充分骗过我们时，便扑向袋子，试图带着它拔腿就跑。"好吧，小罗，我收回我所有的话，你完全没有拟人化。"

在枪筒路上的巴比事件发生以后，我吃到苦头，才学会在夜里把食物打包扎紧。我打开一个樱桃罐头（是在那里的终极奢侈品），为了维持愉快的情绪，我把剩下的一半放在铺盖旁边，想用来当早餐。早晨醒来，我看到巴比的头搭在我的腿上，嘴唇上全是可疑的樱桃污渍。根本治不好他们这种贪吃病。甚至我有点喜欢这样，它让我大笑，而且我经常把我省下的任何食物给他们，也强化了这种行为。给他们什么吃，他们都不挑。即便是我捡的一片围篱树叶 —— 其实就是他们正在吃的东西，他们也会都来争抢，就因为是我喂的东西。

和瑞克在一起的接下来几个星期，轻松而愉快。和另一个人待在沙漠里的怪事是，你们要么沦为最怨恨彼此的敌人，要么成为最亲密的朋友。起初的形势一触即发。现在，没有了他掠夺我的情感压力，或者更确切地说，因为我接受了事情演变的方式，加上瑞克变了，这份友谊被牢牢地巩固。它有了一个坚如磐石的基础，叫作"共同经历"，或者因为见过一个人最糟和最好的样子，培养出了剥除所有社会价值（即另一个人类的赤裸骨架）的宽容。他从这趟旅程中学到许多；有时我想，他得到的远比我还多。我们共同经历了不可思议的东西，它从根本上改变了我们两个人。我想我们彼此非常了解对方。况且，他现在也从相机后面走出来了，成了旅程的一部分。

那期间，骆驼的饲草状况比我预期的要差。然而，有瑞克在就不是太严重的问题。他很了不起。他一定开了1000多英里，从米卡萨拉给我分程运回了成捆的燕麦和苜蓿。

他因为狗的死极度沮丧。我想他以前没养过宠物，这是他与动物之间最亲近的关系了。他们肉麻地彼此相爱。我之前从没见过小刨那么喜欢一个人。从威卢纳离开几个星期后，瑞克一天夜里很晚才回到营地，他仁慈地开了几百英里的烂路去拾饲草。他极度疲劳，感觉不舒服。他把我从一个特别不安的梦中吵醒，在梦里，小刨正呜咽着围绕营地打转，我叫她，她却不进来。瑞克非常疲惫，当他来到我身边时，说："嘿，小刨在那儿干吗呢？我进营地时差点儿撞到她。"他忘了。我不知道怎么解释那件事，甚至不想去尝试解释，但那几个星期里不止一次发生了这种事。

此时我们开始轮流引导骆驼。或者说，我有时极不情愿，紧张地允许瑞克引导骆驼。他控制得很好，只不过杜奇恨他，激情的妒火熊熊燃烧。哦，我暗中窃笑。如果瑞克试图做点什么，杜奇就会翻白眼，昂起头，鼓胀脖子，威胁性地假装发出嘟囔声。他依稀记得公骆驼这么干过，意思就是："你不是我的头头，如果敢碰我，我就把你像小树枝一样折成两段，你这个小角色。"我知道杜奇不会真伤害瑞克——好吧，我99%确信——但瑞克更愿意把对付杜奇的活儿留给我。真的很好笑。我会站在瑞克附近，让他试着把鼻绳套到杜奇头上，杜奇就会该干什么干什么，然后把头拱到我脚边，抽着鼻子轻轻咬我，充满爱意地黏人，只是为了让这个新丁明白，他的情意都是为谁。

我怎么也说不够骆驼的好话。他们最后终于争取到了蜂蜜。瑞克和我开车回一处驻地给《国家地理》杂志捎信，回来后，整个营地都闹翻天了，蜂蜜抹得到处都是。背包、睡袋、骆驼的嘴唇、睫毛、臀部，一切。他们完全知道自己做了什么，一看到我们马上就跑掉了。

我在那个地区遇到的所有驻地的人都好得不像话。再说一次，你无法从他们的脸上知道，干旱正在摧毁他们。他们喂饱我们，喂饱骆驼，直到我们像小布丁一样滚动前进。他们还告诉我，卡那封有一个欢迎委员会，那是我曾计划到达的沿海地区的一个镇。哎呀！修订计划。我几个月前在路上遇到一些人，是极少几个我立刻喜欢上的人。他们在卡那封以南几百英里处有一个绵羊牧场，靠近大海，他们让我顺道去拜访。我决定就那么办。如果他们准备好接受骆驼，那就解决了我的一个主要问题。

2

还剩最后几百英里时，最终的灾难发生了。瑞克在身边，给我造成了一种安全感的假象。现在当然不会出问题了，我们已经经历了这么多，走了这么远，剩下的都是小菜一碟。我们沿着加斯科因河穿过驻地，饲草似乎好了一点儿，瑞克也在，一切似乎都没问题。然后泽莱卡开始内出血。

我无法辨别血是来自阴道还是尿道。我做了尿道感染的初步诊断，每天把我自己的药给她灌下40片。我把这些药片包在一个橘子里。还给她注射了大剂量的土霉素，希望能有好转。她一直在喂哥利亚，现在除了皮包骨头什么都没有了。瑞克开车去了下一个驻地多格蒂丘陵，看能不能搞到一些人工饲料和药品。泽莱卡绝食了。我想她肯定要死了。

多格蒂的人给瑞克装满补给品，让他开了一辆运牛卡车回来装载泽莱卡，使她舒适地到达驻地，她可以在那里好好休息，接受人工饲养。驻地的好客之道。

那头固执的老母骆驼拒绝跟那辆卡车有半点儿关系。我们试了所有方法。我们为她铲出一条坡道，没用。我们用绳子抽她的屁股，贿赂她，劝诱她，揍她，她都不愿意踏上那个东西。爱不行，钱也不行。我决定给骆驼装好鞍座，走路去多格蒂，随她自己走，这样她就会跟着我们。就在那时，她吓到我了。不管有没有哥利亚，她都要掉头回爱丽丝泉。我试了两次，两次她都往正东方向走直线回家。我把她拴在后面，慢慢地走路去多格蒂。

第一天晚上，我们在一个水坑旁扎营，听到头顶有轻型飞机的轰鸣声。它在我们上空盘旋了几次，又短暂地降下机翼，让我们诧异的是，它降落在波纹状的灰土小径上。瑞克开车过去看那勇敢疯狂的飞行员是什么人。10分钟后他回来了，车前面坐了一个头顶宽边牛仔帽、脚踏马靴、装了马刺的人。他跳下车来，热情地把我的指关节握得咯吱咯吱响，并自我介绍。他说，他听说我有一头骆驼生病了，于是想着可以顺道过来看看我有没有什么需要。我们早前经过的一个驻地是他的，但他当时不在。我把他带到骆驼那里，他起劲地告诉我，想当年他父亲也有骆驼，所以对它们略知一二。"是啊，她病得相当厉害，这个老姑娘，"我边说，边轻易地讲起乡下的行话，"像只果酱罐上的乌鸦，真的。是啊，很快就要瘦成乌鸦的饵料了，可怜的母骆驼。"泽莱卡现在看起来就像个奥斯威辛集中营的幸存者，正和另外两头健康的小公骆驼站在一起。男人平静地走向杜奇，若有所思地看着他，缓慢难过地摇摇头，说："是啊。哎哟喂，你这头骆驼病得真是不轻啊。可怜的老笨蛋。不过不知道你能为她做些什么。"瑞查德和我试图憋住我们即将喷溅而出的口水，庄重地假笑，同时这个男人继续跟我们聊骆驼。瑞查德开车送他回到飞机那里，他在一团细尘中起飞，放低机翼，飞回家了。现在讲起那件事，我们仍会发笑。

一天之后，我们丁零当啷地进入多格蒂。玛戈和大卫·斯泰德曼夫妇第一眼就爱上了骆驼，毫无节制地宠溺他们。在那里待了一个星期之后，泽莱卡已经好转到我认为她轻易就能走到海边的程度。我相信游泳对这个老姑娘大有益处。借助牛圈，我一直阻止哥利亚接触她，这加速了她恢复的进程。尽管我给他一桶又一桶的牛奶和糖蜜，但小犊子没有一秒钟不在尖叫、哀号、诅咒我。小猪猡。这对泽莱卡也造成了创伤，她一直试图把乳房挤进栏杆让他吸吮。又一个星期的娇养护理，她看起来比整个旅程的任何时候都更健康。她甚至能在晨光中尥一两次蹶子了。

　　我决定把他们全带去兀里驻地，小詹和大卫·汤姆森在那里急切地等待我们到达。那片房子距离海洋只有50英里，而且幸运的是，距离卡那封、欢迎委员会和媒体有100英里的距离。我仍担心记者，为了确保他们不会对我穷追猛打，我们决定用斯泰德曼夫妇的无线电发一封假电报，由我发给瑞克，写上"泽莱卡仍在生病，会在11月中旬到卡那封"——肮脏的伎俩，但我后来发现这是个好伎俩。我想独自完成最后这一小段路的旅行，瑞克和我安排几周后在兀里见面。

　　天气现在开始转变。沙漠里没有真正的春天和秋天。要么冷，要么热，非常热，热死人。现在进入了热死人的阶段。多格蒂周围的驻地由良好肥沃的乡野组成，我到达的最南边则大相径庭。起伏的红色沙脊被发育不良的卡其色矮树覆盖，那种树叫万蓁树，也是围篱树的一种，本来是骆驼饲料，但我的骆驼拒绝碰它。他们从来没见过它。几天之内，他们就掉了在多格蒂长起来的所有膘。我试图说服他们这东西好吃，但他们不相信我。而且那里除了万蓁几乎没有别的。等我抵达兀里前的最后一个驻地卡里萨拉时，再次为他们担心起来。

这次是乔治和洛娜救了我。我进入他们的家园——一个极富魅力的铁皮小棚屋，但坐落在一个滚烫的沙坑里，被零零碎碎要坏不坏的机器和驯服的野山羊围绕。这两个人让我吃惊。他们什么都没有。没有电，没有钱，旱灾让他们遭受了重创。但他们是非凡的人，和我分享他们的一切。一瓶用来治马匹肠绞痛的陈年啤酒，洛娜一直留在床底下，天晓得留了多久，为了这个场合拿出来了。她给我昂贵的饲料喂骆驼，而且把我当成失散多年的女儿一般照顾。他们是澳大利亚所谓"真正斗士"的完美示例。洛娜，一个五六十岁的女人（很难说多大年纪），仍不用鞍座地在马群中急冲猛闯。乔治用几根金属丝和脚踢的方式让驻地里所有的水塘和机器保持运转。不知他们是怎么坚持下来的，完全一无所有，却仍善良、慷慨、温暖，没有怨言。那晚我离开他们之后，他们又开着老爷车给我送来更多的骆驼饲料和一瓶温热的柠檬水。车在路上出故障了，但乔治什么都能修好，他们深更半夜到达营地。在旅程中遇到过的所有内地人中，我认为乔治和洛娜是丛林战斗精神的最佳体现。

我现在离兀里只剩几天的路，当然，一切都开始分崩瓦解。

背包突然有了破洞和裂口，鞍座开始彻夜磨骆驼的背，最后一双可靠的凉鞋也坏了。因为无法再赤脚走路，我得用细绳绑住它们，但细绳勒进了我的脚，引起疼痛。你可以在那片沙子上煎蛋。乡野仍是一样，水塘发咸温暖，我只想到达兀里，坐在某处阴凉下喝茶。因为太热，我已经脱掉衣服，然后偶然发现了一处宅地。它在地图上的标记是错误的，我提早10英里撞见了它。我急忙穿上衣服，丁零当啷地走向房子。

很难说小詹和大卫见到谁更高兴，是我还是骆驼们。我知道我的小兽们可以在这里享受快乐骄奢的退役生活了。直到今天，我在兀里的朋友仍是仅有的我可以真正地反复跟他们讨论骆驼习性直到反胃的人，我知道他们能理解。他们和我一样宠爱骆驼，简直是骆驼的奴隶，迎合他们的每一次心血来潮。杜奇、巴比、泽丽和哥利亚得以幸免于难。这是他们的新家，他们马上就鸠占鹊巢了。

瑞克几天后到达，整个人因为与外部世界打交道而变得敏捷、快活和无法控制。他这次在婆罗洲一直吊在直升机外面。他告诉我，前一天在卡那封修车时，车库的技工说："嘿，你听说你女朋友出什么事儿了吗？她的骆驼病了，她会在11月中旬到这里。"

小詹和大卫提出用卡车把骆驼运到离海洋只有6英里的地点。我没意见。我不是纯粹主义者，况且天气又热。我这次把骆驼捆住了，把哥利亚留到最后塞进去。他没找任何麻烦就跳进去了。他可不愿意看到他的供奶器被运走。

我和骆驼一起被放下。小詹和大卫答应一个星期后来接我们。我装上鞍座，满心忧惧地骑了最后几英里。我不想让这次旅程结束。我想回爱丽丝泉、坎宁，或者其他任何地方。我喜欢做这件事。我很享受，甚至相当擅长。我见到自己的余生是个吉卜赛人，在沙漠里四处流浪，身后跟着一群单峰骆驼。我爱我的骆驼，想到离开他们就难以承受。我也不想让瑞克在海边等我。那一点时间，我想独自一人。我要求他至少不要拍照。他又是那种暴躁挫败的表情。哦，好吧，我微微一笑，挖苦地暗自思忖，开头如何，结尾也是如何。没有那么重要了。真是罪有应得。

现在我能看到最后一座沙丘的背后，午后的太阳照在印度洋上，波光粼粼。骆驼们能闻到海味，他们变得非常神经质。这里，我来到旅程的终点，一切都和起点一样失真虚幻。我从瑞克的镜头里看自己更容易，在刻板的落日中骑着骆驼走下沙滩，同样，我和朋友们站在一起，向那个领着骆驼的糊涂女人挥手作别会更容易，灰尘那令人发痒的气味围绕着我们，在我们眼里，关于恐惧，恐怕有太多话没说出口。这一幕有种无法提及的喜悦和疼痛的悲伤。一切发生得太突然。我根本不相信这就是结局。一定有哪里弄错了。有人在某处抢走了我几个月的时间。到达海洋这件事没有太多的骤降感，只有一种压倒性的感觉，我好像不知怎的，错放了倒数第二幕的场景。

我沿着辉煌、美妙得惊人的更新世海岸线骑行，饱满的太阳向平坦的地平线鼓胀，我只感到，一切都结束得过于唐突，这样，我也就无法关注这个事实了——都结束了，我很可能要再过很多年，才能再次见到我心爱的骆驼和沙漠。而且我没有时间做思想准备，接受一系列的冲击波。我愣住了。

一看到那片海洋，骆驼们都像遭雷击了一样。他们从来没见过这么多水。成团的泡沫冲上海滩，挠着他们的脚，他们的四条腿一起蹦起来——巴比差点儿把我甩飞。他们停下来，转身凝视，向一旁跃开，互相对望，鼻子都凸出来，很可笑，然后再次凝视，向前一跃。他们挤作一团，抖动的绳索绞缠在一起。哥利亚直接下海游泳了。他还没学会什么叫谨慎。

我在那片海滩上度过神魂颠倒的一周。凑巧的是，我在一条长长的海岸线上完成了我的旅程，这是全世界独一无二的海岸线。它是一个小湾的内臂，被称为"哈美林池"。一段海草岩床堵住了入海口，所以这片相对较浅的大池里的水盐分极高，对叠岩石是个好机会，它们是在那里维持了5亿年的原始生命形式。这些奇怪的原始岩石探出水边，就像一群石化的朗·钱尼[1]。海滩本身由石灰软质小贝壳组成，每一枚都像婴儿的指甲一样完美精巧。这些松散贝壳背后的100码处是结实的贝壳，被石灰沥滤过，直到形成一个实心的整体，延伸了40英尺或者

---

[1] 朗·钱尼（Lon Chaney），美国舞台剧及电影演员，擅长扮演奇形怪状和受尽折磨的角色。

更远，本地人用大锯把它割下来盖房子用。它被多瘤矮小的树木和多肉植物覆盖，全都是极好的骆驼饲料，所有这些的背面是石膏浅滩和隆起的红沙。我钓起黄尾鲱鱼，在我见过的最干净的松石绿色海域里游泳；我带骆驼们（除了泽莱卡，她甚至顽固地拒绝涉水）去游泳；我咯吱咯吱地踩着白得晃眼的海滩，凝望绿色和红色的玻璃般的小植物；我在充血的天空下的火光里休息。骆驼们仍对海水感到茫然，甚至在一次又一次做怪相、吐苦水后，仍然认为海水是可以喝的。他们经常在日落时分走下海滩，凝望远方。

再一次，也是最后一次，我翱翔高飞。我已经把我的财物减至最低，几乎没有了。一个求生背包，仅此而已。我有一条肮脏的旧纱笼在热天穿，一件套头衫和一双羊毛袜在冷天穿，我有垫的东西，有吃的喝的，这就是我的全部需要。我感到自由、奔放、轻盈，我想留在那种状态里。我若能把它抓紧多好？我不想被卷入那边的疯魔中。

可怜的傻瓜，我真的相信了所有的鬼话。我忘了，一个地方的真实未必是另一个地方的真实。如果你沿着第五大道走，身上闻起来有骆驼大便味，还自言自语，人们会像躲瘟疫一般躲着你。连你最好的美国哥们儿都不想认识你。我最后一块可怜脆弱的浪漫无邪就要因纽约而永久枯萎了，4天后我将在那里，心有余悸地被玻璃和水泥峡谷震慑，发现女冒险家的整套新身份既不合身也不舒服，还要去回答空洞的问题，让我感觉我就是在经营宠物店，对着那些人为自己辩护，他们说些诸如"好吧，宝贝儿，接下来要干吗？踩滑板翻越安第斯山吗"之类的话，同时梦想着一种别样的沙漠。

最后一个早晨，黎明之前，我在做早餐时，瑞克从梦中醒来，用一只手肘撑着身子坐起，用非难的眼神盯着我，说："你他妈是怎么把那些骆驼弄到这里来的？"

"什么？"

"你杀死了他们的父母，是不是？"

他狡黠地冷笑，幸灾乐祸了一秒钟，然后恢复无意识状态，后来什么也记不起来了。那个梦里确实隐藏着某种原始的真相。

小詹和大卫开着卡车到达这里，我把现在丰满而厚脸皮的小动物们装上车，带他们回养老院。那里，他们有好几平方英里的地方可以漫步，有人爱他们、宠他们，他们除了把漫长的时间用来面朝麦加，沉思驼峰的生长，别无他事。我花了几个小时对他们说再见。把我自己从他们身边扯开造成了真实的身体疼痛，我不断地回去，把额头埋进他们毛茸茸的肩膀里，告诉他们，他们有多美妙、多聪明、多忠诚、多真实，我会多想念他们。瑞克之后会开车带我去北边 100 英里之外的卡那封，我会从那里搭上带我飞回布里斯班然后到纽约的飞机。我完全不记得那趟车程，只记得自己一直在试图隐藏那令人尴尬的大量从眼眶里瀑布般落下的咸水。

在卡那封，一个和爱丽丝泉差不多大的城镇，我遭受了第一波文化冲击，未来几个月的文化冲击会让我脚跟不稳，我想我一直没有完全从中恢复过来。海滩上勇敢的波阿狄西亚女王①哪儿去了？"把纽约带来，"她说过，"把《国家地理》杂志带来，我是天下无敌的。"但现在，她已经在所有那些表情畸形的人，还有汽车、电线杆、问题、香槟和油腻食物的猛攻下，溜回自己的壳里。我被地方官和他的妻子带去参加晚宴，她开了一大瓶起泡酒。饭吃到一半，我就垮了，爬到外面，吐在一辆无辜的救火车上。瑞克抚着我的额头，说："好了好了，都会没事的。"喘气的间隙，我说道："不，不，不会的，好可怕，我想回去。"

我现在回顾旅程，试图从虚构中挑出事实，记起我在那个特定时间或者那个特定事件中的感受，试图再现那些已经埋藏太久并且被残忍扭曲的记忆，结果只有一个清晰的事实从泥潭中浮现出来：旅程很简单。它不比过马路、开车去海边，或者吃花生更危险。我的确学到了两件重要的事情，你允许自己有多强大，你就有多强大；万事开头难，迈出第一步、做出第一个决定是最难的——即便那时我就知道，我会屡次忘记这些，必须回头复述这些变得没有意义的话，并试图记住；即便那时我就知道，我不会记起它的真相，只会逐渐陷入无用的怀旧情绪。骆驼之旅，正如我一直以来怀疑且也已经确认过的，它不会开始，也不会结束，它只会改变形式。

---

① 波阿狄西亚女王（Queen Boadicea），古英格兰爱西尼部落的女王，曾带领人民起义反对罗马帝国的占领军。

后记

往事在我们身后塌落消散，留下几条线索，让我们试图借以修复。绝望的任务。历史由当下塑造。

带着亲爱的骆驼和小狗走过大半个澳大利亚，已经是30年前的事了。如果我专注心力的话，可以追溯到某个特定地点的闪亮瞬间，回想起我对动物们的感情和走进那片超凡景貌中的喜悦，以及当一些潜在致命的小错发生，让我认清那片大地的中立态度时，心中的慌乱、恐惧。但它们很快就会消失不见。

我在抵达印度洋——旅程的终点——两年后，写了这本书。在地球彼岸一处简陋的小公寓里，非凡的回忆壮举发生了，让完整的9个月——2000多公里路途中的每一处营地——变得清澈（或者当时在我看来如此）。但书一旦出版后，记忆就开始褪色，就好像书偷走了记忆。真正的旅途，我在旅行时是谁，全部塌落了，只留下一个名叫 *Tracks*（《我独自穿越沙漠》）的相似品，以及几张年轻女人的照片，我很难认同她就是我。

照片都很精彩，但自我见到的那一刻起，它们就让我不自在。我能初步理解，它们代表了主观能动的缺失，还有，那趟旅行——我的旅行，最终会被它的重构品纳入。我是对的。它先是被我自己的书挟持了，然后是瑞克的照片，而且随时都可能被一部几乎与"真实发生的事情"毫无瓜葛的电影挟持。

所以我还能给这本疯疯癫癫的书补充什么呢？一本从来无意去写的书，一本早在我把自己当成作家之前写的书。然而自出版之后，它就从来没有绝版过。那30载中，我有几次机会去磨掉一些粗粝的棱角，但我一直没有那么做，无论它的风格多么粗俗，但它是用神韵、信心以及追求真理的激情写就的——为了给我自己的行为撑腰——保留它吧。瑞克·斯莫兰的几张照片也收录在了这个版本里。我现在无条件地热爱它们。它们或许排挤了真实记忆，但它们不是很美好吗？毕竟，那也是他的旅行。

我最常被问到的问题是"为什么"。或许更中肯的问题是，为什么没有更多的人试图摆脱强加在他们身上的限制呢？如果《我独自穿越沙漠》这本书有什么寓意，那就是，一个人应该意识到，对顺从的要求看似自然，其实只是因为熟悉。哪里有遵从的压力（一个人的遵从经常有益于另一个人掌握自己的权利），哪里就有抵抗的需要。我的意思当然不是说，人们应该放下他们正在做的事，奔向更狂野的地方。肯定不是让他们仿效我的做法。我是说，一个人应该在最普遍的情况下，选择冒险。心智的冒险，或者用一个更古典的词——精神。

从我的角度看，那个问题要么根本没有答案，要么就是答案太复杂，有太多方面，以至于长篇大论也没有意义。我希望行动本身胜于解说。谁不想进入那片优美的沙漠呢？而且带着骆驼是穿越它最明智的办法（我负担不起卡车的费用）。但即使我试图给出一个简单的答案，我也不再是那个能对自己的生命做出决定的人了。我和她关系亲密，甚至偶尔为她感到骄傲，但她不是我。

那么她是谁？要回答这个问题，你得对她那个时代有些了解——20世纪60年代末70年代初，什么似乎都有可能，发达世界的状况正在被它的年轻一代彻底审视。

我们很幸运地只经历了战后繁荣。我们不为钱发愁。我们在其他方面担心未来——核弹，冷战和它的各种热点地区，生态崩溃。我们分租房屋，学习有弹性并节俭地生活。我们形成亲密的友谊，似乎有生物纽带的韧性，它的本意正是去复制生物纽带。你可以选择不去参与政治，但你无法回避政治。它在你呼吸的空气里。而且政治曾经关乎正义。它曾是高尚的气节，与职业政客卑劣的权力斗争无关。

我们反对战后核心小家庭的封闭，它对安全和安保的关注，就是对女人应该留在家庭领域的设想。我们想去理解塑造社会的政治力量，想去理解广大的世界都在挨饿时，我们为何得以享受物质生活的不公，想去理解不同阶级、种族、性别间权利和机会的失衡。但对我这样的人来说，或许没有什么和自由一样重要。自己做决定，做自己的自由。这种志向免不了涉及冒险，同时会失去学习、发现和转化的机会。

我的描述当然是老生常谈，现实的变数更大，也复杂得多（我们被宠坏了，也自私），但没有人可以远离他们时代的陈规而活。我到爱丽丝泉去，至少部分是因为被那个时代的承诺、追求和正义感的势头驱使了。

原住民的土地权益最近被立法通过了。受过高等教育的年轻理想主义者从城里来到爱丽丝泉，实施那套法律，或者建立旨在授权给原住民的组织。我没有直接参与这项社会运动（我忙着训练骆驼和打造鞍座），但我肯定是旅行者中的一个，倾向于"左翼"思想，这更多的是因为我不喜欢另一边，而非我多么热心地认同这一边。尽管我当时还不是个作家，但已经有了作家的敏感度。作家的任务是从独立的视角观看世界，并且说出自己看到的真相。那在当时的爱丽丝泉不是一件易事（从来都不是一件易事）。存在一个"正确的"政治见解，如果你不是100%支持那个见解，就有人指控你为对方提供燃料。我在那种道德压力下感到的不适一直伴随了我一辈子，让我永远谨防固定意识形态的盲目性。

从那以后，几种相互冲突的政治观点在原住民社区内部出现，那只会是好事。与此同时，澳大利亚已经对原住民正式道歉。那对他们会有多大的好处，谁说得清呢？

现在还能不能用同样的方式这样旅行？不，绝对不能了。那里会有更多的人用更多的方法监视你，有更多的繁文缛节阻止你，更多禁区，更多栅栏，更多车辆，更多管制。不管你多么努力尝试，新的通信科技都会让迷路变得不可能。我出发的时候，仍有可能以自由人的身份穿越那片乡野，躲开任何雷达，对自己的生命负全部责任。

同样，隐私的概念变了，现在对它的保护欲望几乎成了让人起疑的理由。我的决定背后的动机，极度个人、私密，收了一家杂志社的钱都感觉像是自我背叛。我怀疑现在那会被认为是反常。

20世纪70年代早期，团体旅游和买部四驱车开车到乡间旅游开始成了时尚。当时这就让我震惊，坐在那些车里的人大多数时间都被封闭起来，他们加速驶过所处的环境，都没有真正去看、去联结。他们的车里装有双向无线对讲机，他们有防晒霜、空调、特别的丛林服装、冰箱。他们似乎有满车的东西，这些东西把他们和身处的地方隔绝开来。因为当你理解了那片乡野，第一个想到的，就是带最少的装备漫游其中。

我想卸下负担，减少不必要的东西。从字面意义上说，这个过程是不断留下任何与我的需要无关的东西；隐喻地说，或者从形而上学的意义上讲，是摆脱我的精神包袱。

这本书的核心，我认为，在某个片刻，是减负，为另一种意识的浮现提供了空间。某种程度上，我怀疑自己一直没有恢复过来。它与放弃边界有关（最初很吓人），也和我与周围的一切融合的知觉有关。我尽力避免神秘主义的语言，平心静气地描述这一现象。

当然，我与我的环境非常和谐，对事物的相互联系有意识——那个网络，或者网，我们都是它的一个部分。与原住民老人埃迪先生一起旅行，让我调适好了，去接受那个变化。同时，我希望我这样想不算冒昧，即新的心境或许跟传统原住民与地方联系的方式有所相似。正当其余的世界开始理解这门精深学问的价值时，它却变得稀有了，这真是历史上的一个讽刺。欧洲人的澳大利亚只存在了 200 年，但在那段时间里，我们的乡野遭受了巨大的破坏。

沙漠系统对未经训练的眼睛来说依旧原始，它已经被牛群糟蹋，被外来物种折磨得失常。一波又一波的灭绝已然发生，那个进程仍在加速。我有亲自体验，写过这件事：在干旱期间穿越吉布森的沙漠地区，发现它生机勃勃，有大量食物供我的动物吃。接着，一个月之后，到达第一个田园栅栏时，却发现真正的沙漠开始了——一个沙坑里满是要死不死的小公牛，除了有毒的松节油灌木，没有地被植物。那条边界栅栏标志着整个旅行中最沮丧的过渡线。

但我怎么会知道，仅仅 30 年，我那么了解的景貌会改头换面到让我觉得回去会很难、很痛苦的地步。

有时，我坐在沙冈上看落日，沙子里会有精细潦草的小小路迹，是蜥蜴、袋鼬和特定昆虫留下的。会有眼斑巨蜥的拖痕，蛇的漂亮凹坑，袋鼠的长尾压痕，鸸鹋的三爪脚印。晚上，那些傻气好奇的鸟儿会进入我的营地，澳洲野狗会在附近嚎叫，整夜都有小袋鼠的砰砰声和本地小生物的窸窣蹦跳声。现在，这些动物大多很罕见，或者消失了。它们的路迹被骆驼的爪垫、猫的足迹、狐狸脚印和兔子洞替代。不管你往哪儿看，这些新的图案和标记都遍布大地，就像菌丝的网。在其他地区，从非洲引进的深绿色水牛草已经占地为王，扼制下面的一切，改变了澳洲内陆的独特色板。

有时我觉得这些变化太闹心，以至于我完全不想再去沙漠。其他时候，我觉得所谓乡愁，愁的就是一种无论怎样都不能再现的经历，就是人和思维的方式，而他们最合适的位置是曾经。这片沙漠属于另一个"现在"，去比较，很傻。

正如《我独自穿越沙漠》里那个年轻女人明智地说过的，骆驼之旅不会开始，也不会结束，它只会改变形式。

罗宾·戴维森，2012 年 6 月

致谢

我要感谢我的朋友瑞克·斯莫兰，他在这个版本中贡献了照片。我还想感谢亚尼内·罗伯茨允许我使用她的《从屠杀到采矿》一书中的研究成果与几处引文。

要自由，就是要去学习，

去不断考验自己，去赌一把。

这不安全。

图书在版编目（CIP）数据

我独自穿越沙漠／（澳）罗宾·戴维森著；袁田译.
一成都：四川文艺出版社，2022.8
ISBN 978-7-5411-6277-0

Ⅰ．①我… Ⅱ．①罗… ②袁… Ⅲ．①随笔－作品集
－澳大利亚－现代 Ⅳ．① I611.65

中国版本图书馆 CIP 数据核字 (2022) 第 053154 号

TRACKS by Robyn Davidson

Copyright © 1980, 2012

This edition arranged with David Godwin Associates Ltd. (DGA LTD.)

through Big Apple Agency, Inc., Labuan, Malaysia.

Simplified Chinese edition copyright © 2022 by Beijing Xiron Culture Group Co., Ltd

All rights reserved.

版权登记号：图进字 21－2022－148 号

WO DUZI CHUANYUE SHAMO

我独自穿越沙漠

〔澳〕罗宾·戴维森 著 袁田 译

出 品 人 张庆宁
策划出品 北京磨铁文化集团股份有限公司
责任编辑 王梓画
责任校对 段 敏

出版发行 四川文艺出版社（成都市锦江区三色路 238 号）
网 址 www.scwys.com
电 话 010-82068999（市场部） 028-86361781（编辑部）

印 刷 嘉业印刷（天津）有限公司
成品尺寸 140mm×200mm 开 本 32 开
印 张 9 字 数 172 千字
版 次 2022 年 8 月第一版 印 次 2022 年 8 月第一次印刷
书 号 ISBN 978-7-5411-6277-0
定 价 46.80 元